कालखण्ड

कालखण्ड

ज्ञानप्रकाश विवेक

वाणी प्रकाशन

वाणी प्रकाशन

4695, 21-ए, दरियागंज, नयी दिल्ली 110 002

शाखा

अशोक राजपथ, पटना 800 004

फ़ोन : +91 11 23273167 फ़ैक्स : +91 11 23275710

www.vaniprakashan.in
vaniprakashan@gmail.com

KAALKHAND
by Gyanprakash Vivek

ISBN : 978-93-5072-966-3
Collection of Stories

प्रथम संस्करण 2015
मूल्य : ₹ 295

हर्ष प्रिंटर्स, दिल्ली-110 093 में मुद्रित

वाणी प्रकाशन का लोगो मक़बूल फ़िदा हुसेन की कूची से

अनुक्रम

सहयात्री

जयपुर हम कई बार जा चुके हैं दिसम्बर या जनवरी में। अकसर बस में यात्रा की है। सड़क के दोनों तरफ सरसों के खेत और फर्राटे भरती डीलक्स बस...यात्रा रोमांचक रही है, इस बार ट्रेन से जा रहे हैं हम...हम यानी, मैं और मेरा क्लीग दीपक। दिल्ली से ग्यारह बजे चली है ट्रेन। मेल ट्रेन है। अप्रैल का महीना। दोपहर और हमारा सफर।

हम जिस कम्पार्टमेंट में बैठे हैं वो लगभग खाली है। यह हैरान करने वाली बात है। हिन्दुस्तान की रेलगाड़ियों का तसव्वुर करो तो धक्का-मुक्की करती भीड़ खौफ पैदा करती है। लेकिन यह डिब्बा...लगभग खाली।

जिस कूपे में हम बैठे हैं, दीपक और मैं आमने सामने खिड़की वाली सीट के पास। हमारे साथ एक और आदमी भी बैठा है—अधेड़ उम्र का आदमी। अखबार पढ़ता हुआ। सामने की दो सिंगल सीटों पर भी दो आदमी बैठे हैं। एक थुलथुल शरीर का ऊँघता हुआ-सा। दूसरा आदमी तिलकधारी। हाथ में माला फेरते-फेरते वो आँखें मूँद लेता है जैसे ध्यान में चला गया हो। फिर आँखें खोलता है। उँगलियाँ फिर मसरूफ हो जाती हैं।

दीपक ने बैग में से किताब निकाल ली है—'दि मांक हू सोल्ड हिज फरारी'। वो इसी तरह की किताबें पढ़ता है। मैं फिक्शन पढ़ता हूँ। लेकिन इस बार मैं कोई किताब अपने साथ नहीं लाया।

सराय रोहिल्ला, पटेल नगर, बिजवासन जा चुके हैं। गुड़गाँव स्टेशन पर ट्रेन रुकी है। गुड़गाँव जितना हाईटैक शहर है, स्टेशन उतना नहीं। स्टेशन पर भीड़ कम है। ऐसा लगता है लोग शिमला, मसूरी, नैनीताल निकल गये हैं।

हमारे वाले कम्पार्टमेंट में कुल एक यात्री चढ़ा है। वो एक आकर्षक नौजवान है। एक बैग है उसके पास।

उसने एक पल के लिए इधर-उधर देखा है। मेरे वाली बर्थ पर...मुझसे थोड़ा

सा फासला रखकर बैठ गया है। बैठते वक्त उसने हल्की-सी 'हाय' की है। यह नयी पीढ़ी के 'विश' करने का तरीका है। वो जरा-सा मुस्कराया भी है। यानी उसमें कोई पूर्वाग्रह नहीं। यह और बात कि हममें से किसी ने उसकी 'विश' का रिस्पांस नहीं दिया।

नौजवान लम्बा, ऊँचा, तन्दुरुस्त है। उसके जबड़े मजबूत, कलाइयाँ सख्त हैं। उसने जींस पहन रखी है और दो जेबों वाली कमीज। उसने घड़ी नहीं पहन रखी। और तो और उसके पास मोबाइल भी नहीं है। शायद बैग में हो। या न हो।

"आप सब जयपुर तक?" बैठने के बाद उसने हम सबसे सवाल किया है। उसका सवाल शायद किसी को भी अच्छा नहीं लगा। किसी ने भी उसके सवाल का जवाब नहीं दिया। दीपक ने 'हाँ' में सिर हिला दिया है।

"जयपुर इज फेंटेस्टिक सिटी।" उसने कहा है। पहले उसने सवाल किया है। अब जयपुर पर उसका व्याख्यान चल पड़ा है। वो बोलता जा रहा है, जयपुर इज़ ट्रेडीशनल, हिस्टारिकल एण्ड मार्डन सिटी...एक तरफ हवा महल, चाँदपोल, सूरज पोल, जन्तर मन्तर तो दूसरी तरह टोंक रोड।"

जयपुर शहर पर उसका व्याख्यान समाप्त हो गया है। मैं चुप हूँ। मैंने उसे जरा-सा देखा है। दीपक ने भी देखा है उसे। कहा है, "आप ठीक कहते हैं। मुझे भी यह शहर फैसीनेट करता है।"

"थैंक्यू सर।" उसने मुस्कराकर कहा है। अपने रेशमी, काले बालों में उँगलियाँ घुमाते हुए, दीपक की तरफ देखते कह रहा है, "सर, इस शहर को देखो तो ऐसा नहीं लगता जैसे जिल्दसाज ने नयी-पुरानी, दो सभ्यताओं को, बड़े सलीके के साथ, एक जिल्द में बाँध दिया हो।"

इस बार मैंने उसे चौंक कर देखा है। जयपुर मैं कई बार आया हूँ। लेकिन दो सभ्यताओं का शहर, जिल्दसाज, एक जिल्द में बाँधने की तरकीब...मैंने इस तरकीब से कभी नहीं सोचा। नौजवान को मैंने पहली बार थोड़ी प्रशंसात्मक दृष्टि से देखा है।

ट्रेन चल रही है। सब चुप हो गये हैं। बाकी तो पहले ही चुप थे। चुप दरअसल नौजवान हुआ है। सब चुप हो जायें तो पता चलता है कि ट्रेन की अपनी सैकड़ों आवाजें हैं। पटरी पर दौड़ता, ट्रेन का हर पहिया अपनी आवाज के साथ दौड़ता है। उसका दौड़ना, जैसे आवाजों का दौड़ना हो।

अचानक नौजवान की नजर किताब पर ठिठकी है। उसने शीर्षक को दोहराया है, "दि मांक हू सोल्ड हिज फरारी..." शीर्षक दोहराने के बाद उसने किताब की तरफ संकेत करते हुए कहा है, "सर यह किताब बेस्ट सेलर साबित हुई...यू नो? अपने कटेंट के कारण कम, अपने नाम के कारण ज्यादा।"

दीपक ने नौजवान को थोड़ा गुस्सैल नजरों से देखा है, "कंटेंट भी अच्छा है।"

"आफकोर्स!" नौजवान मुस्कराया है। बोलते हुए भी मुस्कराना समाप्त नहीं हुआ उसका, "प्रवचनों को थोड़ा आधुनिक तरीके से कहने की कोशिश की गयी है। मांक ने फरारी बेची ज्ञान प्राप्ति के लिए...हजारों साल पहले, हमारे देश के एक राजकुमार...गौतम बुद्ध ने राजपाट त्याग दिया...ज्ञान के लिए...और उन्हें बुद्धत्व प्राप्त हुआ।"

इस बार हम सबने उसे देखा। मैंने, दीपक ने, अखबार पढ़ने वाले अधेड़ आदमी ने...यहाँ तक कि माला जपते स्वामी जी ने भी।

स्वामी जी ने नौजवान को देखा है। नौजवान ने स्वामी जी के सामने हाथ जोड़ दिये हैं। स्वामी ने कोई प्रतिक्रिया जाहिर नहीं की। नौजवान को भी शायद अखरी है स्वामी जी की तटस्थता।

नौजवान ने हमारी तरफ देखते हुए सवाल किया है, "आप स्वामी का मीनिंग जानते हैं?"

उसे चुप रहना नहीं आता। वो अपनी बात सवाल से शुरू करता है। ऐसे सवाल से जिसका जवाब हमारे पास नहीं होता। अब भी उसका सवाल भटककर रह गया है।

स्वामी शब्द का अर्थ बताने से पहले उस शब्द की तशरीह की है उसने, "स्वामी...यानी सो, एम, आई, यानी, जैसा कि मैं हूँ। इस लहजे से हम सब स्वामी हैं।"

उसकी व्याख्या पर दीपक हँस पड़ा है। मैं भी दीपक के साथ हँसने लगा हूँ। अखबार पढ़ने वाले अधेड़ आदमी ने चौंककर नौजवान को देखा है।

"यू आर जीनियस।" मैंने उसे देखते हुए कहा है।

"थैंक्यू सर।" उसने मुस्कराकर जवाब दिया है।

माहौल चीयरफुल हो गया है। बेशक, माला जपते 'स्वामी' को अच्छा नहीं लगा। उनका चेहरा, पहले से ज्यादा सख्त हो गया है...ऊँघते हुए आदमी ने एक बार हम सबको देखा है। वो कई सारी आवाजों के विसर्जन के बाद फिर ऊँघने लगा है।

ट्रेन की कई सारी आवाजें हैं। डीजल इंजन का हॉर्न। दूर तक आवाज गूँजती चली जाती है।

"सर, स्टीम इंजन के बारे में जरा सोचो तो कैसा लगता है? रोमांचक-सा अनुभव! आग और पानी का मिश्रण पूरी रेलगाड़ी को खींचकर ले जाता था। तब यात्रा करते हुए हमारा रिश्ता, आग, पानी और उससे बनने वाली भाप से था। तब हमारा रिश्ता टेलीफोन की तारों पर बैठे पक्षियों से भी था। हम टेलीफोन के खम्भे

गिनते। पक्षियों को गिनते। गिनती भूल जाते। पक्षी याद रह जाते..."

"वैरी गुड!...क्या मेमरीज हैं आपकी" दीपक ने कहा है।

मैं अपने पास बैठे नौजवान को एकटक देख रहा हूँ। जैसे सचमुच, वो स्मृतियों के किसी स्टीम इंजन पर चढ़कर, कहीं बहुत पीछे चला गया हो।

अखबार पढ़नेवाले ने अपना अखबार हटाया है। नौजवान को देखता रहा। शायद उसे भी अपना कोई पुराना जमाना याद आ गया हो जैसे।

फिर चुप। फिर ट्रेन की आवाजें। अगर यह नौजवान हमारे कूपे में न आकर बैठा होता तो ऐन मुमकिन था कि हम सब, बिना कुछ बोले, जयपुर तक का सफर तय करते।

नौजवान की शर्ट के दो जेब हैं। एक जेब से उसने सिगरेट का पैकेट और लाइटर निकाला है। सिगरेट को मुँह से लगाकर, लाइटर का बटन दबाया है। नीली-सी लौ के साथ, महीन-सा संगीत भी निकला है। लेकिन उससे सिगरेट नहीं जलायी। लाइटर और सिगरेट को डिब्बी में रखते हुए उसने कहा है, "मेरा सिगरेट पीना आप सबको अच्छा नहीं लगेगा।"

"शुक्रिया।" अखबार पढ़ने वाले आदमी ने कहा है। हम दोनों ने कोई प्रतिक्रिया व्यक्त नहीं की।

मेल ट्रेन कई सारे स्टेशनों पर बिना रुके 'रन थ्रू' निकल गयी है। जिस स्टेशन से ट्रेन रन थ्रू निकलती है कई तरह की तेज-तेज आवाजें पैदा होती हैं। स्टेशन पीछे छूट जाता है। आवाजें गुम हो जाती हैं।

नौजवान पीछे छूटते स्टेशन को देख रहा है। मैं इस फिक्र में हूँ कहीं वो इस विषय पर कोई सवाल न पूछ ले। मेरी चिन्ता सही थी। वो हमसे पूछ रहा है, "सर उन स्टेशनों के बारे में आपका क्या खयाल है, ट्रेन जिन्हें बिना रुके, पीछे छोड़ जाती है?"

यह भी कोई सवाल है। छोटे स्टेशनों के बारे में हमारा क्या खयाल हो...कुछ भी नहीं—मैंने मन ही मन कहा है। चुप हूँ। यह सोचकर कि दीपक बोले। दीपक ने कहा भी है, "अगर ट्रेन हर स्टेशन पर रुकती जाये तो दो दिन में पहुँचे जयपुर।"

"नहीं सर, वो बात नहीं।" नौजवान की आवाज गम्भीर हो गयी है, "सर, ऐसा नहीं लगता जैसे कोई रिश्ता टूट गया हो...स्टेशन की इमारत, छोटा-सा मुसाफिरखाना, लाल बजरीवाला प्लेटफार्म, हरे बेंच, पानी की गुमटी...सब के सब बड़ी हसरत से ट्रेन को देखते रह जाते हैं। तेज रफ्तार ट्रेन बिना रुके आगे निकल जाती है। सर, कितनी सारी आवाजें पैदा होती हैं इस बीच...मेरा खयाल है, वो रिश्ता टूटने की आवाजें होती हैं...ट्रेन रुके तो स्टेशन के साथ संवाद करती प्रतीत होती हैं...ट्रेन रन थ्रू निकल जाये तो बेमुरव्वत नजर आती है।"

नौजवान अचानक चुप हो गया। जैसे वो कोई छोटा-सा स्टेशन हो। कोई मेल ट्रेन बिना रुके गुजरी हो और वो उदास हो गया हो।

छोटे स्टेशनों के बारे में कभी मैंने इस तरह क्यों नहीं सोचा? मैंने मन ही मन अपने आप से पूछा है।

अखबार पढ़ने वाले अधेड़ आदमी ने कहा है, "बरखुरदार अच्छे खयालात हैं तुम्हारे।"

"शुक्रिया जनाब।" नौजवान ने कहा है।

फिर चुप। नौजवान चुप तो सबके सब चुप। सब चुप हैं। कोई खिड़की के बाहर देख रहा है तो कोई अपने भीतर।

मैं सोच रहा हूँ नौजवान इतनी देर से चुप कैसे रह गया। जिस रफ्तार से ट्रेन चल रही है, उसी रफ्तार से उसके प्रश्न। उसी रफ्तार से उसकी बातें। वो खुशतबीयत नौजवान है। मन से थोड़ा बेचैन। तन से स्मार्ट। हम अकेले यात्रा कर रहे हैं। वो सवालों के साथ यात्रा कर रहा है। वो जब से आया है कूपे में हचलच-सी पैदा हो गयी है।

हम बाहर देख रहे हैं—दूर तक पसरी हुई रेत। रेत ही रेत। जैसे रेत न हो...पृथ्वी की बेशुमार प्यासी आँखें हों।

हम खिड़की के बाहर देख रहे हैं। नौजवान भी खिड़की से बाहर देख रहा है। उससे रहा नहीं गया। उसने फिर सवाल किया है, "हम सब रेत को देख रहे हैं शायद?"

"शायद।" दीपक ने कहा है। कुछ इतने रूखे लहजे में कहा है उसने जैसे बाहर पसरी रेत को उड़ा दिया हो।

नौजवान ने मुस्कराने की कोशिश की है। अब उसने मेरी तरफ देखते हुए सवाल किया है, "सर, आप चोर रेत के बारे में जानते हैं?"

"चोर रेत?" मैंने चौंककर उसके सवाल को दोहराया है।

"चोर रेत होती है सर...जान लेवा। दूर तक फैले हुए रेत के टीले। इनमें कई सारी जगहें खोखली भी होती हैं। जो रेत की परत से ढँक जाती हैं। दूर से देखो तो रेत का टीला। पाँव रखो तो कहीं गहरे धँसते चले जाओ। इसी को चोर रेत कहते हैं सर...काफिलेवाले जब रेतीले मरुस्थल को पार करते हैं तो एहतियात के तौर पर अपने आगे एक खाली ऊँट को रवाना करते हैं।"

मैं हैरान होकर उसकी बात को सुन रहा हूँ। सचमुच चकित हूँ। मैंने चकितभाव से उसे देखते हुए कहा है, "आपके पास गजब की जानकारियाँ हैं।"

"थैंक्यू सर।" उसने कहा है। फिर रेत पर आ खड़ा हो जैसे, "सर, रेत के कई रूप होते हैं।"

"जैसे?" मैंने पूछा है।

"सर, रेत उड़े तो आँधी...रेत बैठ जाये तो गर्द...रेत पसर जाये तो किसी स्त्री देह जैसी, रेत सीने में उतर जाये तो न बुझनेवाली प्यास।"

"वैरी गुड।" अखबार पढ़नेवाले अधेड़ आदमी ने कहा है। नौजवान जरा-सा मुस्कराया। माला जपनेवाले स्वामी ने तिरछी नजर से नौजवान को देखा है। वही, कोरी स्लेट जैसा चेहरा।

"आप करते क्या हैं?" अधेड़ आदमी ने सरसरी-सा सवाल किया है।

"पढ़ता हूँ।" नौजवान ने जवाब दिया है।

"कौन से कॉलेज में?" अधेड़ आदमी ने फिर पूछा है।

"सर, क्या कॉलेज के बाद हम नहीं पढ़ रहे होते?"

"मैं कुछ समझा नहीं?" अधेड़ आदमी झुँझला-सा गया हो जैसे।

"सर, हमारा समाज कितना बड़ा विश्वविद्यालय है।" नौजवान ने कहा है। दीपक, मैंने और अधेड़ आदमी ने एक साथ देखा है उसे।

वो जरा-सा हँसा है। उसने बैग में से पानी की बोतल निकाली है। बोतल में थोड़ा-सा पानी बचा है। उसने दो चार घूँट पानी पीया है। बोतल को देखते हुए अपने आपसे कहा है उसने, प्यास ज्यादा है...पानी कम। ऐनी वे, उसे जयपुर तक तो चलाऊँगा ही। उसे अपने आप से बोलकर तसल्ली नहीं हुई। हमारी तरफ देखते हुए वो कह रहा है, "हम इण्डियन, पानी के क्राइसेस को नहीं समझते। खूब बेकार करते हैं पानी। सर, ब्रश करें और पाँच मिनट तक नल खुला रहे...तीस लीटर पानी बेकार चला जाता है।"

मैंने उसकी तरफ देखा है। वो ठीक कह रहा है। उसका सोचना संवेदना से भरपूर है। वो नौजवान है। ऐसी उम्र में युवक खिलन्दड़े होते हैं। वो मस्त जीवन जीते हैं। पानी, रेत, स्टीम इंजन, उसकी सोच के विषय नहीं होते। उम्र ही ऐसी होती है। सब यंग, उड़ान में रहते हैं। लेकिन इस नौजवान की बात दूसरी है। बेशक, ज्यादा बोलता है लेकिन अच्छा बोलता है। दीपक को अच्छा नहीं लग रहा। माला जपने वाले को भी यह नौजवान खटक रहा है। मुझे अच्छा लगा है।

यह थ्रू-एन-थ्रू ट्रेन है। एक डिब्बे से दूसरे डिब्बे या फिर तीसरे, चौथे, पाँचवें डिब्बे तक जाया जा सकता है। इस तरह की ट्रेनें मुझे बहुत अच्छी लगती हैं। डिब्बों के अन्दर आप ऐसे घूम रहे होते हैं जैसे किसी कॉलोनी में...या मोहल्ले की गली में। ट्रेन दौड़ रही होती है और आप डिब्बों के अन्दर चल फिर रहे होते हैं।

बाँदीकुई के बाद, दो स्टेशनों पर ट्रेन रुकी है। इस डिब्बे में कोई सवारी नहीं चढ़ी। ट्रेन फिर 'स्लो' हो गई। कोई स्टेशन है। ऐसा लगता है ट्रेन यहाँ भी रुकेगी।

एक लड़की डिब्बे में चढ़ी है। हम सबने उसे जरा-सा देखा है। पर्स और बैग के साथ एक पल के लिए उसने हम सबको देखा है। जरा-सा 'विश' किया है। फिर लड़के को देखते हुए जरा-सा स्माइल किया है। 'फ्रेंडली' वातावरण बनाने के लिए यह औपचारिकता जरूरी होती है।

वो नौजवान के सामने बैठ गयी है—मुझसे कुछ दूर। उसने बैग रख दिया है। पर्स में से मोबाइल निकालकर एक नम्बर मिलाया है, "डोंट वरी...मैं ट्रेन में हूँ। पहुँचकर फोन करूँगी। बॉय।"

संक्षिप्त-सी, बहुत आहिस्ता से की गयी बात, बात समाप्त। मोबाइल हाथ में। मोबाइल क्रान्ति ने युवतियों में पहले से ज्यादा आत्मविश्वास भर दिया है। मोबाइल उनके हाथ में इस तरह होता है जैसे कोई अन्तरंग साथी। मोबाइल में स्त्रियों का गोपनीय संसार होता है। अकेलेपन को खत्म करने का विकल्प भी।

लड़की मोबाइल से खेलने लगी है। लड़की स्मार्ट है। बिन्दास और चतुर भी।

दीपक ने च्युइंगम का पैकेट निकाला है। वो चॉकलेट, टाफियाँ, च्युइंगम खाने का शौकीन है। उसने कूपे में बैठे सब लोगों को च्युइंगम दिया है। लड़की ने भी च्युइंगम पैकेट में से निकाला है। थैंक्स कहा है।

नौजवान ने इनकार कर दिया है। दीपक को खराब लगा है। ज्यादा खराब तब लगा है जब उसने च्युइंगम न खाने पर दलील दी है, "च्युइंगम जब हम चबाते हैं तो हमारे मुँह में होता है। जब फेंकते हैं तो किसी के जूते के नीचे। संसार की व्यर्थ और बेस्वाद चीज है च्युइंगम। इसलिए मैं च्युइंगम नहीं खाता।"

लड़की मुस्करायी है।

दीपक चिढ़ गया है।

मैं खुश हूँ। मेरे जूतों के नीचे भी कई बार च्युइंगम चिपका है और उतरते नहीं उतरा। नौजवान की बात मुझे ठीक लगी है।

फिर सब यथावत। ट्रेन बहुत सारी आवाजों के साथ जयपुर की तरफ जा रही है। अप्रैल का महीना है—गर्मी और लू। मैं खिड़की के बाहर देख रहा हूँ—छोटे-छोटे गाँव। खेजड़ी के दरख्त। रेत...दीपक किताब पढ़ने लगा है। सामने सिंगल सीट पर बैठा थुलथुले शरीर का आदमी जाग चुका है। स्वामी जी माला जप रहे हैं। अखबार पढ़नेवाला अधेड़ आदमी अखबार पढ़ चुका है। फिर भी अखबार को देख रहा है। नौजवान चुप है। पता नहीं वो कहाँ देख रहा है। लड़की मोबाइल में कोई गेम खेल रही है।

पेंट्रीकार से चायवाला गुजरा है। वो ठिठका है। उसने एक बार चाय...'हॉट टी' जैसे शब्द उछाले हैं। चाय पीने का मेरा मन है लेकिन इतने सारे लोग। उनकी

चाय लूँ या सिर्फ अपनी। मैं इस दुविधा में हूँ।

नौजवान ने चायवाले को रुक जाने का इशारा किया है, "सबको चाय दीजिए।" उसने सहज भाव से कहा है।

स्वामी जी और सिंगल सीट पर बैठे आदमी को छोड़कर सबने चाय ले ली है। चायवाला यह कहते हुए चला गया है कि पैसे वापसी पर ले लेगा।

हम सब चाय पीने लगे हैं। नौजवान ने सबकी तरफ देखते हुए कहा है, "एक साथ चाय पीते हुए हम सब! ऐसा लग रहा है जैसे हम सब हमसफर हैं।"

"आफकोर्स" मैंने कहा है।

"थैक्यू।" लड़की ने मुस्कराते हुए कहा है।

"व्हाट फॉर?" नौजवान ने पूछा है।

"फॉर दिस नाइट टी।" लड़की प्लास्टिक का कप हाथ में लेकर मुस्करा रही है। वो अच्छी लग रही है।

"सर," नौजवान मुझे देखते हुए कह रहा है, "संसार के छह सुपर ड्रिंक्स हैं, लेकिन पानी के बाद चाय है, जो सबसे ज्यादा पी जाती है।"

"सुपर्ब।" लड़की हँसी है।

"गरमियों में गर्म चाय ठण्डक पहुँचाती है।" नौजवान ने कहा है। हम सब हँस पड़े हैं। हम सब चाय पी रहे हैं।

नौजवान की उपस्थिति दिलचस्प है।

उसने चाय का आखरी घूँट भरते हुए कहा है, "जहाँ दिल मिले...वहीं मेला। मेले में कोई किसी को नहीं बुलाता। लेकिन भीड़ जमा हो जाती है। अगर देखें तो इस कम्पार्टमेंट में भी छोटा-सा मेला है...हम सब इस मेले में शामिल हैं।"

वो सच कह रहा है। मैं मन ही मन विचार कर रहा हूँ। दीपक ने भी एक बार उसे देखा है और लड़की ने भी।

चायवाला डिब्बे का चक्कर लगाकर वापिस आया है। नौजवान ने पचास का नोट निकालकर चायवाले को दिया है। नोट निकालते हुए उसके हाथ ठिठके हैं। पचास का नोट चायवाले को देने के बाद उसने जेब में झाँका है, कुछ इस तरह जैसे किसी गहरे कुएँ में झाँक रहा हो। जेब में झाँकते झाँकते, चेहरा उतर गया है उसका। उसकी सारी गतिविधियाँ जेब तक सिमट गयी हैं। कभी वो अपने दायें हाथ से जेब टटोलता है। जेब में झाँकता है। जेब खाली है। वो खाली जेब में झाँकते हुए, खाली-खाली-सा, बल्कि वीरान-सा नजर आने लगता है।

मैं हैरान हूँ उसे क्या हो गया है? अच्छा भला नौजवान। खुशबाश। जिन्दगी को करीब से देखनेवाला। जानकारियों से लबरेज...चाय तक तो ठीक ठाक था। अब क्या हो गया है इसे?

"क्या हुआ?" मैंने थोड़ा बेचैन होकर सवाल किया है।

उसने मेरी तरफ देखा है। जवाब नहीं दिया। मेरे पूछने के बाद लड़की ने भी नौजवान को अस्थिर देखकर पूछ लिया है, "व्हाट हैपेंड!"

"पन्द्रह हजार थे इस जेब में।" उसने कहा है।

"तो?" लड़की उद्विग्न नजर आयी है।

"निकल गये।" नौजवान ने व्यथित होकर कहा है।

"निकल गये?" लड़की को जैसे विश्वास नहीं हुआ।

"पन्द्रह हजार और पचास रुपये रखे थे इस जेब में...पचास रुपये चाय के देने लगा तो पता चला कि पन्द्रह हजार निकल चुके हैं।" नौजवान ने गमजदा आवाज में स्थिति को स्पष्ट किया है।

"ओह शिट।" लड़की ने उदास-सा मुँह बनाया है। फिर तत्काल कहा है, "वैरी सैड।"

"किसी और जेब में न रख दिये हों?" मैंने कहा है।

उसने खड़े होकर पैंट की सारी जेबें देखी हैं। कागज पत्तर और बीस-तीस रुपये के अतिरिक्त कुछ भी नहीं निकला।

आकर्षक चेहरा एकदम उजाड़ हो गया है इसके चेहरे की सारी रौनक गायब हो गयी है। वो चुप हो गया है। इतना चुप कि उसकी चुप्पी किसी कील की तरह चुभती हुई महसूस होती है। अब न वो रेत पर कोई बात कर रहा है न स्टीम इंजन पर। अब वो सारे सवाल भूल गया है और उनके जवाब भी।

पन्द्रह हजार का खो जाना किसी बड़े दुख की तरह होता है।

"पन्द्रह हजार रुपये गिरे या किसी ने निकाले?" अखबार पढ़नेवाले ने पेचीदा-सा सवाल किया है।

"मालूम नहीं।" वो ऐसे सवालों से बचना चाहता है।

"पन्द्रह हजार रुपये आपने सामने की जेब में रख दिये?" ऊँघते हुए आदमी ने जैसे उसका मजाक उड़ाया हो।

नौजवान ने कोई जवाब नहीं दिया। वो विचलित है। बेचैन और घबराया हुआ। उसका हाथ बार-बार कमीज की जेब तक चला जाता है, जो खाली है।

कूपे में सन्नाटा खिंच गया है। कोई किसी से नहीं बोल रहा। सब चुप हैं। सबसे ज्यादा बोलनेवाला सबसे ज्यादा चुप है। उसकी चुप्पी में व्याकुलता है। हमारी चुप्पी में कुछ भी नहीं।

"अब...अब आप क्या करेंगे?" लड़की ने सवाल किया है। उसके सवाल में हमदर्दी है।

"अब?" नौजवान ने गहरी साँस ली है। एक पल ठिठकने के बाद उसने कहा

है? "अब जयपुर नहीं जा सकूँगा।"

"तो?" लड़की तह तक जाना चाहती है?

"अगले किसी स्टेशन से उतरकर वापिस चला जाऊँगा।" नौजवान ने लरजती हुई आवाज में कहा है।

लड़की ने फिर कोई सवाल नहीं किया। सब चुप हो गये हैं।

नौजवान की डरी-डरी-सी आवाज उभरी है, "आपमें से कोई मुझे एक हजार रुपये उधार दे सकता है?"

नौजवान के इस प्रश्न ने सबको सकते में डाल दिया है। ऐसा लगता है जैसे उसके सवाल को किसी ने सुना नही। उसका सवाल है ही ऐसा। सवाल को सुना जाये तो जवाब संकट में डाल सकता है। इसलिए अच्छा है कि सवाल को सुना ही न जाये।

दीपक किताब पढ़ने लगा है 'दि मांक हू सोल्ड हिज फरारी' स्वामी जी जैसे ध्यान में चले गये हों। थुलथुला आदमी फिर से ऊँघने लगा है। अखबार पढ़ने वाला अधेड़ आदमी पूरा अखबार पढ़ चुका है। वो जिंसोंवाला पन्ना खोलकर बैठ गया है।

एक लड़की है जो नौजवान को देख रही है। दूसरा मैं हूँ।

"मैं प्रॉमिस करता हूँ।" नौजवान ने सबको सुनाते हुए कहा है, "मैं एक हजार रुपया शर्तिया लौटा दूँगा...दो दिन के अन्दर। आप अपना अडरेस...फोन नम्बर और एक हजार रुपया..." वो कहते-कहते रुक गया है। आगे उससे बोला नहीं गया। गला भर गया हो जैसे। आँखें उसकी पानी से कुछ भरी-सी महसूस होती हैं।

लड़की ने नौजवान को देखा है। मोबाइल को बर्थ पर रखा है। पर्स उठाकर पाँच सौ रुपये निकालकर नौजवान को देते हुए बोली है, "जेंटिलमैन, मैं इतने पैसे स्पेयर कर पाऊँगी।"

"थैंक्यू वैरी मच।" नौजवान ने पाँच सौ का नोट लेते हुए कहा है, "प्लीज, आप अपना नाम-पता बता दीजिये। मैं तीन दिन के अन्दर आपके पैसे वापिस भेज दूँगा।"

"यह छोटी-सी 'मनी' है। यह 'लोन' नहीं, सिम्पली हैल्प है। इसलिए अडरेस की बात छोड़िये।" लड़की ने सहज भाव से कहा है।

"थैक्यू वैरी मच।" नौजवान की आवाज में नमी है।

मैंने भी पाँच सौ का नोट निकालकर उसे देते हुए कहा है, "इसे भी रख लीजिये, यह भी हेल्प है।"

"आप संकट में काम आये। इस अहसान को मैं कभी नहीं भूलूँगा।" नौजवान ने कहा है। उठकर चला गया है।

नौजवान के जाने के बाद कुछ देर खामोशी छायी रही है। न पहले जैसी रंगत रही न रौनक। वातावरण में अजीब-सी गन्ध समा गयी है। संशय की गन्ध शायद ऐसी ही होती हो।

अखबार पढ़नेवाले अधेड़ आदमी ने अखबार को तहाकर रखते हुए शुरुआत की है, "कुछ यकीन नहीं हुआ।"

"मुझे भी।" ऊँघनेवाले आदमी ने तुरन्त कहा है।

"मुझे तो शुरू से ही 'प्रोफेशनल' लग रहा था।'' दीपक ने मुझे देखते हुए कहा है।

"बातों का रस घोलता रहा।" स्वामी जी ने माला जपते-जपते कहा है। वो थोड़ा रुके हैं। फिर प्रवचन देने की मुद्रा में आ गये हैं, "मुझे इस तमाशे का पूर्वानुमान हो गया था।"

"पचास की चाय पिलाई। एक हजार लूट गया।" अधेड़ आदमी ने तल्खी से कहा है।

"कलाकार था। किस खूबी के साथ उसने पूरे कूपे के लोगों को अपने पक्ष में किया। सम्मोहन इसी को कहते हैं।" दीपक बोले जा रहा है।

"सम्मोहित करके ठगी करना, यह नया चलन है...नये जमाने का चलन।" स्वामी जी ने बड़ी विनम्रता से कहा है। उनकी विनम्रता में कटाक्ष है...क्रूरता भी है।

"कोई सामने की जेब में पन्द्रह हजार रुपये रखता है?" अखबारवाला अधेड़ आदमी संशय को यकीन में बदल देना चाहता है।

"सारा नाटक था।" ऊँघनेवाला थुलथुल शरीर। भारी भरकम आवाज में बोल रहा है।

"प्रपंच कहिये।" स्वामी जी मुस्करा रहे हैं।

"बेवकूफ तो ये लोग थे जिन्होंने एक हजार रुपये निकालकर दे दिये।" अधेड़ आदमी ने कहा है।

"यहाँ से वापिस भी जाये तो डेढ़ दो सौ की टिकट लगेगी...किसी ने यह नहीं पूछा कि वो एक हजार का करेगा क्या?" स्वामी जी वाचाल हो उठे हैं।

"बहुत हो चुका।" लड़की ऊँची आवाज में बोली है, "नाऊ यू प्लीज...इट इज टू मच। मैंने अपनी मर्जी से दिये हैं...आपको वो डाउटफुल लग रहा है तो आप जानो। मैंने उसकी प्राब्लम को समझा है और हेल्प की है...दैट्स ऑल।"

"एक बात आपने नोट की?" लड़की के प्रति लापरवाह होकर, माला जपते स्वामी जी ने कहा।

सिंगल सीट पर थुलथुले आदमी ने पूछा, "क्या?"

"ज्यों ही एक हजार उसके हाथ में आये, वो आदमी बिना एक पल गँवाये

उठकर चला गया।" स्वामी जी ने शक को और ज्यादा पुख्ता किया।

"बिल्कुल ठीक कहा आपने। पैसे जेब में डाले और उठकर चलता बना।" दीपक बोला। दीपक ने मुझे देखा। जैसे मेरी खिल्ली उड़ा रहा हौ।

"आप लोगों का शक अपनी जगह ठीक हो सकता है। लेकिन मुझे वो नौजवान दुखी नजर आ रहा था।" मैंने बड़ी शाइस्तगी से कहा। वरना दीपक और स्वामी जी पर मुझे बहुत गुस्सा आ रहा था।

"आप जिसे दुख कह रहे हैं, वो उसका मुखौटा था।" अधेड़ आदमी ने मेरी तरफ हाथ का इशारा करते हुए कहा।

"ये लोग बहुत चालू होते हैं। कमजोर बन्दों की नब्ज पहचान लेते हैं। ठगी इस तरह करते हैं कि पता ही नहीं चलता...जनाब, आप ठगे गये। फिर भी आप उसके प्रति हमदर्दी जता रहे हैं।" स्वामी जी ने कहा। वो इतनी देर से चुप थे। अब ज्यादा बोल रहे हैं।

मैं चाहता हूँ सब चुप हो जायें। लेकिन नौजवान का जिक्र जारी है। यह एक दिलचस्प मुद्दा है। कूपे में बैठे लोग इस मुद्दे को खत्म नहीं करना चाहते।

"क्या गजब का मेनेरिज्म था यंग मैन का?" अधेड़ आदमी कुछ सोचते हुए बोला है, "ट्रिपल फाइव सिगरेट। गोल्डन लाइटर।...सब दिखावा...हाई प्रोफाइल नजर आने के लिए, इस तरह के गैजेट्स जरूरी होते हैं।" अधेड़ आदमी कुछ देर के लिए चुप हुआ।

दीपक ने इस बीच अपनी बात कही है, "वो हमें 'सर' कहता रहा। यह रिस्पेक्ट किसी जाल की तरह थी...फँसाने के लिए...वो अपनी बातों से हमें लुभाता रहा...हमारे बीच आने के लिए उसकी 'एंट्री' सोची समझी चालाकी थी...पार्ट ऑफ गेम।"

दीपक की बात अभी पूरी हुई है कि मैं सामने का दृश्य देखकर हतप्रभ रह गया हूँ। वही नौजवान! बिलकुल वही। दरवाजे के पास। बैग उठाये। हमें देखता हुआ। हम सबको देखता हुआ।

हतप्रभ कर दिया है उसने। मुझे ही नहीं, हम सबको। कूपे में बैठे सब लोग उसे देखकर अवाक् रह गये हैं। वो हैरान हुए हैं। फिर उसे देखकर परेशान हो गये हैं। उन्हें उम्मीद ही नहीं थी वो नौजवान फिर आ खड़ा होगा। जो ठगी करके जाते हैं, वो वापिस तो नहीं आते लेकिन यह नौजवान आ गया। इसे तो किसी स्टेशन पर उतरकर वापिस चले जाना था। फिर यहाँ। यहाँ किसलिए?

नौजवान की उपस्थिति ने सबको हिला दिया है। सिवाय मेरे और लड़की के, शेष सब असुविधा-सी महसूस कर रहे हैं।

नौजवान मेरे पास आकर बैठ गया है, अपनी पुरानी जगह पर। सबको देखकर मुस्कराया है। वही आकर्षण, वही चमक, वही मिजाज।

सवाल कई सारे हैं। सबकी नजरों में। पूछ कोई नहीं रहा। हिम्मत नहीं बची

किसी में।

नौजवान की आवाज में चमक है, "सर, बड़ी अजीब बात हो गयी। मुझे लगा पन्द्रह हजार रुपये निकल गये। वो निकले नहीं थे।"

"क्या मतलब?" मैंने चौंककर पूछा।

"सर, इस जेब में पन्द्रह हजार रखे थे। पता नहीं कब मैंने वो हजार-हजार के पन्द्रह नोट बैग की अन्दरवाली जेब में रख लिए। रख लिए और भूल गया। बाद में मुझे लगा पैसे निकल गये।"

"पता कैसे चला?" मैंने पूछा है। लड़की नौजवान को एकटक देख रही है, बाकी सबका ध्यान भी नौजवान की तरफ है।

"सर, पिछले स्टेशन पर मैं उतर ही गया होता। गला खुश्क हो रहा था। मन दुखी था। गला खुश्क। मैंने पानी की बोतल निकाली। दो घूँट पानी पीया। बोतल रखने लगा तो हाथ बैग की अन्दर वाली जेब को छू गया। जेब कुछ भारी-सा लगा। जिप खोली। मैं उछल पड़ा। खुशी के मारे उछला सर! पन्द्रह हजार वहाँ रखे थे।" उसने चहककर कहा। बड़ी सादगी से हम सबको नोट दिखाये। मुस्कराया। फिर नोट उसने बैग के उसी जेब में रख दिये।

नौजवान एक पल के लिए खामोश हुआ। फिर लड़की की तरफ देखते हुए बोला है, "मैडम, हमारे समय का सबसे बड़ा संकट विश्वास का संकट है। कोई किसी पर विश्वास नहीं करता। संशय का अँधेरा इतना ज्यादा है कि विश्वास की रोशनी कहीं नजर नहीं आती...ऐसे समय में आपने मुझ पर विश्वास किया है मैडम।"

"मैडम नहीं सिमरन कहिए।" लड़की मुस्करायी है। उसने अपना हाथ आगे बढ़ाया है। दोनों ने हाथ मिलाये हैं।

नौजवान ने पाँच सौ का नोट लड़की को वापिस करते हुए कहा है, "सिमरन मीन्ज याद रखना...सिमरन, मैं आपको हमेशा याद रखूँगा।"

नौजवान और लड़की ने फिर हाथ मिलाये हैं। यह दोस्ती की शुरुआत है लेकिन ऐसा लगता है जैसे वो बहुत पुराने दोस्त हों।

नौजवान ने मेरे पाँच सौ रुपये वापिस करते हुए थैंक्स कहा है। हाथ मिलाया है। मुस्कराया है जरा-सा। फिर गहरी साँस ली है उसने, "सर, आपने मुझ पर यकीन किया। मुझ पर नहीं, मेरे दुख पर यकीन किया...सर, उधार माँगते हुए मैं बहुत छोटा नजर आ रहा था अपने आपको...आप लोगों के बीच दोबारा आकर मैं फिर बड़ा हो गया हूँ...यह बड़ापन आपका है सर, मुझ तक पता नहीं कैसे चला आया है।"

नौजवान के चेहरे पर चमक है। उसकी आँखों में थोड़ी नमी भी है। जज्बाती लोगों के साथ अकसर ऐसा हो जाता है।

हम जयपुर जा रहे हैं। मैं इस खूबसूरत यात्रा को याद रखूँगा और नौजवान को भी। नौजवान जो हमारा सहयात्री है।

कालखण्ड

तुम मेरे सामने बैठे हो। बैठे हो कुछ इस तरह, जैसे रख दिये गये हो। मैं तुम्हें देख रही हूँ—एक ज़िन्दगीहीन शख़्स। साँसों के कारख़ाने जैसा। जिसकी चिमनी में, पुराने ज़माने का कोई धुआँ अटका हुआ है।

तुम्हारी मौजूदगी में एक धमक होती थी। ऐसा लगता, जैसे कोई सुल्तान, अपनी तमकनत के साथ आ खड़ा हुआ है। ऐसा भी लगता जैसे कोई सूरज, अपनी शुआएँ लेकर चला आया है हमारे अँधेरे का मज़ाक उड़ाने।

तुम अब भी मौजूद हो, जैसे कोई बर्फ़ की सिल धूप में पड़ी हो। या फिर, तुम ऐसे नज़र आते हो रोशन, जैसे किसी नामुराद जज़ीरे पर, औंधेमुँह पड़ा जहाज़।

तुम किसी ख़राशज़दा कालखण्ड का कथानक नज़र आते हो रोशन। वक़्त के पास कई सारी लिपियाँ होती हैं। वो हमें, किसी लिपि में, कब तहरीर कर जाए, कुछ पता नहीं चलता।

मैं तुम्हें देख रही हूँ। तुम्हें साँस लेने में मुश्किल पेश आ रही है। ऐसा लगता है, अपनी देह से तुम साँस लेने की अनुमति माँग रहे हो। लगता ऐसा भी है, जैसे हर साँस पर तुम्हें कुछ टोल टैक्स चुकाना पड़ रहा है।

टोल टैक्स शायद सबको चुकाना पड़ता है। जितना बड़ा अहंकार उतना बड़ा टोल टैक्स। मैं कहा करती थी तुम्हें, अहंकार भी एक रोग की तरह होता है। तुम मेरी बातों को ऐसे हवा में उड़ाते थे जैसे हथेली पर रेत! मुझे छोटा साबित करने की तुम्हारे पास कई तरकीबें थीं। मेरी बातों को तुम फुटबॉल बनाते। किक मारते। हँसते। तुम विजेता और मैं स्तब्ध!

तुमने जवाब दिया था मुझे, "बड़े लोगों के लिए अहंकार उनका लाइफ स्टाइल होता है। अहंकार एक छवि की तरह होता है। एक ऐसी छवि जो दूसरे के दिलों में हौल पैदा करती है। यही सुख है मैडम।" तुम मुस्कराये थे। तुम्हारा मुस्कराना ख़ूबसूरत था। लेकिन मुझे बेचैन भी करता था। तुम जब-जब मुझे 'मैडम' कहते मैं

और ज्यादा बेचैन हो जाती।

कुछ लम्हों के बाद तुमने अपनी बाक़ी बची बात पूरी की थी, "लेकिन निम्न लोगों के लिए अहंकार एक रोग की तरह होता है। जिसे वो अपने अन्दर पालते हैं और कष्ट में रहते हैं।"

मैं तड़प उठी थी। मेरी तड़प को तुमने महसूस किया था। यह तुम्हारा आनन्द था। छोटा-सा जश्न! पता नहीं, 'निम्न' शब्द तुम कहाँ से ढूँढ़कर ले आये थे। यह शब्द मेरे लिए था। यह फब्ती भी मेरे लिए थी। शब्दों को तुम तीलियों की तरह जलाते। मेरी तरफ़ उछालते। मेरी देह थी या काग़ज़ का शामियाना! पता नहीं, तुम्हें क्या लगता था।

तुम सचमुच बड़े थे रोशन! तुमने एम.बी.ए. किया था। मैं सचमुच छोटी थी। मैं इंश्योरेंस कम्पनी में सहायक पद पर नियुक्त हुई थी। हम फ़र्क के प्लेटफार्मों पर खड़े थे। लेकिन ज़मीन तो एक थी। तुम्हें ज़मीन सरकाने का भी शौक था। कितनी बड़ी विडम्बना है। वक़्त तुम्हारी ज़मीन उठाकर चला गया। बिल्कुल वैसे, जैसे कोई पैरों की सौगात दे और रास्तों को छीन ले।

हम आमने-सामने बैठे हैं। मैं तुम्हें देख रही हूँ। एक शानदार शख़्स कितना लाचार नज़र आ रहा है। बीमारी मनुष्य को अजायबघर बनाकर रख देती है। देह का यथार्थ अपना। मन का अपना। मन में तुम्हारे बहुत कुछ है। लेकिन अव्यक्त! तुम्हारा अकथ, टेबल फैन के सामने किसी काग़ज़ की तरह लगता है, फड़फड़ाता हुआ।

एक ज़माना पहले तुम्हारे पास खिलन्दड़े जुमले होते। तुम अपने लफ़्ज़ों की पैरवी करते। वो बड़े हो जाते। लेकिन लफ़्ज़ों को ज़िन्दगी बख़्शनेवाला, दूसरों के शब्द गूँगे कर देता, ख़ास तौर से मेरे। मैं बोलने लगती। तुम मेरी बात, बीच में काट देते। तुम्हारे पास कैंची होती। मेरे पास फिकरों की कतरन!

तुमने ख़ूब कोशिश की है अपने दायें हाथ को मेज़ तक ले जाने की। मैं तुम्हें देख रही हूँ। तुम्हारा हाथ ज़रा-सा उठता है। एक मुठभेड़-सी नज़र आती है। तुममें और हाथ में। अगर तुम्हारा दायाँ हाथ यात्रा पर निकल पड़े तो मेज़ तक की यात्रा मुश्किल से दो फुट की होगी। तुमने मीलों यात्राएँ कीं। तुम्हारा हाथ दो फुट की यात्रा करने में असमर्थ! कई बार यात्राएँ स्थगित यात्राएँ साबित होती हैं। उत्पात मचाती हुई, लेकिन स्थगित!

तुम्हें प्यास लगी है। तुम्हारे चेहरे पर प्यास के निशान उभर आये हैं। मेज़ पर पानी का गिलास रखा है। तुम गिलास उठाना चाहते हो। गिलास उठता नहीं। गिलास अपनी जगह। प्यास अपनी जगह। कई बार मामूली चीजें भी हमें ऐसे इम्तेहान में डाल देती हैं, जिसमें हमें सिर्फ़ फेल होना होता है।

यह बहुत साल पहले की बात है। मेरी माँ भी तुम्हारे घर आयी थी। हम एक दूसरे के घर आते-जाते रहते थे। उस दिन भी मुझे साथ लेकर निकली थी। उसकी आँख में सपना था। मैं जानती थी माँ के सपने को टूट जाना था। मैं यह भी जानती थी कि माँ का सपना टूटेगा और मेरा विभ्रम! लेकिन मेरे जैसे लोग, विभ्रम को भी एक्वेरियम में बदल देते हैं—पानी। बुलबुले। रंगीन मछलियाँ तैरती हुई। एक सम्मोहन।

तुम्हारे घर में हम सब बैठे थे। तुम्हारी माँ ने मेज़ पर पानी के दो गिलास रखे थे। पानी का एक गिलास मेरी माँ ने उठा लिया था। दूसरा गिलास मैं उठाने ही वाली थी कि तुमने बड़ी फुर्ती के साथ, उस गिलास को उठाया और बड़े शाहाना अन्दाज़ में बोले, "जो बढ़के जाम उठा ले वो जाम उसी का है।"

फिर तुमने ठहाका लगाया। मैं झेंप गयी। कमरे में बैठे सब लोगों ने इसे मज़ाक समझा। ...मैंने अपमान!

गिलास अब भी मेज़ पर है। लेकिन किरदार बदल गये हैं। मेरा मन करता है वो मिसरा तुम्हें याद दिलाऊँ जो बढ़के जाम उठा ले। लेकिन नहीं। तुम्हारी बेबसी पर मिसरे पढ़ना, मेरी निस्संगता होगी। कोई मुझे देखे तो यही कहेगा कि मैं निस्संग न सही, तमाशाई ज़रूर हूँ। बैठी हूँ तुम्हें देखती। तुम्हारे हाथ को। जो उठता नहीं।

मन करता है तुम्हारे इस, लगभग पार्थिव हो चुके हाथ को अपने दोनों में पकड़कर बैठ जाऊँ। हाँ, इसी दायें हाथ को। इसी हाथ से तुमने एक दिन मेरी बाजू मरोड़ी थी। मरोड़ते चले गये थे। मैं कराह उठी थी। तुम पाश्विक हो उठे थे। जब-जब कोई 'बीस्ट' तुम्हारे अन्दर ज़िन्दा होता, तुम बेहद क्रूर हो जाते। तुमने मेरी बाजू इसलिए मरोड़ी थी कि मैंने कहा था, "तुम्हारे हाथ से मेरा हाथ ज़्यादा ख़ूबसूरत है। तुम्हें यह तुलना, किसी चुनौती की तरह लगी थी। मेरी बाजू में कई दिन तक सूजन रही। दर्द भी ख़ूब रहा। अगले दिन तुमने टेंटम क्रीम मेरे सामने पटकी। कहा कुछ नहीं। मर्ज़ देनेवाला दवा भी दे रहा था, कुछ इस अन्दाज़ से, जैसे किसी भिखारी को कोई दयावान, पुराना कम्बल देता है।"

मन करता है तुम्हारे हाथ को सहलाऊँ। पता नहीं क्यों? शायद इसलिए कि इस हाथ में, एक वो ज़माना भी तो है जिस ज़माने में तुम मुझे अच्छे लगते थे—अपनी तमाम खुराफ़ातों के बावजूद!

कैसी विडम्बना है रोशन सहगल! जिस शरीर पर तुम्हें बड़ा नाज़ था, वही तुम्हारे बरख़िलाफ हो गया है। तुम्हारा हुकुम तो क्या, तुम्हारी इल्तिजा भी नहीं मानता। देह का गुमान बड़ा विचित्र होता है। हम देह को चमकाने में लगे रहे हैं कि वो लश्कारे मारे। लेकिन देह की हक़ीक़त! पानी में रखी नमक की डली जैसी पल-पल घुलती।

कितनी कमज़ोर काया के साथ बैठे हो तुम! बायें हाथ की अकड़ी हुई उँगलियाँ और दायाँ हाथ नकारा। पता नहीं तुम्हें नर्वस ब्रेक डाउन हुआ था या कुछ और! तुम खड़े-खड़े गिर पड़े थे। फिर ख़ुद नहीं उठ सके। डॉक्टर ऐसी बीमारियों के निष्कर्ष निकालते रह जाते हैं। बताया गया कि लकवे जैसी कोई अबूझ बीमारी है। इस बीमारी के कारण न्यूरो सम्बन्धी थे। लेकिन मेंटल स्ट्रेस भी एक कारण था। तुम्हारी इस अवस्था का पता हमें तुम्हारे छोटे भाई से चला था। तुम उसके बेटे के साथ यहाँ आये हो। वो तुम्हें सोफे पर बिठाकर चला गया है।

यह भी बहुत गुज़रे ज़माने की बात है। तुम जॉब में थे। हम सब भी छोटी-मोटी नौकरियाँ कर रहे थे। इतवार था शायद। आँगन में हम सब बैठे थे, मेरे भाई-बहन, गली के लड़के, तुम्हारा भाई और तुम! हम सब बेफ़िक्र होकर बातें कर रहे थे। अचानक तुमने मामूली-सा सवाल किया था, "सी फार?"

"सी फार कैट।" अधिकांश ने यही जवाब दिया था।

"नो!" तुमने कहा।

"सी फॉर कॉफी।" मैंने कहा। मुस्करायी।

"नो!" तुम बोले। फिर बड़ी धज के साथ तुमने अपनी बात पूरी की। सी फॉर कॅरियर! सी फॉर चैलेंज। सी फॉर केलकुलेटर!

हम सब चुप हो गये थे। हैरान तो थे ही। तुम सचमुच दौड़ पड़े थे—बेतहाशा दौड़! कॅरियर के लिए दौड़! कॅरियर के लिए दौड़ते हुए तुम, मुझे सचमुच किसी केलकुलेटर जैसे नज़र आते थे।

और फिर एक दिन तुम किसी प्रेशर कुकर की तरह फट पड़े।

तुम बड़ी निरीह नज़रों से पानी के गिलास को देख रहे हो। पानी का गिलास ख़ुद-ब-ख़ुद उठे और तुम्हारे होंठों तक लग जाये। ऐसे चमत्कार होते नहीं। तुमने गिलास से नजरें हटा ली हैं। अब तुम मुझे देख रहे हो और मैं तुच्छताओं के खेल खेल रही हूँ। जैसे तुम्हारी विवशता की ज़िन्दा मछली को मैंने गर्म तवे पर रख दिया हो।

मुझे अपने आप कर क्रोध आया है। जो खेल तुम खेला करते थे, वही खेल मैं खेलने लगी हूँ। यह क्रूरता है। स्पष्ट। एकदम साफ। दिखाई देती क्रूरता। किसी दृश्य की तरह। अगर मुझमें बदले की भावना होती तो मैं इस दृश्य को 'इंज्वाय' करती। लेकिन पता नहीं क्यों, मुझे अच्छा नहीं लग रहा। तुम्हारे मेरे बीच कुछ भी नहीं बचा। शायद वक़्त की गर्द। शायद स्मृतियों की राख। कुछ न बचने के बावजूद, कुछ तो है कि तुम्हारी बेबसी मुझे अच्छी नहीं लग रही। तुमने मेरी हज़ारों बार खिल्ली उड़ायी। वो तुम थे। मैं! मैं तुम्हारा मज़ाक उड़ा सकती हूँ न तरस खाने को जी करता है। किसी को अपना मान लो तो वो हज़ारों साल बाद भी, कुछ-न-कुछ

अपना तो रह ही जाता है। अपनापन न सही उसके अवशेष सही।

तुम्हें इस कमरे में कोई बिठाकर या रखकर चला गया है। तुम मुझसे मिलने आये हो। रोशन सहगल! तुम मुझसे मिलने आये हो। लेकिन उस अन्तराल का क्या करूँ, जिसमें बहुत कुछ ग़र्क हो चुका है। एक पराजित सेनापति की तरह तुम बैठे हो मेरे सामने। ये शिकस्त मैंने नहीं दी। ये शिकस्त तुम्हें वक़्त देकर चला गया। तुम एक बुर्ज़ की तरह थे रोशन! ज़मीन पर आ गिरे। किसके पैरों में गिरे तुम, पता है? समय के पैरों में।

तुम्हें पानी पिलाते हुए मेरे मन में कोई भाव पैदा नहीं हो रहा, न वितृष्णा न प्रेम! लेकिन तुम्हें पानी पिलाते हुए, पुराने वक़्त का एक टुकड़ा मेरे पास चला आया है।

तब हम जवान हो रहे थे। तुम सबसे ख़ूबसूरत थे, निस्सन्देह! बाक़ी तुम्हारे भाई, मेरे भाई, गली के लड़के तुमसे कमतर थे। सुन्दर मैं भी थी। तुम जानते थे। लेकिन तुम्हारे अन्दर कोई कुण्ठित सामन्त मौजूद था जो हर ख़ूबसूरत शय को बिगाड़कर खुश होता। जो हँसते हुए को उदास देखकर तृप्त होता।

तुम हमारे घर में थे। कोई खेल था जो सब लड़के खेल रहे थे। मैं तुम्हारे खेल को देख रही थी। खेल रुका। लड़कों को प्यास लगी। तुम तिपाई पर रखे घड़े में से पानी निकालते। गिलासों में डालते। लड़कों को पिलाते।

मेरे सिवाय तुमने सबको पानी पिलाया था। मैं देखती रही। मेरा घर था। तिपाई मेरी थी। तिपाई पर रखा पानी का घड़ा भी मेरा था। मैं चाहती तो कुछ देर बाद, घड़े पर रखे करने से पानी पी सकती थी। हम भाई-बहन घड़े पर रखे करने को उठाते। ओक से पानी पीते। लेकिन उस पल पता नहीं मुझे क्या हुआ। किसी अधिकार ने जन्म लिया था अचानक। कोई भावना थी या कोई जज़्बा कि मैंने तुम्हें, सब लड़के-लड़कियों के बीच कहा, "रोशन, पानी मैं भी पीऊँगी।"

तुम्हें बुरा लगा। तुम सकपका गये। तुम्हें लगा मैं तुम्हें आदेश दे रही हूँ। तुम्हें आदेश सुनने नहीं, आदेश देने की आदत थी। तुम विचलित-से खड़े रहे। तुम्हारे भीतर कोई बवण्डर-सा उठा हो जैसे। तुम सँभले। बोले, "आपकी आज्ञा का पालन करना मेरा परम सौभाग्य।"

मैंने आज्ञा नहीं दी थी रोशन! मेरे पास आज्ञाएँ थीं भी नहीं। जो अपने मन में प्रेम की भावनाएँ रखते हों, वो हुकुम के खोटे सिक्के, बहुत पहले फेंक चुके होते हैं। यह आज्ञा नहीं थी। निवेदन था। एक उल्लास भी था कि मैं जिसे पानी के लिए कह रही हूँ, उस पर मेरा कुछ हक-सा है।

तुमने घड़े से पानी का गिलास भरा। मेरे पास आये। मैं बरामदे में खड़ी थी अकेली। मैंने सोचा था जब तुम मुझे पानी का गिलास दोगे तो मैं आभार-सा व्यक्त करूँगी।

तुम पानी का गिलास लेकर एक पल खड़े रहे। थोड़ा-सा मुस्कराये। मैं भी मुस्करायी। मैंने कृतज्ञभाव से तुम्हें देखा। बस, इसी क्षण सब कुछ बदल गया। तुमने गिलास देने से पहले गिलास में थूका और कहा, "लो पीओ।"

मैं हतप्रभ रह गयी। एक ही पल में मेरी भावनाएँ गिरीं। मुस्कान नष्ट हुई। कृतज्ञता दफ़्न! गहरी साँस ली मैंने। आँसुओं को रोकना चाहा। रुके नहीं। आँखें नम हो गयीं मेरी।

तुम मुस्करा रहे थे अब भी। बेशक़ मैं तिलमिला रही थी। अपनी निहत्थी दुनिया के साथ खड़ी एक युवती, जो अपनी भावनाओं के अर्थ तुम्हें नहीं समझा सकती थी।

रोशन! यह भी तुम्हारा खेल था। लेकिन खेल अधूरा था। इस खेल को अंजाम तक तो पहुँचाना था न मैंने! मैंने तुम्हारे हाथों से पानीवाला गिलास लिया। थूक तैर रही थी। थूक थी या तुम्हारी गलाज़ात! पता नहीं। मैंने गिलास को एक बार देखा। तुमने समझा मैं पानी फेंक दूँगी। मैं उस पानी को गटगट पी गयी।

अब तुम मुझे देख रहे थे—स्तब्ध नजरों से। तुम्हारी मुस्कान ग़र्क हो चुकी थी। मेरे शब्द गुम हो चुके थे। एक जड़ता तुम्हारे मन में थी। एक हाहाकार मेरे मन में। तुम मुझे देखते रहे, मैं तुम्हें। अफ़सोस भरी ख़ामोशी थी हमारे बीच।

तुम्हें पानी पिलाते-पिलाते मैं रुक-सी गयी हूँ रोशन! तुम्हारे होंठों के एक कोने से लार बहने लगी है। तुम्हारे होंठ लार से गीले हो जाते हैं। लार ठोडी तक आ जाती हैं। मैं पास पड़े तौलिए से तुम्हारा मुँह पोंछती हूँ।

कितने कमजोर हो चुके हो तुम। दूसरे के गिलास में थूकनेवाले रोशन सहगल! तुम अपनी लार को भी नहीं सँभाल सकते।

प्यास तुम्हारी बुझी है और मेरी आँखों के पीछे जो छोटा-सा समन्दर है, वो तृप्त नज़र आया है। इस तृप्ति को मैं क्या नाम दूँ? कृतज्ञ तुम भी नज़र आ रहे हो। यह कृतज्ञता तुम्हारी आँखों में मैंने पहली बार देखी है। तब, जब तुम अपना सब कुछ गुम कर आये हो। एक पूरा कालखण्ड! एक कद्दावर शख़्स खुद अपने कद से धोखा खा गया। देह का तिलिस्म, देह का फरेब भी होता है।

बहुत बेचैन नज़र आते हो तुम। तुम्हारे जिस्म को देखूँ तो बेचैनियाँ, शोर मचाती नज़र आती हैं। लेकिन वो शोर सुनाई नहीं देता। तुमने कई बार बोलने की कोशिश की है। होंठ तुम्हारा साथ नहीं देते। कुछ बेतरतीब-सी आवाज़ें निकलती हैं, जो इस संसार की सब भाषाओं से अलग होती हैं।

तुम मेरे सामने बैठे हो। तुम न वर्तमान में हो न भविष्य में। अतीत में भी नहीं हो तुम। अतीत में शायद मैं हूँ। तुम्हें देखती हूँ और अतीत के बीहड़ में जा घुसती हूँ। तुम्हें तो अब कुछ याद नहीं होगा। मुझे याद है। तुम अपने आपको

'कम्पलीट मैन' कहा करते थे। इतने परफेक्ट जैसे कोई 'मेनीकुइन'! तुम सचमुच किसी मेनीकुइन की तरह थे, बेहिस! स्मार्ट लेकिन जड़!

ये एक ज़माना पहले की बातें हैं।

इस छोटे-से शहर में सबसे लोकप्रिय नौजवान रोशन सहगल! ख़ूबसूरत व्यक्तित्व। चाल में आत्मविश्वास। मुस्कान में सम्मोहन। बातचीत में स्नॉबरी। हम सबसे अलग। सबसे ऊँचे। ऐसा लगता, आसमान तुम्हारे नज़दीक है और हमसे दूर!

हमारे तुम्हारे घर आमने-सामने। हमारा घर बड़ा। तुम्हारा छोटा। हमारा परिवार भी बड़ा, तुम्हारा छोटा। हम कपूर। तुम सहगल। रिफ़्यूजी हम। रिफ़्यूजी तुम। हमारा तुम्हारा जन्म विभाजन के बाद हुआ। लेकिन विस्थापन की पीड़ा, हम अपने घर के लोगों में बरसों तक महसूस करते रहे। हम सब मुल्तान से आये। और मेरे पिता और तुम्हारे पिता अकसर मुल्तानी काफ़ियाँ गाते रहते—"जाँदा होया दस्स न गया... चिट्ठी केड़े वतनां वल्ल पावाँ।" उन्हें यही लगता था। वतन उनका वही है जिसे छोड़ आये हैं। तुम्हारे पिता में तो किसी अवसाद ने जन्म ले लिया था। वो मृत्युबोध से घिर गये थे शायद। अकसर गाते रहते, "दुश्मन मरे ते ख़ुशियाँ करिए. ..ते सजणां वी मर जाणां!"

अवसाद के बावजूद, तुम्हारे पिता ने जो काम किया उसमें सफल रहे। पहले साइकिल पर कपड़ों की फेर लगायी। फिर बहुत बड़ी कपड़ों की दुकान। दुकान चल निकली। तुम अमीर होते गये। हमारा हाल वही। रिफ्यूजियों जैसा। दरिद्र और शिकस्ता परिवार। बड़ा परिवार। बड़े खर्च।

तुम शानदार कपड़े पहनकर हमारे घर आते। पहले हमने समझा था कि तुम अपने नये कपड़े दिखाने आते हो। बाद में महसूस हुआ तुम हमें 'जलाने' के लिए आते। तुम नयी ड्रेस में जितना इतराते। हम उतना कमतरी के अहसास में डूबते।

तुम्हें याद नहीं होगा शायद। शायद कुछ याद हो भी। पता नहीं। तुमने मेरी कमीज़ के छोटे-से छिद्र को देखा था एक दिन! खूब हँसे थे। फिर तुमने उस छेद में उँगली डालते हुए कहा था, "कुछ लोग इतने महान होते हैं कि कमीज़ों में भी 'इण्डिया गेट' लेकर चलते हैं।"

तुम मुझे अच्छे लगते थे रोशन! लेकिन उस दिन मेरा दिल हुआ, तुम्हारी उँगली काटकर फेंक दूँ। लेकिन मैं ऐसा नहीं कर पायी थी कभी। मैं हर बार तिलमिलायी। लेकिन तुमसे प्रतिशोध की बात स्थगित करती रही। मुझे ऐसा भी लगता कि तुम संसार के सर्वश्रेष्ठ युवक हो। मुझे ऐसा भी लगता कि तुम हत्यारे हो। भावनाओं की हत्या करना, तुम्हारा शगल है।

तुम वही थे जो मेरे साथ आइस-पाइस खेलते। पिट्ठू-पिट्ठू खेलते। धूप छाँव

और चोर सिपाही खेलते। तब तुम चोर बनते। मुझे सिपाही बनाते। तब तुम छाँव लेते और मुझे धूप। बड़ी मासूमियत से कहते, "पता है सरिता, धूप इसलिए अच्छी होती है कि उसमें उजाला होता है।"

मुझे धूप देनेवाला ख़ुद भी उज्ज्वल था। हाँ रोशन! बचपन में तुम कितने अबोध थे। तब तुम्हें न ऊँच-नीच का पता था न कॅरियर जैसे शब्द के तुमने हिज्जे सीखे थे। तभी से तुम्हारा कोई अक्स मेरे मन में बैठता चला गया था। वो अक्स निकाले नहीं निकला।

रोशन! तुम्हारे अन्दर मैं किसी मासूम छवि को ढूँढ़ती रही और तुम किसी आढ़ती की तरह, मेरी भावनाओं की भी आढ़त लगाते रहे।

हद तो उस दिन हुई, जिस दिन तुमने मुझे अकेले कमरे में दबोच लिया। इतनी ज़ोर से, इतनी देर तक चूमा कि मेरे होंठों से ख़ून निकल आया।

मैं सिहर उठी। सहम गयी। मेरे सामने एक वहशी खड़ा था। तुम्हारे चेहरे पर वहशत थी। मेरे चेहरे पर अफ़सोस! तुम विजेता नज़र आ रहे थे। मैं शिकस्ता।

चुम्बन तो प्रेम की उत्कृष्ट कृति की तरह होता है। तुम मुझे किसी प्रेमी की तरह चूमते तो वो चुम्बन प्रार्थना हो जाता—प्रेम की प्रार्थना! लेकिन तुम्हारा चूमना, जैसे मुझसे कुछ छीनना हो... जैसे कुछ तोड़ना हो।

तुम मुझे मन से चूमते तो चूमने के बाद किसी ध्यान यात्रा में होते। लेकिन तुम ऐसे खड़े थे जैसे कोई वारदात करके आये हो।

उस दिन मुझे महसूस हुआ था वारदात तुम्हारा शेवा है, प्रेम मेरा! मुझे सहन करना आता था, तुम्हें तिरस्कृत करना।

मेरी नौकरी की तुमने कितनी खिल्ली उड़ायी थी। आये थे नौकरी की बधाई देने। दिया क्या—अवसाद!

मेरी माँ को तुम चाची कहते थे। मेरी माँ ने तुम्हारा मुँह मीठा कराया। तुमने लड्डू का टुकड़ा, न खानेवाले भाव से खाया। फिर बोले, "चाची, बधाइयाँ। सरिता अपणे पैरां ते खड़ी थी गई ऐ। बड़ी चंगी नौकरी मिली है सरिता कूं। 'सहायक' डेज़ीगनेशन बड़ा वड्डा ओहदा हौंदा ऐ।"

मेरी माँ को समझ नहीं आयी थी तुम्हारी बात। बेशक़, तुम मेरी माँ से 'मुल्तानी' में बोल रहे थे। उसे पता नहीं चल रहा था कि तुम तारीफ़ कर रहे हो या मेरी खिल्ली उड़ा रहे हो?

फिर तुमने मुझे समझानेवाले लहज़े में कहा था, "सहायक मतलब असिस्टेंट। ऑफिसर आदेश देंगे। तुम उन आदेशों का पालन करोगी। तुम्हें दो बातें याद रखनी पड़ेंगी—नतमस्तक होना और जी हजूरी करना।"

रोशन, जब तुम्हारी नौकरी लगी थी तो मुझे गर्व हुआ था। मेरे पास कोई

मीठी चीज़ नहीं थी। मैंने चीनीवाला पराँठा बनाकर तुम्हें खिलाया था। और तुम! मेरी नौकरी लगने पर मेरा आत्मविश्वास दरका कर चले गये। जाते-जाते तुमने यह भी कहा था कि तुम मुझे अब 'सहायक जी' कहा करोगे।

अक्सर ऐसा ही होता है रोशन! डेज़ीगनेशन बड़े हो जाते हैं, हम छोटे...। डेज़ीगनेशन को इंचटेप बनाकर, किसी के क़द की पैमाइश करना...। बिजनेस मैनेजमेंट की पाठशालाएँ शायद यही सिखाती हों।

वो शायद तुम्हारा भतीजा था जो तुम्हें यहाँ बैठाकर चला गया है। बहुत देर हो गयी है। वो नहीं लौटा। मुझे कोई दिक्कत नहीं। तुम यहीं चाहे शाम तक बैठे रहो। यहाँ आने की इच्छा तुम्हारी होगी। तुमने अपनी बेतरतीब आवाज़ में आग्रह किया होगा। शायद याचना भी की हो। और फिर तुम्हारा भतीजा तुम्हें यहाँ छोड़ गया हो। तुम मुझसे मिलने आये हो। लेकिन कितना कुछ खो चुका है। हम अपनी उम्र के पुराने जूते अतीत की दहलीज़ पर छोड़कर आगे निकल आये हैं।

विडम्बनाओं के पुल के नीचे, लम्हों का थका हुआ पानी। ज़िन्दगी का एक चेहरा यह भी होता है शायद!

तुम बहुत देर से बैठे हो किसी हिलते-डुलते चाबी के खिलौने जैसे। सबसे मुश्किल वे लम्हे होते हैं जब आदमी कुछ कहना चाहे, लेकिन कह न पाये। न आवाज साथ दे न शब्द! हर बात गौं...गौं...में बदल जाये।

एक आलीशान शख़्स, चाबी के खिलौने जैसा। न वर्तमान में न अतीत में। अपनी अधबची देह में। मेरे सामने। रोशन सहगल!

मैं तुम्हारे लिए खिचड़ी बना लायी हूँ। किचन में जिस ऐप्रन को बाँधकर मैं खाना बनाती हूँ, वही ऐप्रन मैंने तुम्हें बाँध दिया है। खिचड़ी गर्म हुई तो तुम्हारा मुँह जल जाएगा। तुम बता भी नहीं सकोगे। इसलिए मैंने खिचड़ी को ठण्डा होने दिया है। तुम्हें खिचड़ी खिला रही हूँ। तुम्हारे मुँह से अजीब-सी आवाज़ें निकल रही हैं। होंठ पूरी तरह सक्रिय नहीं हो पाते। जीभ पर मैं खिचड़ी से भरा चम्मच रखती हूँ तो वो पड़ा रह जाता है। तुम निगल नहीं पाते। कई बार तो जीभ पर रखी सारी खिचड़ी बाहर निकल आती है। होंठ, ठुड्डी सब जगह भर जाती है खिचड़ी से। थूक से। लार से। मैं साफ़ करती हूँ। लेकिन कुछ देर बाद तुम्हारा मुँह फिर लथपथ हो जाता है। तुम्हारा मुँह भर जाता है, मेरे हाथ।

पता नहीं क्यों, मुझे ख़राब नहीं लग रहा। न हिकारत। न वितृष्णा। न चिढ़। न क्षोभ। न दुर्भाव। न ग्लानि। न सहानुभूति। न दया। कुछ भी नहीं।

लेकिन कुछ तो है। वो क्या है, मैं नहीं जानती। रोशन, तुम्हें देखकर मैं व्याकुल क्यों हो गयी हूँ और मन है कि उदास-उदास-सा...। पता नहीं क्यों?

डस्टबिन

सर जी, इस शहर में हर शख्स की हैसियत है हर शख्स की और शय की हैसियत! ऊँची...इमारतें, डिपार्टमेंटल स्टोर, चौराहे, लम्बी कारें...वो लग्ज़री कारें जो पाँच-सात बन्दे रौंदकर शान से खड़ी हैं, वो बाइक्स जो लुटेरों ने वारदात के लिए इस्तेमाल कीं और फिर लावारिस छोड़ गये। सबकी हैसियत है। दुकानों पर टँगे साइन बोर्ड की हैसियत और...

सर जी, सबकी हैसियत! औक़ात सिर्फ मेरी। मैं यानी एक कूड़ेदान। कूड़ेदान कुछ पुराना-सा नाम है...ठेठ देसी नाम...। नया नाम डस्टबिन। यह नाम मुझे भी अच्छा लगता है। कई बार ऐसा भी लगता जैसे डस्टबिन मेरा नाम न हो, किसी अँग्रेज का नाम हो या पेन नेम!

सर जी, आपने बड़ी वितृष्णा से मुझे देखा है, हिकारत से और नज़रअन्दाज़ नज़रों से। मुझे इस बात का गुमान था कि आप हैरान नज़रों से मुझे देखने लगेंगे और चौंक जाएँगे और हतप्रभ-से मुझे देखते रह जाएँगे कि एक नामुराद और नामाकूल डस्टबिन को आवाज़ जैसी नायाब शय कहाँ से मिल गयी। और मैं एक अदद कूड़ेदान होने के बावजूद, साफ़-सुथरी ज़बान में कैसे बोलने लगा?

लेकिन आप हैरान नहीं हुए। यही तो अफ़सोसनाक मंज़र है। अब कोई किसी बात पर हैरान नहीं होता। इंसानों की ज़िन्दगी इतनी बेलज्ज़त रुटीन में तब्दील हो गई है कि हैरानियाँ जैसे स्वर्ग सिधार गयी हों। कभी लोगों के पास परिकथाएँ होती थीं। वो उन्हें बचपन में सँभाल कर रख लेते, ताकि बाद वक़्तों में वो परिकथाएँ उन्हें हैरान कर सकें... एक ज़माना पहले इंसानों के पास, अपने-अपने आश्चर्यलोक होते थे। ज़मीन पर चलनेवाली बीरबहूटी से लेकर आकाश में उड़ने वाले परिन्दों को भी लोगबाग चकितभाव से देखते। अब मंज़र दूसरा है। अब हैरानी नहीं बची। हिकारत का कारोबार चल निकला है।

सर जी, आपने मुझे हिकारत की नज़र से देखा, मुझे बिल्कुल बुरा नहीं लगा। एक डस्टबिन को भला और किस नजर से देखा जाएगा? आपने देखा तो सही।

ज्यादातर लोग मुझे देखना तक पसन्द नहीं करते। शायद इसलिए कि उनके अपने अन्दर का तह कर रखा बरसों पुराना कूड़ा खलबली मचाने लगता है। आपने बड़ी तल्खी से देखा है मुझे। जनाब, गुस्ताख़ी के लिए माफ़ी चाहता हूँ। आप मुझे थोड़ी बेतकल्लुफ़ बात कहने की इजाज़त दें—क्या, हर आदमी के अन्दर, एक अदद कूड़ेदान नहीं होता?

आप मुझे नहीं देखते। लेकिन मुझपर लिखे दो लफ़्ज़ ज़रूर पढ़ लेते हैं—यूज मी। इन दो शब्दों को पढ़कर हर शख़्स एक कशमकश में पड़ जाता है। मैं कहता हूँ—यूज़ मी। लेकिन हक़ीकत क्या है? हर शख़्स दूसरे को इस्तेमाल कर रहा है। एक जश्न है, दूसरों को इस्तेमाल करने का जश्न। इस्तेमाल करो और फेंको। यूज़ एण्ड थ्रो का उत्सव, इंसानी ज़िन्दगी का वो पाखण्ड है जिसे अब कोई छुपाता नहीं। जनाब, आप एक पल के लिए मेरे अन्दर झाँककर देखिये...मुझ डस्टबिन के अन्दर। जो फेंके गये हैं वो सम्बन्धों के चीथड़े ही तो हैं—जो यूज़ करने के बाद थ्रो किये गये।

सर जी, आपने मुझसे सवाल किया है और मैं खुश हो गया हूँ। एक डस्टबिन से सवाल किया है और मैं खुश हो गया हूँ। एक डस्टबिन से सवाल! इससे बड़ी हसरत मेरे लिए और क्या हो सकती है? आपने पूछा है कि मैं यहाँ कैसे आ गया?

सर जी, आपके दृष्टिकोण का मैं ख़ैरमकदम करता हूँ। लोगबाग कितने सतही नज़रिये से चीज़ों को देखकर आगे निकल जाते हैं। एक आप हैं, आप! ... आपको इस बात की शिनाख़्त है कि पहले मैं यहाँ नहीं था।

आपने ठीक समझा। मैं पहले यहाँ था ही नहीं। कहीं और था। यहाँ कुछ दिन पहले आया हूँ। नहीं जी, आया नहीं। बल्कि यहाँ रख दिया गया हूँ। आप बिलकुल ठीक कह रहे हैं कि मेरा यहाँ होना किसी दख़ल की तरह है। मुझे खुद भी इस बात का मलाल है। मैं यहाँ न होता तो यहाँ कोई दुकान होती। दुकान, हर शख्स में मौजूद है। हर शख़्स हाज़िर है—अश्कों के ताप से लेकर, ठहाकों के प्रपंच बेचता हुआ हाज़िर!

आपने एक बार फिर मुझे नाराज़ होकर देखा है। इन्सानों पर इस तरह का तबसरा मेरे जैसे अदना डस्टबिन को शोभा देता भी नहीं है। मैं अफ़सोस ज़ाहिर करता हूँ जनाब!

जनाब, मैं आपकी इस बात से बिल्कुल इत्तेफ़ाक रखता हूँ कि मुझे इस जगह नहीं होना चाहिए था। लेकिन एक कूड़ेदान की अपनी कोई मरज़ी नहीं होती कि वो कहाँ रखा जाये? वो तो रख दिया जाता है और मैं भी रख दिया गया। और यहाँ आकर मैंने देखा और महसूस किया कि दुनिया कितनी बदल गयी है? इतना सभ्य और विकसित समाज और टालरेंस शून्य! कोई किसी को टॉलरेट नहीं करता। मैंने

अपनी आँखों से देखा है, सर जी, एक कार दूसरी कार से रगड़ खा गयी। खरोंच बन गयी। नौजवान कार से उतरा। उसने अपनी फ़ाक्सवैगन में खरोंच देखी। दूसरे कारवाले से उसने एक लफ़्ज़ भी न कहा। डैश बोर्ड पर रखा रिवाल्वर उठाया। धाँय-धाँय! दो फायर। बन्दा ढेर। नौजवान ने तत्काल फैसला सुनाया। फ़ाक्सवैगन को उड़ाकर ले गया।

सर जी, मेरा होना आपको ख़राब लग रहा है। मुझे भी यहाँ रहना बिल्कुल अच्छा नहीं लग रहा।

आपने मेरे होने का पता पूछा है सर जी, कि मैं पहले कहाँ था? आपकी इस संवेदना का मैं शुक्रगुजार हूँ। वरना डस्टबिन जैसी निकृष्ट शय से कौन पूछता है कि वो शुरु-शुरु में कहाँ रखा गया?

सर जी, मैं जहाँ था, वो जगह शानदार थी। शहर के आख़िरी सिरे पर। भीड़ और हंगामों से दूर। जहाँ सड़क गाँव से दूर थी। इसलिए मैं उस नुक्कड़ पर था। कभी-कभी मैं अपने-आपसे सवाल करता कि मैं यहाँ हूँ तो क्यों हूँ? मैं इतना ख़ाली और इतना साफ़ था कि मेरे भीतर ये सवाल तो होना ही था। सर जी, आप तो मुझसे ज्यादा जानते होंगे। व्यर्थता का बोध कितने बड़े डर में बदल जाता है। होने का मकसद ही तो ज़िन्दा रखता है। ... मैं वहाँ था। एक खूबसूरत दुनिया थी। दश्त का अर्थ बेशक ख़राब-सा निकाल दिया हो। लेकिन इसी दश्त में ग़ज़ब का भाईचारा था। घने दरख़्त थे, झाड़ियाँ भी थीं। सूरजमुखी के फूल भी थे तो कनेर के फूल भी खिल जाया करते! एक शानदार खानदान था। परिन्दे थे तो गिलहरियों की भी भूमिका थी। वो सारा दिन दरख़्तों पर चढ़ती उतरती रहतीं, जैसे ईश्वर ने दरख्तों की हिफाज़त का जिम्मा उनको सौंप दिया हो।

वो एक गुमनाम-सी सड़क थी। कभी कोई लॉरी, कोई टैम्पो, कोई साइकिल सवार उधर से गुजरता। आवाज़ की छोटी-सी नशिस्त होती। कुछ आवाज़ें अनायास मुझमें भी आकर गिरतीं। मेरे भीतर बैठा सन्नाटा, इन आवाज़ों को चूम लेता।

सर जी, मैं ऐसा डस्टबिन था जो अक्सर खाली रहता। डस्टबिन का खाली रहना कई सारे सवाल पैदा करता है। ऐसा लगता है जैसे शहर के पास कूड़ा खत्म हो गया है या फिर शहर के लोग, अपने-अपने कूड़े को उठाकर कहीं चले गये हैं। हक़ीकत कुछ और थी। जहाँ मैं था, वहाँ निर्जन था। कूड़ा कहाँ से आता? कभी कोई राहगीर बीड़ी का टोटा मुझमें फेंकता हुआ गुज़र जाता। कभी-कभार दरख्त से पत्ते टूटकर मुझमें आ गिरते। मुझे उस दिन लगता, कई सारे अतिथि आये हैं।

एक दिन एक गिलहरी चली आयी थी। वो इतनी चपलता और तत्परता से मुझमें घूम फिर रही थी जैसे मेरी शिनाख़्त कर रही हो कि मैं कौन हूँ? या फिर, वो अपने किसी गुम हुए जरूरी सामान को ढूँढ़ने आयी हो। गिलहरियों की अजीब

फ़ितरत होती है सर जी, वो अपनी खाने की चीज़ें रखकर भूल जाती हैं और फिर उन्हें कहीं और ढूँढ़ती रहती हैं। वो दिनभर दौड़ती रहती हैं। शाम को निढाल होकर पड़ जाती हैं।

सर जी, एक रात का वाकया सुनाऊँ? गुस्ताख़ी माफ करें सर जी! मुझे पहले इज़ाज़त लेनी चाहिए थी आपसे। मैं इतनी देर से बकबक किये जा रहा हूँ और कोई होता तो कब का चला गया होता। आप कितने शाइस्ता हैं। एक कूड़ेदान की बातों को इतने धैर्य और ऐतबार से सुन रहे हैं। आपने कहा है कि मैं अपनी बात जारी रखूँ। नवाज़िश है। तो मैं एक वाकया बयान कर रहा था। वो सर्द रात थी। बेहद सर्द। एक पिल्ला उछलकर मुझमें आ बैठा। वो कुँकवा रहा था। एक तो सर्दी दूसरा भूखा! उसे कुकुआना तो था ही। उसने मुझे अपना घर समझा था। वो इस संसार की कैफ़ियत से बिल्कुल वाकिफ़ नहीं था। यह संसार तो बसे-बसाये घर उजाड़ने पर आमादा है। लेकिन बेचारा पिल्ला। कितना मासूम था। उसे संसार के प्रोटोकॉल का बिल्कुल पता नहीं था। उसने मुझे घर समझा था। मैं? उसका घर! बिना छत का और ठण्डी दीवारों का डस्टबिन! काश! मैं उसके लिए फटा-पुराना कम्बल बन जाता या फिर उसकी माँ बन जाता। लेकिन मैं ठण्डी और पतली टीन की दीवारों का डस्टबिन था। पिल्ला मुझमें सिमटता रहा। उसका कुँकआना कम होता गया और आखिर रात के दूसरे पहर उसने दम तोड़ दिया। मैं इसकी तफ्सील नहीं दे सकता कि पिल्ला सर्दी से मरा या भूख से? मेरा खयाल है कि भूख ने तड़पाया और सर्दी ने उसे पथरा दिया। वो कई दिन तक मुझमें पड़ा रहा। कई दिन तक मैं उसके लिए कब्र बना रहा। फिर किसी ने उसके पुराने शव को उठाकर बाहर फेंक दिया। कुछ रिश्ते कितने कम समय के होते हैं। वो पिल्ला इतनी ही ज़िन्दगी लेकर आया था।

एम.सी.डी. के मोतबर लोगों की एक अहम बैठक हुई। एजेंडा अहम था। बाहर के कूड़ेदानों पर एजेंडा! प्रस्ताव पास हुआ कि डस्टबिन जरूरी जगहों पर तैनान किये जाएँ। तैनाती लफ़्ज ऐसे था जैसे सिपाही तैनान किये जाते हैं।

चुनाँचे, मुझे वहाँ से हटा दिया गया। मैं उस गुमनाम सड़क की नुक्कड़ पर कई साल रहा। सर जी, आप तो जानते ही हैं जब कई साल तक एक जगह पर रहो तो वो जगह अपनी लगने लगती है। यही हाल मेरा था। धूल, मिट्टी, बारिश, पक्षी, वृक्ष, आँधी, लू, गर्द, बीड़ी के टोटे और सूखे पत्ते—सबसे मेरा दोस्ताना था। दोस्ताना टूट गया।

मैं बाकी कूड़ेदानों से ज्यादा तन्दुरुस्त था। ठीक-ठाक नज़र आता था। मुझे शहर के ख़ास इलाके में स्थापित कर दिया गया। लाखों लोग विस्थापित होकर भटक रहे हैं दुनिया में। एक मैं! मामूली-सा डस्टबिन। जिसे शहर के ख़ास इलाके

में स्थापित किया गया। जहाँ मुझे स्थापित किया गया वो टी प्वाइंट था। टी-प्वाइंट विभ्रम पैदा करता था। जैसे कि वो कोई चाय पीने का कॉर्नर हो। बाद में पता चला। टी यानि अँग्रेजी का एक वर्ण। उसी से प्वाइंट बनता का। शहर में कुछ चौराहे होते हैं तो कुछ टी-प्वाइंट। टी-प्वाइंट। टी-प्वाइंट के एक कोने पर एक सिपाही और दूसरे कोने पर यह ख़ाकसार...डस्टबिन!

टी-प्वाइंट पर स्थापित होने के बाद मैंने एक बात बड़ी शिद्दत से महसूस की, सर जी। शहर में दो तरह के नागरिक होते हैं। एक नागरिक। दूसरे डरे हुए नागरिक! भिखारी हमेशा डरे-डरे रहते हैं। आपने बिल्कुल ठीक कहा कि वो नागरिक ही नहीं होते। रिक्शेवाले, रेहड़ीवाले, कपड़े प्रेस करने वाले और दिहाड़ी मज़दूर...आप कहेंगे वो भी नागरिक नहीं होते। गरीबी रेखा की जो लाइन इंसानों ने खींची है। एक तरफ डराने वाला समाज। दूसरी तरफ सहमा हुआ समाज।

सर जी, क्या बताऊँ? टी-प्वाइंट जगह ही ऐसी थी। रात को नौ दस बजे के बाद, शराबियों का सर्कस शुरू हो जाता। सब बोलते। बेतरतीब और बेमकसद और बेमतलब! आसमान के सितारे इन शराबियों का मख़ौल उड़ाते—तारे ज़मीन पर...! फिर एक और जुमला—सारे ज़मीन पर!

सर जी, मेरी ख़ता माफ करेंगे। बहुत सालों से इंसानों के बीच रहते हुए, मेरा तजुर्बा ये है कि हर शख़्स के अन्दर एक कूड़ेदान होता है और उस कूड़ेदान में क्या-कुछ होता है—आँकड़ों के ठीकरे, प्रतिशोध की ग़लाज़त, वैमनस्य का कीचड़, कुण्ठाओं के छिलके, पाखण्ड की मैल, वासना के मरे हुए साँप, स्मृतियों के टूटे कप-प्लेट, हेकड़ी के कॉक्रोच...सब इंसानों के डस्टबिन में आपको ख़राब लगी ये टिप्पणी। मैं फिर से माफी माँगता हूँ कि भला मैं कौन होता हूँ इंसानों की तहज़ीब पर तबसरा करने वाला!

शुक्रिया हुजूर! आप इस शहर के पहले नेकबख़्त इंसान हैं, जिन्होंने मुझ जैसे डस्टबिन को नवाज़ा है और अब आप यह भी कह रहे हैं कि मैं अपने बारे में कुछ और बताऊँ।

टी-प्वाइंट पर मैं कई साल रहा। ऐसा लगता था उम्र यहीं गुज़र जाएगी। मैं एक कूड़ेदान, किसी कूड़े में मिल आऊँगा... ज़िन्दगी का यही सच है और मौत का भी यही सच। लेकिन हुआ कुछ और!

एक बार फिर सारे शहर के डस्टबिन एम.सी.डी. ग्राउण्ड में इकट्ठा किये गये। यह तय किया गया कि डस्टबिन रिशफल किये जायें। सब डस्टबिन पुराने और जंग खा चुके थे, मैं भी उनमें से एक था। ... सर जी, वक़्त हर शय पर अपने निशान छोड़कर चला जाता है। वक़्त, खुद बूढ़ा नहीं होता। लेकिन उसके सम्पर्क में जो भी आता है, उस पर पुरानी निशानियाँ साफ नजर आने लगती हैं। इमारतें, पुल, लकड़ी

के फाटक, पानी के जहाज, दरवाजे, साँकल और इंसान–सब बूढ़े नज़र आने लगते हैं। सर जी, आपको याद होगा, लोकोमोटिव इंजन... भाप के इंजन! वो बूढ़े हुए तो उन्हें लाइन से उतारकर गला दिया गया। हम डस्टबिन खुशकिस्मत थे। हमें गलाया नहीं गया था। रंग रोगन और मरम्मत के बाद हमारी जगह बदल दी गयी।

अब मैं एक स्कूल के सामने स्थापित कर दिया गया। मेरी तो दुनिया ही बदल गयी। बड़े लोगों ने हमेशा मुझे हिकारत की नजर से देखा। बच्चों की बात दूसरी थी। उनमें जिज्ञासाएँ थीं और वो हर शय को अचरजभरी नज़र से देखते। ये बच्चे, बिजली के खम्बे, ख़ाली खड़ा रिक्शा, दुकानों के तख़्तपोश, मकानों के फाटक, सब पर हाथ रखते हुए चले जाते। वो मुझ पर हाथ रख देते। कभी-कभी थपथपा देते! मुझे अच्छा लगता। मैं डस्टबिन था और वो मुझे अपना दोस्त समझते।

सर जी, बच्चों की मासूमियत ही तो है जो इस पृथ्वी को खुश रखती है और आसमान को भी। बच्चों का भागना-दौड़ना, हँसना-खिलखिलाना, कितना नायाब होता है और बड़े लोगों का संसार कितना जटिल। अर्थशास्त्र की प्रार्थनाएँ और अंकगणित के श्लोक! बड़े लोग! बदहवास! हर वक़्त किसी मुठभेड़ में मुब्तिला। प्रॉपर्टियों को खरीदते-बेचते बड़े लोग, पृथ्वी के साथ प्रपंच रचते हैं।

सुबह सवेरे का वक़्त मुझे बहुत सुखद लगता। बच्चे एक सुर में प्रार्थना गा रहे होते। बच्चों के दोनों हाथ नमस्कार की मुद्रा में जुड़े होते। वो हाथ जोड़कर प्रार्थना में लीन होते। पाठशाला के भीतर, प्रार्थनाओं की पाठशाला भी होती है, यह बात मुझे तब पता चली थी। सर जी, अगर मेरे हाथ होते तो मैं भी बच्चों के साथ प्रार्थना करता...दोनों हाथ जोड़कर।

स्कूल के सामने था मैं। एक नयी दुनिया को देखता हुआ। बच्चों की दुनिया। कितनी विचित्र और उल्लास से भरपूर थी। हर पल उत्साह। हर क्षण भावना से भरपूर!

बच्चे कितना कुछ डाल जाते मुझमें। किताबें के पन्ने। उखड़ी हुई जिल्दें। टूटे हुए पेन। घिसी हुई पेंसिलें। रबड़ बैंड! सूखे हुए फूल। बचे हुए पराँठे, सब्जी। वैफ़र्ज के रैपर। आइसक्रीम के खाली कप। बच्चों के फेंके गये पराँठे, रोटी सब्जी कई बार पड़ी रह जाती तो कई बार चिड़ियों का प्रीतिभोज हो जाता। ऐसे लगता, मैं मेज़बान हूँ और सारी की सारी चिड़ियाएँ और कौव्वे मेरे मेहमान!

सर जी, छोटा मुँह बड़ी बात के लिए मैं खेद व्यक्त करते हुए यह अर्ज़ करना चाहता हूँ कि कॉलोनियों और स्थानों के चरित्र का पता करना हो तो ज़रा डस्टबिन में झाँककर देखिए। नहीं साहब। मैं नहीं कह रहा कि आप मुझमें झाँकें। मैंने प्रतीक के तौर पर कहा है। मुझे देखिए! जब मैं टी-प्वाइंट पर रखा गया तो रात को मैं अध्धे और पव्वे से भर जाता। गुटके के पाउच, बीड़ी-सिगरेट के टोटे, भुजिया और

चने के अवशेष! यही सब।

स्कूल के पास रख दिया गया हूँ, लगता है उत्सव मना रहा हूँ। लगता है एक पाठशाला मुझमें भी लगती है, टूटी-फूटी पेंसिलों की, शार्पनरों की, किताब के उधड़े पन्नों की। बच्चों की दुनिया बहुत मासूम होती है सर जी! अब पता चला है मुझे। पहले उनके गुणों का पता नहीं था। एक तरफ उनकी कपट रहित, पवित्र और पाक प्रार्थनाएँ दूसरी तरफ उनकी हत्याएँ। हिंसा, बारूद और हथियारों को इकट्ठा करते सयाने लोग। काश, सयाने लोग बच्चों से कुछ सीखते।

बच्चे कितने अबोध होते हैं। एक बच्चे को पता है कि मैं डस्टबिन हूँ। दूसरों के लिए डस्टबिन हूँ। उसके लिए तो मैं किसी लॉकर से कम नहीं। वो रोजाना अपना पाँच का सिक्का मुझमें छिपा जाता है। कुछ बोलकर भी जाता है। पहले तो मैं नहीं समझा था। बाद में पता चला। वो कहता था—भाई, रिस्सैस में ले जाऊँगा। सँभालकर रखियो।

सर जी, एक बच्चे ने मुझे भाई कहा। कितनी बड़ी बात है मेरे लिए। मैं सबके लिए डस्टबिन लेकिन एक बच्चे के लिए भाई!

एक और बच्चा था सर जी। वो मेरे सामने खड़ा हो जाता। उसका चेहरा बहुत सुन्दर था। लेकिन सुन्दर चेहरा उतरा हुआ होता। कभी-कभी वो बंक मार जाता क्लास से। मेरे पास आकर खड़ा हो जाता। देर तक बोलता रहता। बोलता रहता। उस लड़के का दुख मुझे बाद में समझ आया। उसे दोस्त बनाना नहीं आता था। वो अकेला रहता। गुमसुम। चुप। उदास। वो बच्चों से डरता था। एक सुबह वो देर से स्कूल पहुँचा। गेट बन्द हो गया। प्रार्थना शुरू। वो मेरे पास आकर खड़ा हो गया। हाथ जोड़कर प्रार्थना करने लगा। उसकी प्रार्थना में कितनी विनम्रता थी, कितना अकेलापन। उसकी आँखों से आँसू बह रहे थे टप्-टप्! प्रार्थना और आँसू। जैसे प्रार्थना, उसके आँसुओं का अनुवाद हो। मुझे तो ऐसे लगा सर जी, उसके आँसुओं में भगवान जी खुद उपस्थित हुए हैं। एक डस्टबिन को क्या पता कि भगवान जी कैसे होते हैं? कहते हैं, भगवान घट-घट वासी हैं। तो इसका अर्थ ये निकला कि वो मुझमें भी होंगे।

सर जी, एक दिन अजीब घटना घटी। एक शख़्स होण्डा सिटी से उतरा। अपने नये नकोर जूते मुझमें फेंक कर वापिस, पैर नंगे अपनी गाड़ी की तरफ चला गया। मैं तो सर जी, हैरान रह गया। बिल्कुल नया जूता और कूड़ेदान में। उपभोक्तावाद का नया विमर्श था या बाज़ार का छल। मैं तो समझ ही न सका! बाद में थोड़ी देर बाद मेरी नज़र उस जूते पर जा पड़ी। मेरा माथा ठनका। जूते की जोड़ी में एक पाँव सात नम्बर का दूसरा आठ का! होण्डा सिटी वाले भद्रजन ने जिस शौक से जूता ख़रीदा, उसी शान से डस्टबिन के हवाले कर दिया। वो रिबॉक का जूता था। महँगा

भी था। लेकिन होण्डा सिटी वाले के चेहरे पर शिकन तक न थी।

सर जी, इधर ऐसे ख़रीदार पैदा हुए है जो इत्र से लेकर स्त्री और जूते से लेकर जहाज–सब खरीद लेते हैं। वो बाज़ार के बड़े खरीदार हैं। बाज़ार उनके सामने नतमस्तक होता है और सेल्स-वोमैने उनके सम्मुख कालीन की तरह बिछ जाती हैं।

एक पाँचवीं कक्षा की बच्ची अपना रिबन मुझमें रखकर चली गयी थी। उसका रिबन पन्नी में लिपटा हुआ था। रिबन रखते हुए वो थोड़ा सशंकित भी थी कि मैं कहीं उसका रिबन गुम न कर दूँ। उसने अपना प्यारा-सा, कोमल-सा हाथ मुझ पर रखकर कहा भी था, बड़ा महँगा है। पाँच रुपये लगे हैं। गुम मत करना। ले जाऊँगी पूरी छुट्टी के बाद!

पूरी छुट्टी किसने देखी, वो तो अब तक नहीं आयी अपना महँगे वाला रिबन लेने। अब वो आयेगी भी नहीं। शायद आ भी जाये। वो लड़की बिल्कुल गिलहरी जैसी थी। सर जी, गिलहरियों की फितरत बड़ी अजीब होती है। वो चीज़ को छुपाकर रख देती हैं कि जब भूख लगेगी तो निकालकर खा लेंगी। लेकिन चीज़ को छुपाकर वो अक्सर भूल जाती हैं। वो लड़की भी अपना रिबन रखकर भूल गयी होगी। हो सकता है, उसने रिबन मेरे अन्दर छुपाकर रखा हो और कहीं और ढूँढ़ रही हो।

सर जी, आप जा रहे हैं। आपने मुझपर हाथ रख दिया है–मुहब्बत से भरा हाथ। मैं आपका शुक्रगुज़ार हूँ। एक डस्टबिन को आपने सद्‌भावना से देखा और उसके मन की भावनाओं को सुना। आप फिर कभी इधर आयें तो मुमकिन है कि मैं न मिलूँ। शिकस्ताहाल डस्टबिन अब शहर से उठा लिए जायेंगे। मेरी शिकस्तगी तो आप देख ही रहे हैं सर जी!

एक दिन अचानक

इतवार था। छुट्टी का दिन! एक दिन पहले बहुत बारिश हुई थी, मूसलाधार बारिश। इतनी बारिश कि पानी गलियों-सड़कों से होता हुआ घरों में घुस आया था। फिर वो अन्धड़ चला कि कई बिजली के पोल टूट गये। फिर सब शान्त हो गया। लेकिन यह शान्ति कितनी बेचैन करनेवाली थी कि मोबाइल का नेटवर्क डिस्ट्राय हो गया था। एकदम सन्नाटा। मैंने बाहर जाकर अपने पड़ोसियों से पता किया। सबके साथ यही दिक़्क़त पेश आ रही थी। मोबाइल सेवाएँ ठप! मोबाइल पर, न फ़ोन का आना था न जाना था। कई सालों बाद, जब से मोबाइल लिया था और काल दर कम हुई थी, पहली बार अहसास हुआ कि मोबाइल के बिना हम कितने अकेले और अधूरे हो सकते हैं। पहली बार अहसास हुआ कि मोबाइल, बेशक़ बेजान सही, लेकिन कितने अच्छे दोस्त की भूमिका निभाता है। मोबाइल तो था, नेटवर्कहीन। गोया कि वो आत्माविहीन था।

आज इतवार था। छुट्टी थी। बूँदाबाँदी आज भी थी लेकिन पिछले दिन की तरह डरानेवाला मंज़र नहीं था। डर एक बात का था कि सम्पर्कों का सिलसिला ख़त्म हो गया था। सूचना-क्रान्ति का यह पहला शिगाफ़ था।

फ़ोन की घण्टी बजी। ओह! मैं तो भूल ही गया था कि घर में लैंडलाइन भी है। लेकिन लैंडलाइन थोड़े से दोस्तों के पास रह गया है। उसका इस्तेमाल बेलज़्ज़त अन्दाज़ में होता है। वरना, उसका हाल भी वही है जो कभी रेडियो का होता था—टू-इन-वन के आ जाने के बाद!

फ़ोन की घण्टी बज रही थी। मैंने लपककर रिसीवर उठाया। हेलो-हेलो करता रहा। उधर से घूँ-घूँ जैसी आवाज़ आयी। हल्की-सी हेलो भी सुनाई दी। फ़ोन कट गया। रिसीवर अब भी कान पर था। मैं सोचता रहा—फ़ोन किसका होगा? सिर को झटका और फ़ोन पर रिसीवर रख दिया।

अख़बार मेज़ पर रखा। ख़बरें थीं—मकानों के गिरने। लोगों के मरने। करंट

लगने, सड़कों पर जाम। हालात बदतर। हमारा देश ही समस्याप्रधान देश है। चैनलवाले पहले सूखे से डरा रहे थे, अब बारिश से।

कितनी बड़ी सामाजिक विडम्बना है—किसी का बारिश में मकान गिर जाये या कोई मर जाये—बाक़ी लोगों को कोई फ़र्क नहीं पड़ता। जीवन उसी रफ़्तार से चलता रहता है। जिसका मकान गिरा कोई उसके बारे में भी सोचता कि वो कितना ग़मज़दा होगा? बाढ़ में मरनेवालों की संख्या बतायी जाती है, उनकी त्रासदी का ज़िक्र तक नहीं होता। पानी में जो ग़र्क हो गया, वो मनुष्य ही तो था, कोई काग़ज़ी कश्ती नहीं थी कि ख़िराजे-अक़ीदत तक नहीं। मातम का एक पल नहीं।

मेरे दोस्त मेरी इन बातों से चिढ़ जाते हैं, वो अँग्रेजी अख़बारों का तीसरा पन्ना 'देखते' हैं जो पिछली रात की पार्टियों का सुख, तस्वीरों से बयान होता है। सब आधुनिक। सबके हाथ में गिलास। सब नाचते हुए। सब खुशहाल। ... एक हिन्दुस्तान यहाँ भी होता है, लेकिन बनावटी। यह हिन्दुस्तान बेफ़िक्र। बेलिहाज़। बेनियाज़। बोहेमियन! और बिन्दास। दूसरों को चिढ़ाता हुआ।

कितनी बड़ी विडम्बना है--बेलिहाज़ विडम्बना। एक उद्योगपति ने, अभी कुछ दिन पहले की ही तो बात है, अपनी बेटी के इक्कीसवें जन्मदिन पर ढाई करोड़ की कार प्रेजेंट की। कार का नाम पोर्शे था या बुगाती। याद नहीं। ... अपने ही मुल्क में एक सौदा हुआ... सौदे के पस-मंजर, कितनी विवशता, अभाव, दुख, ज़लालत, आँसू और क्षोभ छुपा होगा—इसकी तफ़्सील किसी के पास नहीं। लेकिन 'सौदे' की जानकारी है। सौदा, चूँकि एक घटना बन गया और घटना कितने बड़े दुख और कितने बड़े प्रश्नवाचक के साथ ख़त्म हो जाती है कि एक गाँव के ग़रीब माँ-बाप ने अपने लख़्ते-जिगर को यानी अपना बेटा आठ रुपये और सवा किलो चावलों के एवज़ बेच दिया। ग़रीब माँ-बाप के बेटे का वो शायद छठा जन्म दिन था...

अभी कुछ दिन पहले मेरा एक दोस्त बड़े तंज़ के साथ कहा था कि वो चाहता है उसके बेवकूफ़ बच्चे पैदा हों, जो सोचने-विचारने में न वक़्त जाया करें न दिल पर बोझ डालें। फिर वो रुककर बोला कि यह दौर इतना क्रूर और यह समाज इतना निर्मम है कि सोचने वाले लोग या तो मारे जायेंगे या फिर विक्षिप्त हो जायेंगे। यह भी हो सकता है कि वो अपने अतीत को इतना याद करें कि डाइमेंशिया! ... यानी, स्मृतिलोप के मरीज़ हो जायें।

फ़ोन की घण्टी एक बार फिर बजी। मैं फ़ोन के पास ही बैठा था। मैंने तुरन्त फ़ोन उठाया। हेलो-हेलो करता रहा। कई सारे कनेक्शन एक साथ मिल गये प्रतीत होते थे। दो आवाज़ें साफ़-साफ़ सुनाई दे रही थीं। मैंने हेलो कहना बन्द कर दिया। उनकी बातें सुनने लगा। दो जन थे। एक बधाई दे रहा था। दूसरा बधाई ले रहा था। बधाई देने और लेनेवाले दोनों, मैट्रोमेन प्रतीत होते थे। बधाई देने वाले शख़्स

जीहज़ूरी के कई सारे सबक पढ़ रहा था। वो अपनी लेमिनेटिड आवाज़ में बोलता जा रहा था, "तुस्सी बड्डे आदमी हो। ... ग्रेट हो तुस्सी। ... यू आर रियली ग्रेट मैन!" बधाई लेनेवाला रुक-रुककर, हँस-हँसकर, थैंक्यू-थैंक्यू कह रहा था। उसकी हँसी में अभिमान से ज़्यादा अहंकार झलकता था। जैसे वो हँस न रहा हो, अहसान लाद रहा हो।

बधाई देने वाला नॉन स्टॉप लहज़े में बोल रहा था—"तुस्सी सच्च-मुच्च महान हो।"

"महान? महान कोई नईं होता खरबन्दा! महानता अपणे अन्दर पैदा करणीं पड़ती है। अस्सी अपणें अन्दर महानता पैदा कीती है।... हाँ जी! खरबन्दा जी, अस्सी कीती है। सानूँ पत्ता है महानता किस चिड़िया दा नाम है। खूब कमाया। ख़ूब दौलत कमायी है। ख़ूब ख़र्च भी की है। शीवास रीगल तो थल्ले कद्दी पीती नईं।...बड़ी डिस्टरबेंस है खरबन्दा जी।"

मैंने बीच में एक बार हेलो की। मुझे नहीं करनी चाहिए थी। खरबन्दा बोल पड़ा, "सैगल सॉब! लगदा ऐ कोई तीजा बन्दा वी है।"

"खरबन्दा! तीजे बन्दे दा तू जांण। कोई चौथा बन्दा होए तां मैं ओहदा 'चौथा' फ़ोन ते कर देंणा है।"

"सैगल सांब! अज्ज मोबाइलां नू की होया है?"

"पुच्छो नां! बड़ी मुश्किल आ रही है।"

"सैगल सॉब तुस्सी अपणी गल्ल अधूरी छड़ दित्ती-सी।"

"मैं कह रहा था खरबन्दा! खूब कमाया पैसा। पैसा परपर्टियाँ विच्च बोत है। दो कोठियाँ पंज-पंज सो गज दियां। इक फारम हाउस दो एकड़ दा। चार एच आई जी फ्लैट। गुड़गाँवा, इकत्तीस सेक्टर विच रब्ब दी मेहर नाल कोठी बणां रहे हैं।... तिन्न कारां। चौथी होर लई ऐ लैण्डरोवर! खरबन्दा! महानता के लिए और क्या चाहिये।"

मैंने रिसीवर कान पर लगा रखा था। एक महानता की व्याख्या कर रहा था, दूसरा सुन रहा था। यह नये समय की महानता थी। ख़ूब कमाना महानता। ख़ूब ख़र्च करना महानता। प्रापर्टियाँ ख़रीदना महानता। उन्हें महँगे दाम पर बेचना महानता। कारें रखना महानता और चार-चार कारें रखना। कारें महान बनाती थीं। शीवास रीगल महान बनाती थी। लक्ज़री फ़्लैट और गुड़गाँव में कोठी महान बनाती थी। ... महानता का गीत, कारों का महात्तम कोठियों का भजन, फार्म हाउस का कीर्तन, उनकी टेलीफ़ोनिक वार्ता में कुछ देर चलता रहा। फिर दोनों, एक-दूसरे से ऊबने लगे। बोर होने लगे। फ़ोन डिसकनेक्ट हो गये। महानता का अश्लील गीत बन्द हो गया।

मैं रिसीवर लेकर खड़ा रहा—किंकर्त्तव्यविमूढ़-सा। महानता का विराट दर्शन, मेरी चेतना में बजबजा रहा था।

फ़ोन रखकर मैंने सोचा, विजय को फ़ोन करूँ। वो कई दिन से बीमार था। दफ़्तर भी नहीं आ रहा था। मैंने अपनी टेलीफ़ोन डायरी से उसका लैण्डलाइन नम्बर देखा। नम्बर मिलाया। फिर वही गड़बड़। मेरे फ़ोन की घण्टी इतनी बारीक़-सी थी जैसे किसी गहरे कुएँ से आवाज़ आ रही हो। लेकिन तीन आवाज़ें मुखर थीं। तीन में से एक आवाज़ को लगा कि नम्बर गलत मिल गया है। उसने अपना कनेक्शन काट दिया था। बाक़ी दो आवाजें थीं स्त्री-पुरुष की आवाज़ें। नहीं ...लड़का-लड़की की आवाज़ें। लड़की ने लड़के को 'रास्कल' कहा। लड़के ने लड़की को 'बिच' कहा। दोनों हँसे। फिर लड़की ने लड़के को ड्रैकूला कहा। लड़के ने लड़की को वैम्पायर कहा। फिर दोनों हँसे। खनखनाती-सी हँसी। जैसे इन गालियों से दोनों ताज़ादम हो गये हों। जैसे गालियाँ न हों, प्रार्थनाएँ हों।

फिर दोनों का प्रेम आधुनिक समय की आधुनिक अन्ताक्षरी में बदल गया—

"ओए लक्की"

"तू ही मेरी ज़िन्दगी"

"क्या कूल हैं हम!"

"आपकी नवाज़िश है!"

"मिलेंगे-मिलेंगे"

"कहीं और चल"

"जहाँ मिलें धरती आकाश!"

"दूर गगन की छाँव में"

"जब वी मेट!"

"कुछ-कुछ होता है"

"दिल तेरा दीवाना"

"तू ही मेरी ज़िन्दगी"

"मैं तुलसी तेरे आँगन की"

"यही सच है"

"आ गले लग जा"

"हम दिल दे चुके सनम"

"दिल से।"

"दिल तो पागल है"

"दिल विल प्यार व्यार!"

"दिल है कि मानता नहीं"

“फिर वही दिल लाया हूँ”

“हमराज!”

“चाँदनी!”

“मेरे विक्की डोनर!”

“मेरी रागनी एमएमएस!”

“हम दोनों!”

“किनारे-किनारे”

“दीवानगी!”

“आवारगी!”

“आशिकी!”

“दिल्लगी!”

“कभी अलविदा ना कहना...।”

दोनों की फ़िल्मी अन्ताक्षरी देर तक चलती रही। बीच-बीच में वो रुकते। कुछ और तरह की आवाज़ें आतीं। चुम्बन की। एक की चुम्बन की आवाज़। फिर दूसरे की। आवाज़ों में उत्तेजना की सनसनाहट थी। वो हँसते। वो बोलते। वो चूमने की आवाज़ें निकालते। वो अपनी दुनिया में थे। सेक्स की सनसनाती दुनिया—जो उन्होंने आवाज़ों से पैदा की थी। यह नये समय का प्यार था जिसमें भावनाओं की जगह बहुत कम थी। जिसमें उत्तेजना का ज्वार था। यह प्यार था जो फ़ोन के जरिये चल रहा था। मैंने बीच में हैलो की। उन्होंने सुनी नहीं। मैंने आख़िर में फिर दो-तीन बार हैलो की। उधर से प्रेम की अन्ताक्षरी को झटका लगा—‘हूउज़ दिस नॉनसेंस!’

फ़ोन कट गया।

मुहब्बत! नये समय की मुहब्बत! मुहब्बत की सनसनाती, फ़िल्मों में व्यक्त होती प्रेम कहानी समाप्त हो गयी थी।

विजय शायद हेलो-हेलो करके फ़ोन रख चुका होगा। उसकी सेहत का जानना जरूरी था। उससे कई बार पहले भी मोबाइल से बात कर चुका हूँ। वो अपने भीतर से डरा-डरा प्रतीत होता है। वो अपने घर-परिवार में है। लेकिन अकेला-सा प्रतीत होता है। मनुष्य को बीमारी न सिर्फ़ डरा देती है, बल्कि उसके जीवन का सहज आनन्द भी छीन लेती है और जो देती है वो अवसाद होता है और अवसाद में लिपटा अकेलापन।

मैं सोच ही रहा था कि विजय को एक बार फिर फ़ोन लगाऊँ, तभी फ़ोन की घण्टी बज उठी। विजय का होगा। मैंने सोचा। फ़ोन उठाया। फिर वही गड़बड़! वैसी डिस्टर्बेंस। कई सारी आवाज़ें। मैंने एक बार हेलो की। फिर चुप हो गया। रिसीवर को मैंने रखा नहीं था। कान से लगाये रहा। इस बार दो नहीं, एक-साथ

तीन आवाज़ें उलझ गयी थीं।

"हेलो।" पुरुष स्वर।

"हेलो।" दूसरा पुरुष।

"हेलो।" यह तीसरी फ़ोन लाइन थी और स्वर किसी स्त्री का था।

"क्या हाल है गुरू?" एक पुरुष।

"ठीक हाल है गुरू। मज़े हो रे हैं।" दूसरा पुरुष

"हेलो कौन बोल रहा है?" झुँझलाया हुआ स्त्री स्वर।

"ये बीच में कौन आ टपकी गुरू?" पुरुष स्वर।

"कबाब में हड्डी।" दूसरा पुरुष।

"यह हड्डी नहीं। फुल पीस है–चकाचक!"

"बदतमीज़ कहीं के।" स्त्री का स्वर

"कहाँ के?" पुरुष स्वर।

"जहन्नुम के।" स्त्री स्वर।

"तो तू जहन्नुम से बोल रही है।"

"इडियट!" स्त्री का गुस्साया स्वर।

"गुरू, गुस्सा दिखा रही है।" पुरुष स्वर।

"गुरू, लेडी जब गुस्सा दिखाये तो समझो वो प्यार का इजहार कर रही है।"

"रियली गुरू?" पहला पुरुष।

"हाँ गुरू!" दूसरा पुरुष।

"तो ये हमसे प्यार कर रही हैं?" पहला पुरुष।

"शटअप!" स्त्री का क्रोध से फनफनाता स्वर!

"शटपअ हम हों? शटअप तूँ हो, तूँ। बीच में तूँ आ टपकी। आसमान से टपकी। फ़ोन पे अटकी।"

"शर्म नहीं आती?" स्त्री का स्वर क्षोभ से भरा।

"शर्म? किस बात की शर्म? कपड़े पहन के बात कर रहे हैं। समझी?"

दोनों पुरुषों के हँसने की आवाज़ें।

"गन्दे लोग। डर्टी पीपल।" स्त्री का हिकारत से भरा स्वर।

"डर्टी पीपल यानी, डर्टी पिक्चर! देखी है तूने? मज़ा आ गया होगा ना?"

"डर्टी!...गन्दे...गन्दे लोग!" स्त्री ज़ोर से बोल रही थी।

"हमें फिर गन्दा कह रही है? साबुन से रगड़-रगड़ कर नहाते हैं। शरीर के एक-एक हिस्से पर साबुन लगाते हैं। गन्दे नहीं हैं हम।" पहला पुरुष।

"गुरू, नहाने के बाद परफ्यूम भी छिड़कते हैं। ये साली हमें गन्दा कह रही है। गाली दे रही है हमें।"

"तुम लोगों को बोलने की तमीज़ नहीं। तुम गन्दे ही नहीं, तुम गटर हो।" स्त्री की चीख़ती हुई आवाज़।

"हम गटर हैं तो तू?" पुरुष की आवाज़।

"गुरू हमें गटर के री है। ख़ुद क्या है? ख़ुद नाली है...गन्दी नाली। कब्बी हमसे आकर मिलेगी। नाली गटर में ही तो आती है।" दूसरे पुरुष की आवाज़।

"तब होगा भरत मिलाप!" पहला पुरुष।

फिर ठहाके। गला फाड़ ठहाके। स्त्री की गालियाँ। दोनों पुरुषों की हँसी। लिजलिजाती। वहशत से भरी हँसी।

स्त्री—अपने होने का ख़मियाज़ा भुगतती।

पुरुष—अपने होने की अश्लील हेकड़ी में लिप्त!

फ़ोन रखकर मैं सोचता रहा क्या ये आवाज़ें हमारे समाज के भीतर से उभर कर आयी हैं? कितना अब्सर्ड है हमारा समाज... अराजक और उच्छृंखल!

सोच लिया था कि अब फ़ोन नहीं करूँगा।

टी.वी. ऑन किया। अचानक ऐसा दृश्य उपस्थित हुआ कि मैं सिहर उठा। यह 'लाइव' था। एंकर बड़े उत्साह और जुनून के साथ बता रहा था कि यह जो भालू लोगों की भीड़ से घिर गया है, कल शाम इसने जंगल में लकड़ियाँ बीनने आयी एक औरत को अपने मुँह से धक्का दे दिया था। औरत खड्ड में लुड़कती चली गयी थी। भालू इत्मीनान से पेड़ के नीचे बैठ गया था। औरत को धक्का देना जैसे उसका खेल हो। वो खेल खेल चुका था। रातभर दरख़्त के नीचे बैठा रहा।

गाँववाले गुस्से में थे। भालू ने गाँव की औरत को धक्का दिया था। वो खड्ड में जा ग़िरी थी और जख़्मी हो गयी थी। गाँववालों ने भालू को ढूँढ़ निकाला। उसे घेरकर गाँव तक ले आये। गाँववालों के पास लाठियाँ, फरसे, बल्लम, तलवारें थीं। भालू निहत्था और सहमा हुआ था।

गाँववालों ने एक गोल दायरा बना लिया था। वो शाम का इन्तज़ार कर रहे थे। शाम तक उन्होंने भालू को बेहाल कर दिया था। भालू भूखा था। थका हारा था। मनुष्यों की आवाज़ों से डरा हुआ था। गाँव के लोग सभ्य थे। भालू जानवर था। आज लड़ाई आमने सामने की थी।

भालू की व्याकुलता इस बात से ज़ाहिर होती थी कि वो कभी बैठ जाता तो कभी दायरे में घूमने लगता। वो जिधर जाता उधर से लाठी पड़ती।

शाम हो चुकी थी। मशालें जल चुकी थीं। एंकर जोश में था। गाँववाले होश खो चुके थे। वो सबके सब न्यायाधीश थे। फ़ैसला हो चुका था। भालू को ज़िन्दा जला देना था। भालू के हाथ होते तो वो हाथ जोड़कर इन गाँववालों से माफ़ी माँग लेता। ज़ाहिर था गाँव के मुंसिफ़ उसे माफ़ न करते।

देखते ही देखते इंसाफ हो गया। किसी ने भालू पर केरोसिन की बोतल छिड़क दी। किसी ने जलती हुई मशाल भालू पर फेंक दी। भालू जलने लगा। तड़पने लगा।

वो भीड़ को चीरकर भागा। आग उसके साथ थी। उसके बालों में लिपटी। एंकर पीछे था। भीड़ शोर मचाती, लाठियाँ बरसाती उसके पीछे थी। भालू उसी दरख़्त तक जा सका जहाँ वो दिनभर बैठा रहा था। भालू तड़प-तड़प कर बेतरतीब, गुमनाम-सी, आवाज़ें निकालता हुआ धरती पर गिर पड़ा था। जलता हुआ, तड़पता हुआ भालू। नारे लगाती भीड़...। यह लाइव दृश्य था... किसी की मौत का ज़िन्दा दृश्य...। यह न्यूज़ थी, सीरियल था या ऐपिसोड—पता नहीं। यह मनुष्यहीनता का एक कथ्य ज़रूर था।

मैंने टीवी बन्द किया। मौत का यह जश्न मुझसे देखा नहीं गया था। फिर फ़ोन की घण्टी बजी।

मुझे आभास हो रहा था कि ग़लत नम्बर मिल गया होगा। फिर भी मैंने रिसीवर उठा लिया। वही तो हुआ है। मैं तो एक बार हेलो करके चुप हो गया। लेकिन मैं उन आवाज़ों को सुनने लगा जो दूसरी तरफ़ से आ रही थीं।

"माँ भगवती का जागरण है जी।"

"हाँ जी।"

"आपको कारड भिजवाया है जी।"

"हाँ जी। कारड मिल गया है जी। बड़ी किरपा कीती है आपने। ऐसे धारमिक पिरोगराम के लिए हमें याद किया।"

"आपको आणां है जी।"

"ज़रूर आयेंगे जी। माता राणी के दरबार में तो किस्मतवाले आते हैं। हम आयेंगे जी।"

"फ़ोन विच्च बड़ी डिस्टर्बेंस है जी।"

"हाँ जी। जित्थे-जित्थे फ़ोन कीता ऐ। कई-कई आवाज़ां।"

"बऊजी। जगराता कौन-सी ख़ुशी में?"

"बच्चे दा मुण्डन कराया है जी।"

"बोत-बोत मुबारकां!"

"इक होर वी चंगी गल्ल होइए।"

"कौन-सी जी।"

"एक दुकान ली थी मेन रोड पर पनदरां की। अब उस दुकान को डेढ़ करोड़ में नक्की कर दिया।"

"सच्चा सौदा।"

"हाँ जी।"

"दो फ़्लैट पहले ख़रीद लिए थे। चार सौ गज़ का प्लाट फरीदाबाद ग्यारह सेक्टर में...। सारी खुशियाँ एक साथ। माई के दरबार में दरशन करके आया हूँ जी। लम्बी लाइन थी। मैंने केयर टेकर को जा पकड़ा। हज़ार का नोट डाला उसकी जेब में। तत्काल सेवा हो गयी। खुल्ले दरशन!"

"बाऊजी, उस फ़्लैट का क्या हुआ जिसमें एक बूढ़ी रहती थी।"

"ओ पूछो मत जी। बड़ा तंग किया जी उसने। विधवा औरत थी। बूढ़ी थी और गठिया की मरीज़ भी थी। आजकल करते-करते चार साल गुज़ार दिये। किराया तो बेशक् टाइम पर दे देती थी। पर जी, ऐसी बीमार औरत... सौ झंझट! कहती थी–गठिया की मरीज़ हूँ।" हमने कहा, "मरीज़ों का ठेका सरकार लेती है, हम नहीं।"

"बऊजी, आपने बिल्कुल ठीक कहा।"

"ख़ाली करवा लिया जी वो फ़्लैट!"

"अच्छा जी! बड़ा तीर मारा।"

"हाँ जी। तीर निशाने पे मारा। बुढ़िया को एक दिन हमने कहा–चल तुझे डॉक्टर के पास ले चलते हैं। स्टेशन ले गये। मुसाफिरख़ाने में बिठाया। कहा–अभी आते हैं। न हम गये न वो आयी... फिनिश!"

"आप आना जी। ज्योति प्रचण्ड राजन ही करेंगे।"

"छोटा राजन।"

"नयीं जी। वो दूसरे राजन जी हैं।"

"आयेंगे जी।"

धार्मिक वार्ता समाप्त हो गयी थी। वार्ता अति पवित्र थी। गठिया की मरीज़ से फ़्लैट जिस तरह ख़ाली करवाया गया, वो आचरण भी बहुत पवित्र था। वो बुढ़िया मुसाफ़िरखाने में मर गयी होगी, जहाँ आवारा पशु, गायें, कुत्ते, साँड़ सब बैठे होते हों। क्या पता किसी ने 'अननेम्ड लगेज' की तरह उसे रेल के किसी डिब्बे में डाल दिया हो।

अब मैंने तय कर लिया था कि फ़ोन से रिसीवर बिल्कुल नहीं उठाऊँगा। बस, एक हल्की-सी जुम्बिश दिल में यह हो रही थी कि फ़ोन विजय का हुआ तो?

घण्टी बजी। मैं ठिठका रहा। घण्टी बजनी बन्द हो गयी। मैं कुछ सोचने लगा। फ़ोन से रिसीवर उठा लेता तो अच्छा होता।

फिर घण्टी बजी। इस बार मैंने रिसीवर उठाया। यह सोचकर कि क्या पता फ़ोन विजय का हो या फिर किसी दूसरे दोस्त का।

फिर वही ग़लत नम्बर!

दो लोगों के बीच बातचीत। मेरी हेलो-हेलो को दरकिनार करते हुए। बातचीत जारी थी। मैं एक श्रोता था।

"पापा केक ले लिया?"

"अभी पीएन को भेजकर वैंगर्ज़ से मँगवा लेता हूँ।"

"पापा, पेस्ट्री एण्ड सलामियाँ वैंगर्ज़ से। बट, केक ली-मेरिडियन से।"

"ओ.के.।"

"पापा, सम बार बेक्यू। फिश फिंगर। मटन चॉप। टिक्का। सासेज़। ... यू नो पापा! मेरी कुछ फ्रेंड्स बीयर लेंगी और कुछ वोदका।"

"ज़रूर-ज़रूर। इंज्वॉय करना माई डियर डॉटर।"

"हाउ मच टाइम इट विल टेक।"

"विदिन वन ऑवर। पीएन को टैक्सी से सारी आइटम भिजवा देता हूँ।"

"फ़ोन में कुछ प्राब्लम है।"

"मोबाइल सर्विस ठप पड़ी है। ऐनी हाऊ!"

"माई गिफ्ट... याद है न डैड।"

"गिफ्ट याद है और वो ले भी लिया है।"

"रियली?"

"ऑफकोर्स माई डियर डॉटर।"

"क्या लिया।"

"गेस करो।"

"परफ़्यूम?"

"नो।"

"मोंटब्लॉक पेन?"

"नो।"

"ओह, पापा, बता क्यूँ नहीं देते?"

"डॉयमण्ड रिंग एण्ड ब्रेसलेट।"

"ओह ग्रेट पापा! थैंक्स।"

"विच ब्रैंड?"

"गेस करो?"

"तनिष्क?"

"नो"

"वर्साचे?"

"नो"

"बताओ न पापा?"

"गीतांजलि!"

"ओह पापा यू आर रियली ग्रेट!"

फोन पर पिता-पुत्री की 'बर्थ डे टॉक' समाप्त हो गयी थी।

मेरा मन ख़लिश और किसी अनजान-सी निर्मोही भावना से भर गया था। पूरा दिन मैंने धन के वैभव की 'ऑडियो' कथाएँ सुनीं। धन जब बहुत हो और उसे खर्च करने के फिसलनभरे रास्ते ढूँढ़े जायें तो वो अश्लील लीला में बदल जाता है।

मुझे विद्वान लेखक लूथर की कही बात याद आ रही थी—"ईश्वर सम्पत्ति उन्हीं मूर्खों को प्रदान करता है, जिन्हें वह इसके अतिरिक्त और कोई अच्छी वस्तु नहीं दे पाता।"

फ़ोन की घण्टी बजती रही। एक बार-दो बार-तीन बार। चौथी बार फिर घण्टी बजी। मैंने रिसीवर उठाया। फ़ोन विजय का था। झुँझलाकर बोल रहा था—क्या बात है अशोक फ़ोन क्यों नहीं उठा रहा था?

मैं उसे कैसे बताता कि मैं दिन भर कई सारे ग़लत नम्बर के फ़ोन सुनकर भयभीत हो चुका हूँ।

वो बोल रहा था, "अशोक, बहुत दिन हो गये तुझे आये।"

"हाँ, विजय! आऊँगा मैं। पहले अपनी सेहत के बारे में बता?"

"सेहत? जब घर आयेगा तब तुझे डिटेल में बताऊँगा।"

"फिर भी।"

"लीव इट।"

"नाराज़ है?"

"नहीं अशोक तुझसे नहीं, वक़्त से नाराज़ हूँ।"

"वो तो हम सब नाराज़ रहते हैं।"

"तुम लोग उस समाज और संसार में हिलमिल जाते हो रोज़ाना, जो ज़िन्दा रखने के नये-नये बहाने देता है।"

"तू भी तो...।"

"आवाज़ कट रही है।"

"मैं फ़ोन फिर मिलाता हूँ।" विजय ने कहा। फ़ोन काट दिया। मैं डर-सा गया। फिर ग़लत नम्बर जा लगा तो?

घण्टी बजी। विजय बोल रहा था, "मैं आठ महीने से घर पर हूँ। ... किडनी की बीमारी बड़ी बीमारी होती है यार!"

हम दोनों एक पल के लिए चुप हो गये।

विजय बहुत ही ज़िन्दादिल, खुशतरीन कलीग था। दफ़्तर आता तो माहौल बदल जाता। वो बहारें लेकर आता।

वही विजय अवसाद में नज़र आता था।

अशोक, किसी दिन आ सकता है मेरे घर!

"हाँ, ज़रूर आ सकता हूँ।"

"तू आयेगा तो फ़्लैश खेलेंगे।"

"फ़्लैश?" मैंने चौंककर पूछा।

"फ़्लैश।" उसने कहा। फिर एक पल बाद बोला, "चार आने 'बूट' पचास पैसे की 'रन'... यानी चाल!"

विजय, चवन्नियों-अट्ठन्नियों के ज़माने पीछे चले गये हैं।

"मालूम है। मैं कुछ वक़्त के लिए पीछे जाना चाहता हूँ। अपना अच्छा वक़्त, अच्छे दोस्त और बेफ़िक्री ढूँढ़ने।" विजय ने कहा।

फ़ोन पर ख़ामोशी-सी रही कुछ देर। मैं डर रहा था फ़ोन में कोई तीसरी लाइन न मिल जाये।

कुछ देर बाद विजय बोला, "याद है अशोक, शाम को छुट्टी के बाद, कैरम रूम में हम कैरम खेलते और खूब हँसते। याद है, कभी-कभी हम फ़्लैश खेलते। हम सबकी जेब में बहुत कम पैसे होते। हम बहुत हल्का खेल-खेलते... 'लो स्टेक'! मेज़ पर चवन्नियाँ और अट्ठन्नियाँ होतीं। ताश की गड्डी होती। तीन-तीन पत्ते हमारे हाथ में होते। चोर नज़रों से हम एक-दूसरे को देखते। हँसते और पत्ते 'शो' करते।... अशोक, तब वो खेल कितना छोटा होता था और आनन्द कितना बड़ा।"

विजय भावुक हो गया था और भावुकता अतीत के बियाबान में लाकर छोड़ देती है। भावुक मैं भी हो गया था और मुझे भी वो दिन याद आने लगे थे जब हम मनुष्य थे और यान्त्रिकता ने हमारे अन्दर प्रवेश नहीं किया था।

फ़ोन कट गया था। मैंने रिसीवर रखा और फ़ोन के पास बैठ गया—शायद विजय फिर डॉयल करे।

कुछ देर बाद फिर फ़ोन की घण्टी बजी। विजय ही था। 'कह रहा था', यार अशोक, चवन्नियाँ-अट्ठनियाँ हमारी ज़िन्दगी में सादगी का प्रतीक थीं।

"बाज़ार में अब चवन्नियाँ नहीं चलतीं।" मैंने कहा।

"लेकिन दोस्तों में जज़्बातों के सिक्के अब भी चलते हैं अशोक!" विजय ने बस इतना ही कहा और फ़ोन काट दिया।

प्रेम में बच्चा

सड़क की दोनों तरफ़ बाज़ार है। भव्य दुकानें। भरी हुई दुकानें। चहल-पहल, रौनक, लोग, भीड़, शोर।

पटरी दुकानों के साथ-साथ है। अब पटरी कम रह गयी है। इतनी कम कि बड़ी-बड़ी दुकानों के कदमों में पड़ी पटरी, संकोच में डूबी प्रतीत होती है। पटरी, गली और चौराहे के सामने ख़त्म हो जाती है। कुछ दूर बाद फिर शुरू हो जाती है। सड़कें खत्म नहीं होतीं। पटरियाँ खत्म हो जाती हैं। पैदल चलने वाले अपने पाँव उठाकर खड़े रह जाते हैं और पटरी अदृश्य!

पटरी के साथ-साथ... दूर तक बाइक, कारें और छोटे-छोटे काउण्टर पर सामान लगाये और समान सजाये छोटे दुकानदार। पिलो कवर, बैक क्लिप, नेल पॉलिश, हेयर बैंड, टेबल मैट, कप-प्लेट, बेल्ट, टाइयाँ, रूमाल, हवाई चप्पलें, दस्तानें...। अजमल खाँ रोड! दूर तक दुकानें। दूर तक बाज़ार। दूर तक भीड़। दूर तक नो पार्किंग ज़ोन में पार्किंग। दूर तक पटरी के पास, छोटे-छोटे स्टॉल। जैसे करोल बाग के बड़े बाजार में टापू उग आये हों।

यह नवम्बर का महीना है। मौसम खुशगवार है। न सर्दी, न गर्मी। सदाबहार मौसम और मस्ती में डूबे लोग...कस्टमर! खूबसूरत स्त्रियाँ और उनकी कमर में हाथ डाले पुरुष! कमर में हाथ या फिर हाथ में हाथ। सब डरे हुए लगते हैं अपने अनुभवों से या फिर सम्बन्धों के चूर-चूर होने से। हाथ में हाथ डालकर रखना, प्रेम या प्रेम का प्रदर्शन हो सकता है और हो सकता है, वो कोई मजबूरी भी हो। इधर मजबूरियों पर प्रेम के मुलम्मे खूब चढ़ाये जाने लगे हैं। उदासी पर मुस्कान की कशीदाकारी तो पहले भी हुआ करती थी।

सड़क किनारे जहाँ बाइक कतार में और कुछ बाइक आढ़े-तिरछे खड़े हैं... कुछ फुट की दूरी पर एक कार खड़ी है... फॉक्सवैगन! कुछ दूर पटरी के बिल्कुल पास एक आदमी पटरी पर स्टूल रखकर बैठा है। उसे कस्टमरों की प्रतीक्षा है।

उसने छोटी फोल्डिंग मेज़ पर हेयर क्लिप, बैक क्लिप, नेल पॉलिश, लिपिस्टिक जैसे सामान सजा रखे हैं।

वक़्त साढ़े ग्यारह का है। बड़े-बड़े शो रूम खुल चुके हैं। दरवाज़े पर सिक्यूरिटी गार्ड छोटा-सा काला चमकीला डण्डा लेकर खड़े हो चुके हैं। लोग घरों से निकल चुके हैं। बाजार में भीड़ बढ़ गयी है। पार्किंग ज़ोन में कार वाले अपनी कार पार्क करने के लिए भटक रहे हैं।

अजमल खाँ रोड और शानदार बाज़ार। आर्यसमाज रोड से लेकर लक्ष्मी ऑप्टीकल तक लम्बा फैला हुआ बाज़ार।

पटरी के पास, बाइक और थोड़ी-सी जगह, ख़ाली-सी जगह! भरे बाजार में यह रिक्त स्थान किसी अचम्भे की तरह लगता है। उससे बड़ा अचम्भा यह कि इस जगह एक प्रैम खड़ी है। प्रैम में बच्चा बैठा है। बच्चा एक साल का होगा या कुछ कम का। या फिर, एक साल से कुछ बड़ा।

बच्चे इतने अबोध और इतने निष्कपट होते हैं कि उन्हें न कैलेण्डर, न वक्त, न उम्र, न तारीख का पता होता है, न काल-दिक का। ...अपना समय वो खुद होते हैं। वो होते हैं और सारा का सारा समय उनका होता है।, ...उनका अपना!

जैसे कि यह बच्चा, जो प्रैम में बैठा है। अपने छोटे-छोटे से हाथों के साथ, अपने समय से खेल रहा हो जैसे।

बच्चा बेपरवाह है। वो किसी अनजाने और अव्यक्त खेल में मशगूल है। बच्चा मासूम है और प्रसन्नचित्त! ऐसा लगता है या वो ऐसा समझता है कि सब कुछ उसका अपना है। हवाएँ उसकी और धूप उसकी। सूरज उसका और आसमान उसका।

वो कुछ बोल रहा है। उसकी भाषा शायद हवा या धूप या सड़क किनारे खड़े नीम के पेड़ समझते हों। या फिर वो लोग, जो प्रैम में बिठाकर इसे अपने साथ लाये हों और शापिंग के लिए कहीं चले गये हों और बच्चे को भूल गये हों। यकीनन! यकीनन इसलिए कि बच्चा प्रैम को खींचकर खुद तो नहीं ही आया होगा। अगर बच्चे को अपने आप आना होता तो वो यहाँ बिल्कुल न आता। अभी वो इतना छोटा, मासूम और अबोध है कि कस्टमर होना उसने नहीं सीखा होगा। उसे कहीं जाना होता तो वो किसी फूल के पास, चिड़िया के पास, बत्तख के पास जाता।

लोग दुकानों में घुस रहे हैं। शॉपिंग करना बड़ा अच्छा लगता है। बाज़ार का पर्व सबसे बड़ा पर्व है। सब खुश। सबके सब प्रसन्न। बड़े-बड़े जूट के या कागज़ के कैरीबैग सँभाले हुए लोग! कस्टमर बड़े लेकिन मनुष्य! मनुष्य का पॉकेट संस्करण प्रतीत होते लोग!

बाज़ार! मरीचिकाओं का जश्न! बाज़ार! भ्रम को विश्वास में बदलता। छलनाओं के तिलिस्म गढ़ता!

बच्चा हँस पड़ा है—खिलखिलाकर!

बच्चे का हँसना एक घटना है। इस घटना को किसी ने नहीं देखा। बच्चे का हँसना एक उत्सव है। बच्चे का उत्सव, दरहक़ीक़त, ईश्वर की उम्मीदों का उत्सव है।

मैं पटरी के पास खड़ा हूँ। कब से! बच्चे को देखता। बच्चे की निगरानी करता। निगरानी का भाव मेरे मन में यूँ ही चला आया है। मैं पटरी पर चला जा रहा था। मेट्रो स्टेशन की तरफ। पहले यहाँ 'निरूलाज़' था। वहाँ मैं इत्मीनान से बैठता। पीज़्ज़ा खाता और ट्रिपल सण्डे आइस-क्रीम! अब वो यहाँ से कहीं और चला गया है। मेरे जैसे बन्दों के बैठने का ठीया खत्म!

मैंने बच्चे को देखा। इतना प्यारा बच्चा। प्रेम में अकेला। उसके पास न उसकी माँ, न आया। मैं ठिठका। खड़ा हो गया। कुछ भी खराब घटित हो तो मैं तुरन्त बच्चे के पास पहुँच जाऊँ।

मुझे किसी ने नहीं कहा। मेरी अन्तरात्मा की आवाज़ ने कहा। अन्तरात्मा की आवाज़ कई बार ईश्वर की आवाज़ से मिलती-जुलती होती है।

बच्चा एक बार फिर हँसा है। बेफ़िक्र और चंचल-सी हँसी।

मैं बच्चे को हँसता देख रहा हूँ। उसका हँसना बेवजह है और बच्चे का बेवजह हँसना, उसकी सबसे बड़ी वजह है।

मैं जब बच्चा था तो ऐसे हँसता था। दीवार पर कुछ लिखता, फिर हँसता। पानी में हाथ डालता, फिर हँसता। फ़र्श पर फिसलता और हँसता। मैं हँसता और हँसी मेरे पास किसी भाषा की तरह होती।

मैं बड़ा होता गया। मैंने बहुत सारी भाषाएँ सीख लीं। हँसने की भाषा भूल गया।

मैं जब छठी कक्षा में आया, तब भी मैं खूब हँसा। बात इतनी-सी थी कि पेंसिल छूट गयी थी। मास्टरजी ने पेन से लिखने की इजाज़त दे दी थी। पेन से लिखना मेरे लिए किसी आज़ादी की तरह था।

बच्चा इधर-उधर देख रहा है। बच्चे का देखना उल्लास से भरा है। बच्चे की आँखें कितनी उज्ज्वल, साफ, निर्दोष, आकर्षक और कौतुकभरी हैं। बच्चे कितने विचित्र होते हैं। वो सोते-सोते हँस पड़ते हैं और जगते-जगते सपने देख लेते हैं। बच्चे के सामने यह सारा मंजर किसी सपने की तरह है।

ऐसा भी लगता है जैसे यह बच्चा हँस नहीं रहा, पूरे बाज़ार की खिल्ली उड़ा रहा है।

बच्चा इधर-उधर देख रहा है। बच्चे को न 'सेल' का पता है, न विज्ञापनों का। उसे यह भी पता नहीं कि 'बाइ वन, गेट टू फ्री' का वास्तविक गणित क्या है? उसे तो जैसे सारा बाज़ार सर्कस जैसा लग रहा है और पूरा मंज़र किसी 'बाजीच-ए-अतफाल'

जैसा। और भीड़ जोकरों जैसी हास्यास्पद हरकतें करती।

बच्चे ने प्रैम की चमकती हुई रॉड को दोनों हाथों से पकड़ लिया है। वो उसे अपनी पूरी क्षमता, शक्ति, ऊर्जा और उत्साह के साथ हिला रहा है। जैसे कि वो प्रैम का स्टेयरिंग हो। जैसे कि बच्चा उस प्रैम को स्टार्ट करके चलाना चाहता हो। प्रैम चल नहीं रही। जरा भी नहीं सरकी। लेकिन बच्चा बिना किसी निराशा के, भरपूर उत्साह के साथ, अपने दोनों नन्हें हाथों से उसे हिला रहा है।

सामने का समय, इतना कठिन, इतना विकराल, इतना पेचीदा... और ऐसे समय से वो खेल रहा है जैसे समय न हो, कोई झुनझुना हो। वो प्रैम की रॉड को ऐसे धकेल रहा है कि जैसे वो चल पड़ेगी... चल पड़ेगी और बच्चा दुकानें, मॉल बाज़ार सब देख लेगा। प्रैम चलेगी तो वो अपनी माँ या आया को भी ढूँढ़ लेगा। प्रैम की रॉड स्टेयरिंग की तरह है जिसे बच्चे ने पकड़ रखा है।

मैं बच्चे की नन्हीं गतिविधियाँ देख रहा हूँ। मन ही मन मुस्करा रहा हूँ। मन ही मन अपने बचपन को याद कर रहा हूँ।

ये बहुत साल पहले की बात है। हम जब छोटे बच्चे थे। हमारे मोहल्ले के सामने काफी बड़ा अहाता था। वहाँ एक बेहद पुराना, कदीमी और बूढ़ा ट्रक लावारिस अवस्था में खड़ा रहता। ज़िन्दगी उसने चलते-चलते गुज़ारी। अपना बुढ़ापा वो खड़े-खड़े काट रहा था।

हम उस ट्रक में चढ़ जाते। उसकी बहुत सारी चीज़ें या तो खत्म हो गयीं या फिर लोगों ने चुरा लीं। लेकिन स्टेयरिंग मौजूद था। जैसे स्टेयरिंग ट्रक की आत्मा हो और सब कुछ नदारद होने के बावजूद उसका होना अनिवार्य हो। हम स्टेयरिंग थाम लेते। उसे घुमाते। स्टेयरिंग को घुमाते और मुँह से पीं-पीं की आवाज़ निकालते। बूढ़े ट्रक ने स्टार्ट होना छोड़ दिया था। हम अपने मुँह से स्टार्ट की आवाज़ें निकालते—ज़र्र-ज़र्र... ज़र्र! लेकिन ट्रक खड़ा रहता।

प्रैम भी खड़ी है—जस की तस! लेकिन बच्चा प्रैम की रॉड को पकड़े हुए है, जैसे रॉड प्रैम का स्टेयरिंग हो।

हमारे घर के सामने वाले घर में जनकराज रहते थे। उनके पास फीएट कार थी। वो उसे कभी-कभार बाहर कहीं ले जाते। हम फीएट को बड़ी हसरत से देखते। हम चोरी-छिपे उस फीएट को छू लेते तो बड़ा अच्छा लगता। एक बच्चे ने बड़ा कारनामा किया। जेब में कील डालकर लाया। फीएट की बॉडी पर कील से अपना नाम खरोंचकर लिख दिया—शिवकुमार! कार जनकराज की थी। नाम शिवकुमार का।

एक रात चोरों ने फीएट के चारों टायर उतार लिए और फीएट को ईंटों पर खड़ा कर दिया।

सुबह जब जनकराज ने अपनी फीएट देखी तो सनाका खा गये। फीएट पहियों पर नहीं, ईंटों पर खड़ी थी। वो कार कम, अजायबघर ज्यादा लगती थी। ऐसा लगता था जैसे फीएट के पहिये उसकी चप्पलें हों और वो उन्हें उतारकर कहीं भूल गयी हो...।

प्रैम के पास खड़ी एक फीएट को देखकर अचानक जनकराज की फीएट.. ईंटों पर खड़ी फीएट का ख़याल ज़ेहन में यूँ ही चला आया। जबकि मैं बच्चे को निरन्तर देख रहा हूँ। बच्चे का मैं वालंटियर निगहबान हूँ।

प्रैम में बैठे बच्चे ने अपना छोटा-सा हाथ अपने मुँह पर रख लिया है। वो आ... आ की आवाजें निकाल रहा है। वो अपने खेल में मग्न है। उसकी आवाज़ बहुत महीन, नाजुक और अद्‌भुत है। बाज़ार में अजीब तरह का शोर है। ऐसा लगता है जैसे आवाज़ों का जुलूस निकल पड़ा हो।

सबसे कम, सबसे संक्षिप्त और खूबसूरत आवाज़ बच्चे की है। उसकी आ...आ की आवाज़ों में कोई राग छुपा है—जीवन की मासूमियत और उल्लास का राग!

उसने अपना हाथ मुँह से हटा लिया है। उसने एक शब्द—'मम्म' कहा है। रुक-रुककर उसने 'मम्म' शब्द को दोहराया है। मम्म का मतलब? मैं सोच रहा हूँ, मम्म का मतलब क्या हो सकता है? बच्चे इतने अबोध होते हैं कि वो एक ही शब्द को कई जगह इस्तेमाल करने लगते हैं। दरअसल, उनके पास बहुत कम शब्द होते हैं। नन्हें बच्चे अपनी माँ को मम्म कहते हैं तो वो पानी को 'मम्म' कहनें लगते हैं।

हो सकता है, बच्चे को प्यास लगी हो और उसे पानी पीना हो। क्या पता, वो अपनी माँ को बुला रहा हो? क्या पता, वो दलिया, दाल या बिस्कुट खाना चाहता हो?

मैं बच्चे की प्रैम के पास बैठा हूँ—पंजों के बल। मैंने बच्चे को प्यार किया है। उसके सिर पर मैंने हाथ फेर दिया है। मेरे मन में स्नेह-सा उमड़ आया है। बच्चा चकित भाव से मुझे देख रहा है।

शुक्र है, प्रैम में पानी की बोतल रखी है। मुझे मिल गई है। छोटे बच्चों की पानी की बोतलों को 'सिपर' कहते हैं शायद! बच्चे पानी गटगट नहीं पीते। ज़रा-ज़रा-सा 'सिप' करते हुए। मैंने बोतल को बच्चे के मुँह से लगाया है। उसने थोड़ा-सा पानी पिया है। बस! फिर हँस पड़ा है।

उसकी हँसी जैसे धन्यवाद हो!

उसकी हँसी जैसे खेल हो। बच्चे भी कितने विचित्र होते हैं! पानी पीते-पीते भी खेल ढूँढ़ लेते हैं।

मैंने बोतल बिल्कुल वहीं रख दी है, जहाँ पहले रखी थी। बच्चा खिलखिलाया

है। कुछ ऐसे खिलखिलाया है जैसे वो मेरा पुराना दोस्त हो। नहीं, पुराना नहीं। बिल्कुल नया दोस्त! नयी दोस्ती पर, ताबिन्दा हँसी—बिल्कुल नयी। नयी और उज्ज्वल और दिलकश और अबोध हँसी।

मैं फिर थोड़ी दूरी पर खड़ा हो गया हूँ।

पटरी के पास मेज़ों पर या रेहड़ियों पर सामान लगाकर खड़े छोटे दुकानदार सामान बेच रहे हैं... कुशन, मैट, नैपकिन। एक चायवाला छोकरा गली से निकला है। चायवाले छींके में छह गिलास चाय। वो सबसे बोलता हुआ... मज़ाक करता हुआ... खी-खी करता हुआ चला गया है।

एक भिखारी दुकान के काउंटर के पास रुका है। उसने अपना भिक्षापात्र मोटे-ताज़े दुकानदार के सामने किया है। भगवान की कई सारी मूर्तियों के पास अगरबत्ती जल रही है। पचास पैसे के अनेक सिक्के भी रखे हैं। उसने एक पचास का सिक्का काउंटर पर सरका दिया है। भिखारी को देखे बिना। दुकानदार भावहीन है। उसकी नज़र कस्टमर पर है। कैलकुलेटर पर है और क्लोज सर्किट कैमरे पर। कस्टमरों को शक की नज़र से देखो—बाज़ार ने नया फारमूला विकसित किया है। इसलिए और शायद इसलिए भव्य बाज़ार में हीनता की परछाइयाँ रेंगती प्रतीत होती हैं। शायद इसलिए कि बाज़ार ने मनुष्य को कस्टमर बना दिया है। वो कस्टमरों को मनुष्य के रूप में नहीं देखता।

बच्चे ने फिर मम्म कहा है। एक बार और फिर दो-तीन बार। वो अपनी माँ को याद कर रहा हो जैसे।

अचानक एक नीम का पत्ता उड़कर उस बच्चे की प्रैम में चला आया है। बच्चे के सामने। बच्चे ने नीम के पत्ते को देखा है। खिलखिलाया है। नीम का पत्ता, पहले एक पत्ता था, अब खिलौना। पत्ता बच्चे के हाथ में है। वो उससे खेलने लगा है। इससे पहले हवा ने पत्ते के साथ खेल खेला। अब बच्चा खेल रहा है। हवा भी बच्चे जैसी होती है। कई ज़रूरी काम उसने बच्चों से सीखे हैं—जैसे पर्दे के पीछे छुपकर खड़े हो जाना। जैसे फूँक मारकर दीये बुझाना। हवा भी फूँक मारकर दीये बुझा जाती है... वो फानूस नहीं बुझाती।

प्रैम के पास एक पिल्ला चला आया है। सफेद रंग का पिल्ला। लम्बे बाल। छोटी-सी कद। इतने सारे वाहन। बाइक, कारें, स्कूटर, रेहड़ियाँ! पिल्ले को जो जगह सबसे ज्यादा मुफ़ीद और शानदार लगी है, वो बच्चे की प्रैम है। पिल्ला अपनी पिछली दो टाँगों के सहारे बैठ गया है और प्रैम को देख रहा है। पिल्ला बच्चे को देख रहा है और बच्चा पिल्ले को। दोनों ऐसे देख रहे हैं जैसे दोस्त हों।

बच्चा हँस रहा है। पिल्ले को देखकर वो हँसता चला जा रहा है। उसका हँसना इस बात की तस्दीक है कि पिल्ले का बैठना उसे खराब नहीं लगा। बच्चा

पिल्ले को देखकर जरा भी नहीं डरा। पिल्ला भी जैसे खिलौना हो—जीवित। साँस लेता। खिलौना भी। दोस्त भी।

बच्चा किलकारियाँ मारकर हँस रहा है। पिल्ले को देखना उसके लिए उत्सव है... जश्न है। किलकारियों का जश्न!

पिल्ला उकड़ू बैठा बच्चे को देख रहा है। उसके लम्बे कान थोड़ा फड़फड़ाये हैं। अगर पिल्ला हँस सकता तो बच्चे की हँसी के साथ उसकी हँसी भी शामिल हो जाती। पिल्ला हँसा नहीं, बच्चा हँस रहा है।

यह एक छोटी-सी...बहुत छोटी-सी दुनिया। पिल्ले और बच्चे की। दोनों अबोध। दोनों संसार से अपरिचित। बच्चे ने कार, स्कूटर, बाइक किसी को नहीं देखा। उसने लोगों को भी नहीं देखा। उसने पिल्ले को देखा है। अपनी चंचलता के साथ। निश्छलता के साथ। और फिर वो हँसा है—खूब सारा।

बच्चा बहुत देर से अकेला था। उसे साथी मिल गया है।

मैं चकित हूँ। बल्कि हतप्रभ! एक गिलहरी बच्चे की प्रैम के पास, बड़ी फुर्ती, आवेग और तत्परता के साथ चक्कर लगा रही है।

बच्चे की दुनिया थोड़ी बड़ी हो गयी है। जनसंख्या पहले दो की थी। अब तीन की। तीसरी गिलहरी है। बच्चा, पिल्ला और गिलहरी। पिल्ला गिलहरी को देखकर थोड़ा-सा गुर्राया है। गिलहरी ने परवाह तक नहीं की। उसे अपनी रफ़्तार और चुस्ती पर पक्का भरोसा है। पिल्ला उसकी तरफ़ लपका तो वो एक पल में कहीं की कहीं पहुँच जाएगी। फिलहाल वो प्रैम के पास झूम रही है। वो अपनी नन्हीं, चमकीली गोल-गोल आँखों से इधर-उधर देखती है। ठिठकती है। कुछ कुतरती है। फिर चल पड़ती है।

मैं पास खड़ा देख रहा हूँ। बच्चे को, पिल्ले को, गिलहरी को। पिल्ला और गिलहरी दोनों बच्चे के अंगरक्षक प्रतीत होते हैं।

नीम का दरख़्त कुछ दूर है। गिलहरी नीम के दरख़्त को बताकर आयी होगी कि वो किसी ज़रूरी काम से जा रही है। ज़रूरी काम? बच्चे की निगरानी!

बच्चा बहुत प्यारा है। मन करता है, उसे उठा लूँ। उसकी पेशानी चूम लूँ।

गोरा-चिट्टा, चंचल और हँसमुख बच्चा। बच्चा ईश्वर की अनुपम रचना है और मैं उस रचना को देख रहा हूँ मुग्ध भाव से।

बच्चे के कपड़े बहुत अच्छे हैं। टी-शर्ट और जींस की गैलसवाली पैंट! पैंट टखनों से कुछ ऊपर है। इसे यंग जेनरेशन 'टू थर्ड' कहती है।

गैलसवाली पैंटें बच्चों को फबती हैं। और कोई बड़ा आदमी गैलसवाली पैंट पहने तो जोकर लगे। फिल्मों में पुराने ज़माने के अमीर गैलसवाली पैंटों में नज़र आते। गैलसवाली पैंटें, तब फ्यूडल का प्रतीक थीं। लेकिन बच्चे। वो फ्यूडल नहीं

होते। वो बिना सलतनत के बादशाह जैसे। पिल्ला और गिलहरी जैसे इस बादशाह की प्रजा हों।

मैं बाज़ार को देख रहा हूँ। सामने जैनसंज़ है—ब्रांडेड कपड़े। सूट, टाइयाँ, जूते...आर्टीफीशल लेकिन महँगी ज्वैलरी। जैनसंज़ से आगे सर और हर! फिर मदन स्टोर, फिर पंजाब स्वीट्स...। फिर... बहुत आगे जाकर मेट्रो स्टेशन!

कभी-कभी जब मैं फुरसत में होता तो करोलबाग के एक सिरे से पैदल चलना शुरू करता। तब सब दुकानों के होर्डिंग, बोर्ड और नाम याद हो गये थे। करोलबाग का बाज़ार आर्यसमाज रोड पर आकर खत्म हो जाता। लेकिन अजमल खाँ रोड चलती रहती। अजमल खाँ और पार्क के बाहर, पटरी पर बैठे ज्योतिषी!... अजमल खाँ रोड तिबिया कॉलेज तक साथ रहती। सड़क का नाम हकीम अजमल खाँ के नाम से था। सड़क तिबिया कॉलेज के सामने रुकती तो लगता कि सड़क हकीम अजमल खाँ साहब को ख़िराजे-अक़ीदत पेश कर रही है। तिबिया कॉलेज की पुरानी और पीली इमारत किसी किस्से की तरह लगती। इमारत में ज़्यादा किस्से समा जायें तो वो खुद किस्सागो हो जाती हैं।

क्रेन आकर खड़ी हुई है—अचानक! क्रेन से झटपट दो-तीन बन्दे उतरे हैं। बन्दे हैं या बाउंसर, पता नहीं। बन्दों ने झटपट जंज़ीरों के हुक से पुरानी, थकी हुई, फीएट को हुक में डाला है। बड़ी बेअदबी, बेरुखी और बेलिहाज़ तरीके से फीएट को क्रेन पर चढ़ा दिया है। क्रेन के बिल्कुल पास खड़ी फॉक्सवैगन को उन्होंने छुआ तक नहीं। दोनों कारें नो पार्किंग ज़ोन में थीं। लेकिन फॉक्सवैगन! जिम में तराशे हुए शरीरवाला नौजवान फॉक्सवैगन का मालिक था। और अपनी गन उसने बेल्ट के साथ टाँग रखी थी और वो अपनी फॉक्सवैगन के पास खड़ा था।

फीएट के साथ दो बाइकें भी क्रेन में चढ़ा दी हैं बन्दों ने। बन्दों ने एक बार बच्चे की प्रैम को देखा है। मैं सिहर उठा हूँ। घबराया हुआ-सा मैं। प्रैम से सटक कर खड़ा हो गया हूँ।

बच्चा क्रेन को देखकर हँस रहा है। शायद वो उनके व्यवहार की खिल्ली उड़ा रहा है।

क्रेन किसी तानाशाह का दूत प्रतीत होती है जो अपनी क्रूरता के कारण जाने जाते थे।

क्रेन जा चुकी है। फीएट और बाइक के उठ जाने के बाद जगह खाली हो चुकी है। अभी कुछ देर यहाँ कोई गाड़ी खड़ी नहीं करेगा। क्रेन अपने निशान छोड़ गयी है, जिसमें भय की भी कुछ लकीरें हैं।

बच्चे ने कई सारी आवाज़ें निकाली हैं— ओ... आ... ओ... ओ...। वो अपने छोटे-से संसार में मस्त है।

क्रेन की आवाज़ और जन्ज़ीर की खनखन से पिल्ला डर गया था। या फिर वो क्रेन वाले बन्दों को देखकर डर गया हो... जब तक क्रेन खड़ी रही, वो एक कार के नीचे दुबक गया था। गिलहरी नीम के पेड़ पर चढ़ गयी थी। क्या पता, गिलहरी ने यह सोचा हो कि क्रेन वाले उसे 'टो' करने आये हैं।

पिल्ला फिर प्रैम के पास आकर बैठ गया है। गिलहरी भी दो-तीन चक्कर लगा चुकी है। नीम से फिर एक पत्ता टूटा है और चक्करघिन्नी-सी खाता हुआ, बच्चे की गैलसवाली पतलून के पास जा गिरा है।

पत्ता बच्चे के हाथ में है और वो हँस रहा है।

दो साँवली, दुबली-पतली लड़कियाँ तेज़-तेज़ चली आ रही हैं। बच्चे की तरफ़। वो बच्चे के बिल्कुल पास आकर रुक गयी हैं। बच्चा पत्ता फेंककर, उन्हें देखकर खिलखिला रहा है। लगातार हँस रहा है। उसने अपनी दोनों बाहें भी फैलायी हैं।

तो ये दो लड़कियाँ थीं जो बच्चे को प्रैम में बिठाकर कहीं चली गयी थीं। यकीनन ये दोनों 'मेड' होंगी। यकीनन बच्चे की माँ ने इन पर भरोसा किया होगा। यकीनन घर जाकर ये बतायेंगी कि बच्चे को एक पल के लिए भी इन्होंने अपने से अलग नहीं किया।

लड़कियाँ चतुराई से की गयी शापिंग से खुश हैं और बच्चा उन्हें देखकर खुश है।

दोनों लड़कियों ने एक दूसरे को देखा है। कुछ कहा है। अनजानी-सी भाषा। दोनों की। अपनी सुरक्षित भाषा। बच्चा हँस रहा है। उन दोनों को देख रहा है। लड़कियाँ समझदार हैं। बच्चा मासूम है। बच्चा चाहता है कि दोनों लड़कियों में से कोई लड़की उसे उठा ले। उठा ले और तवज्जो दे। तवज्जो दे और प्यार करे।

लड़कियों ने बच्चे को उठाया है। एक ने उठाया है। दूसरी उससे बातें करने लगी है। बच्चा चहकने लगा है। पहले वो बाज़ार के बेगानेपन की खिल्ली उड़ा रहा था। अब दुलारे जाने पर बेहद खुश है। अपनेपन की भाषा को बच्चे ने माँ की पाठशाला से सीखा है। दोनों लड़कियाँ उसे अपनी लगी हैं—बाज़ार बेगाना।

लड़कियों ने बच्चे का डाइपर बदल दिया है। बच्चे ने 'शू-शू' किया था। डाइपर चेंज करते-करते बच्चे ने कई सारी आवाज़ें निकाली हैं। बच्चे नवाज़िश या शुक्रिया इसी तरह से अदा करते हैं।

लड़कियों ने बच्चे को प्रैम में बिठाया है। वो प्रैम लेकर जा रही हैं—करोल बाग डब्ल्यू-ई-ए की तरफ।

प्रैम आगे जा रही है। बच्चा पलटकर देख रहा है। किसी ज़िदा की तरह मुड़-मुड़कर देखता हुआ बच्चा। वो एक बादशाह की तरह लग रहा है... बादशाह

सलामत की तरह। और अपनी रिआया... अपनी प्रजा को देख रहा है। नीम का पेड़, पिल्ला, गिलहरी–उसकी प्रजा थे। उसकी सल्तनत!

लड़कियाँ प्रेम को लेकर जा चुकी हैं। मैं अब भी खड़ा हूँ, जस का तस! बच्चे के होने को महसूस करता हुआ।

बैकबेंचर

यही नाम था उसका—मनीष भल्ला! खिलन्दड़ा और खुशतबीयत। शैतानियों में अव्वल। पढ़ाई में औसत!

उसके तमाम दोस्त बड़े ओहदेदार बनते चले गये। रेपुटेड कम्पनियाँ। एक्जीक्यूटिव पोस्ट! दो-तीन दोस्त तो डॉक्टर बन गये। एक दोस्त तहसीलदार बन गया तो एक लेक्चरर।

मनीष भल्ला को बहुत बाद में पता चला कि एम.बी.ए. और एम.सी.ए. जैसी डिग्री हासिल करने का क्या अर्थ होता है? उसे बाद में जाकर पता चला कि एजूकेशन 'पे' करती है और डिग्री, किसी मल्टीनेशनल कम्पनी तक जाने का रास्ता साफ करती है।

मनीष भल्ला को यह गुमान था कि जिस तरह ईश्वर ने उसे पृथ्वी पर अवतरित किया है, उसी तरह वो किसी दिन, एक शानदार जॉब भी थाली में परोसकर रख देगा, उसके आगे।

लेकिन असलियत, खुशफहमी के विपरीत थी। किसी विलोम की तरह। मनीषा भल्ला को अब पता चला था कि खुशफहमी, उस जुगनू की तरह होती है, जिसकी ज़िन्दगी एक रात की होती है और जिसे दिन के उजाले में मर जाना होता है।

मनीष भल्ला के पास बी.ए. की डिग्री थी जो अब अपनी कद्र पूरी तरह खो चुकी थी। मनीष भल्ला के पास कम्प्यूटर ज्ञान भी था। ये डिप्लोमानुमा ज्ञान, मनीष भल्ला ने कम्प्यूटर शिक्षण संस्थानों से अर्जित किया था। बेशक, मनीष भल्ला, अँग्रेजी में बात कर लेता था और कम्प्यूटर की भाषाएँ भी जानता था... लेकिन था बेरोज़गार! अनुभव उसके पास अनेक थे। नौकरी एक भी नहीं थी।

मनीष भल्ला किसी इतवार को या किसी छुट्टी के दिन, अपने पुराने दोस्तों से मिलता। वो वर्तमान की बात करते। वो नये 'चैलेंज' और 'किलिंग इंस्टिंक्ट' की बात करते। मनीष—अतीत के दिनों को याद करता। दोस्त पुराना समय भूल रहे थे

या भूल चुके थे। मनीष के पास समय था और स्मृतियाँ थीं। दोस्त बहुत व्यस्त थे या व्यस्त होने का ढोंग रचते। मनीष अपने ख़ालीपन के साथ होता।

मनीष दोस्तों से इस उम्मीद और इस जज़्बे के साथ मिलता कि वो स्कूल और कॉलेज के दिनों की बातें करेंगे। दोस्त आई टी सेक्टर की बात करते। मन्दी की बात करते। जॉब कॅरियर, कम्पटीशन की बात करते। मनीष का मन बुझ जाता। वो खुद-ब-खुद उन दिनों को याद करने लगता। वो दिन भी क्या खूब थे? हर बच्चा आसमान नज़र आता। हर बच्चा पृथ्वी! ज़र्रों में आफ़ताब ढूँढ़ने की कोशिशें भी सबकी होतीं। सबके माथे पर धूप तिलक लगाती। वो दिन! जब चप्पल टूटती तो पैर नंगे चलने में ज़रा भी शर्म न आती। वो दिन! जब जाड़े की सर्द हवाएँ तंग करतीं तो स्कूल से भागकर, भट्ठों के पास जा खड़े होते। मद्धम सुर की आँच कितना ताप देती और कितना बड़ा सुख! वो दिन! जब यार-दोस्त मन्दिर इसलिए जाते कि अपनी पुरानी चप्पलें छोड़कर, नयी चप्पलें उठा लाना परम सुख होता और सबसे बड़ी भक्ति! वो दिन जब कॉलेज में पढ़नेवाले सब लड़के, एक ही लड़की से प्रेम करने लगते। वो दिन! जब बिना टिकट यात्रा करना और टी.टी. को 'मामा' या 'फूफा' कहकर चिढ़ाना सबसे बड़ी खुशी होती। वो दिन! जैसे कशिश। वो दिन! जैसे आवेग। वो दिन! जैसे गुल्लक! वो दिन! जैसे दरिया। वो दिन! जैसे आबशार। वो दिन! जैसे किताबों में यादों का चाँद...

मनीष के दोस्त प्रैक्टिकल थे। भविष्य का सोचते। मनीष अपने दोस्तों से हाथ मिलाता तो लगता किसी दोस्त से नहीं कैलकुलेटर से हाथ मिलाया है। दोस्तों की अपनी दुनिया थी, मनीष भल्ला की अपनी! जटिलता का संसार दोस्तों का भी था। महामन्दी और महामन्दी के काले सागर में 'सर्वाइव' करने और अपनी 'पोज़ीशन' तथा 'स्टेटस' को बरकरार रखने की चुनौती थी! नंगी तलवार मैनेजमेंट के पास थी। नंगे पाँव चलने का 'हुनर' दोस्तों को दिखाना था।

मनीष भल्ला अपने दोस्तों से मिलता। वो चाहता पुराने ज़माने में लौट जायें कुछ देर। दोस्तों का अपना लाइफ स्टाइल था—फास्टफूड जैसा! उनके पास कुछ लफ़्ज थे जैसे लफ़्ज न हों, जिन्दगी का पर्यायवाची हों। मनीष भल्ला हैरान होता न ख़त्म होने वाली बातें, कुछ लफ़्ज़ों में सिमट जातीं। एक ज़माना पहले, जब सब दोस्त सड़क पर थे, तब, सबके सब दोस्तों के पास ज़िन्दगी की लम्बी व्याख्याएँ थीं। अब एक शब्द था—कॅरियर!

दोस्तों के अनुभव अपने थे, मनीष भल्ला के अपने! मनीष भल्ला के अनुभव! ख़ाली रहने के, यहाँ-वहाँ भटकने, कहीं कैजुअल, कहीं पार्टटाइम जॉब के, खुरदरे, कसैले, कड़ियल और सड़ियल अनुभव! लेकिन मनीष भल्ला को अपने अनुभव बड़े नायाब लगते। वो अपने इन अनुभवों को पाठशाला की तरह मानता। वो सिगरेट

पीता था। आधी सिगरेट पी लेता तो सिगरेट को बुझा देता। फेंकने के लिए नहीं, जेब में रखने के लिए। जब तलब उठती। जेब से वही 'टोटा' निकालता। माचिस की तीली से जलाता। गहरा कश लेता। धुआँ छोड़ता। नाबीना धुआँ दिशाहीन होकर भटकता। उसे लगता, वो भी सिगरेट के धुएँ की तरह है, जिसकी यात्रा नहीं होती... भटकाव होता है।

महँगाई। मन्दी। बेरोजगारी। और सिगरेट के टोटे! और सपनों के टोटे। और इच्छाओं के टोटे।

मनीष भल्ला के पास जब कोई नौकरी न होती तो वो 'सेल्ज़ प्रमोटर' की जॉब करने लगता। दिन के तीन सौ या साढ़े तीन सौ। काम थकानेवाला और वितृष्णा पैदा करनेवाला। लेकिन मनीष भल्ला को ये चीज़ें सख़्त क़िस्म का मनुष्य बनाती चली गयीं। मज़े की बात यह थी कि उसने हीन भावनाओं से दृढ़ता का पाठ सीखा।

एक दिन दफ़्तर के एक बाबू ने उसे बड़ी हिकारत से 'सामान बेचने वाला बन्दा' कहा। मनीष भल्ला न शर्मशार हुआ न भयभीत! बल्कि वो मुस्कराया और बाबू की आँखों में आँखें गड़ाकर बोला, "सर, ग्लोबल मार्केट में हर कोई अपना सामान बेच रहा है। लिसन! जो सेलीब्रेटीज़ हैं वो ब्राण्ड एम्बेस्डर बनकर सामान बेच रहे हैं और मेरे जैसे लड़के दफ़्तरों में जाकर...।"

वक्त से मुठभेड़ करते और ज़िन्दगी से जूझते मनीष भल्ला के बहुत सारे दोस्त बन गये जो बेरोज़गार थे और किसी भी काम को न छोटा समझते थे न उसे करने से हिचकते थे। ...वो किसी सियासी पार्टी का बैनर उठाये धरना दे सकते थे। किसी रैली की भीड़ बन सकते थे। किसी नेता के साथ, समर्पित कार्यकर्ताओं की तरह, जेल भरो आन्दोलन को सफल बना सकते थे। इन बकवास क़िस्म के कामों का अपना रोमांच था और मुश्किलें थीं। मौसमों की मार झेलनी पड़ती। नारे लगाने पड़ते। एवज़ में ढाई तीन सौ रुपये और पैक्ड लंच!

मनीष भल्ला तो इन कामों में एक्सपर्ट हो गया था। वो उदारीकरण के पक्ष में बोल सकता था तो उसके विरुद्ध भी। भूमंडलीकरण, साम्प्रदायिकता विरोध, यौन शोषण के विरुद्ध वो अच्छा खासा भाषण दे चुका था। ऐसे भाषण एन.जी.ओ. ने करवाये और उसे अच्छी ख़ासी रक़म दी।

पन्द्रह बीस बेरोज़गारों ने एक तरह से अपना संगठन बना लिया था। वो सब मिलकर, छोटी-बड़ी, अच्छी ख़राब, नौकरी की तलाश में रहते—सचेत और सतर्क!

उन्हीं दोस्तों के ज़रिये मनीष भल्ला को प्रगति मैदान में एंट्री मिल गयी। दृढ़ता, अनुभव और कान्फीडेंस भी था जिसके होते ये बेरोज़गार चुने गये।

प्रगति मैदान ने अपनी छवि नुमाइशी मैदान के रूप में बनायी थी। दुनिया भर के बड़े देश अपने उत्कृष्ट सामान की प्रदर्शनी लगाते। मेला ख़तम होता। सामान

उठाकर वापिस चले जाते। ये सब गये ज़माने की बातें थीं। नुमाइशी प्रोग्राम ख़त्म हो चुके थे। बाज़ार फैल रहा था। बाज़ार में हर देश अपना बाज़ार जमाना चाहता था। तहरीर सीधी और साफ और स्पष्ट थी। हर देश शोकेस में अपनी संस्कृति को सजाता और शो केस के पीछे दूकान! संस्कृति भी बिकाऊ और दूकान की आइटम भी!

प्रगति मैदान बहुत बड़े बाज़ार में विकसित हो चुका था। वहाँ मेले लगते। साल के बारह महीने, कोई न कोई मेला। मनीष भल्ला और उसके साथी, प्रगति मैदान में कभी सेल्समैन, कभी सेल्स प्रमोटर, कभी गाइड तो कभी सेल्स काउंटर पर खड़े होकर सामान बेचते। कभी वो जानकारी और सूचनाएँ देने के लिए अच्छी ड्रेस में होते। कम्प्यूटर, प्रिंटिंग, फेब, लैदर, निटिंग, स्टेशनरी, होजरी तथा एग्रो एक्सपो से लेकर ऑटो एक्सपो तक, कई तरह के, कई किस्मों के और विभिन्न तकनीक के मेले लगते। इन मेलों में खास तरह के विशेषज्ञ होते जो क्वालिटी और तकनीक पर धारा प्रवाह बोलते। इनके बाद कुछ स्मार्ट, आत्मविश्वास से लबरेज़ और अपनी मुस्कान को हमेशा होठों पर स्थिर रखनेवाले यंगमैन 'सिलैक्ट' किये जाते। जिन्हें न कम्पनी के इतिहास का कुछ पता होता न 'प्राडक्ट' की गहरी जानकारी। लेकिन जब वो बोलते तो ऐसा लगता जैसे मुद्दतों से इसी कम्पनी के कारखाने में काम करते रहे हों। तीन दिन की ट्रेनिंग। टिपिकल शब्दावली। टिपिकल, नान स्टॉप लैक्चर और स्टाप! इलैक्ट्रानिक्स आइटम, लैपटॉप, एल.सी.डी. टी.वी, होम थ्येटर... सब पर संक्षिप्त, सन्तुलित भाषा में सूचना और इसके बाद पथरायी हुई ख़ामोशी। ज़्यादा बोलने का अर्थ था, अपने माल की पोल खोलना। कम बोलना। विशेषताएँ बताना और कमज़ोरियाँ छुपा जाना—यही तो था नये और विकसित होते बाज़ार का फण्डा! फण्डा या प्रपंच! प्रपंच या तिलिस्म!

मनीष भल्ला ऐसे कामों में काफी अनुभवी हो गया था। इस तरह के मेले तीन दिन, चार दिन या पाँच दिन के होते। इस काम के लिए रोज़ाना के हज़ार, पन्द्रह सौ मिल जाते। बेशक, पूरा दिन खड़े होकर गुज़ारना पड़ता। होठों पर मुस्कान को भी ज़बरदस्ती ठूँसना पड़ता। इसके बावजूद, वो रोमांचक दिन होते। खूबसूरत, स्मार्ट, एक्टिव और प्रोफेशन किस्म की लड़कियों का साथ मिल जाता। पूरा दिन मनीष भल्ला और उसके साथी, अलग-अलग स्टॉलों पर होते। वो सब कनखियों से लड़कियों को देखते। टी-ब्रेक में दो चार बातें भी कर लेते। सबको पता था। बाज़ार में प्रेम नहीं बिकता। बातें बिकती हैं। (नये समय के नये सन्त-महात्मा भी इस रहस्य को समझ चुक थे। वो दूरदर्शन के धार्मिक चैनलों पर, धार्मिक बातों को बेचते थे। कई बार वो बातें, योग के रैपर में खूबसूरत ढंग से 'रैप' की हुई होती थीं।)

मनीष भल्ला, इस मन्दी के दौर में निरन्तर आवेदन भेजता। कभी कूरियर से,

कभी ईमेल से। उसे जॉब तो नहीं मिली थी। मौखिक खेद और मौखिक आश्वासन बहुत मिल चुके थे। मनीष भल्ला के पास कुछ लफ़्ज़ ऐसे भी थे जो पहले न कभी बोले थे न सुने थे। लेकिन अब उसके होठों पर रहते। एक नामुराद लफ़्ज था—'रिसेशन'! मनीष भल्ला चाहता था, यह लफ़्ज़ न वो बोले न सुने। लेकिन यही लफ़्ज़ उससे अक्सर टकरा जाता।

मनीष भल्ला को स्थायी नौकरी बेशक नहीं मिली थी, लेकिन उसके अन्य तजुर्बे भी किसी उपलब्धि की तरह थे (बेशक, वो डिग्री की तरह नहीं थे) वो दो बार ऑटो एक्सपो में गाइड, एक बार सेल्स प्रमोशन में काम कर चुका था।

वो अनुभव अद्भुत थे।

मेले में कारें नयी। चमचमाती। मखमली, नाजुक कालीन पर, नयी कारें। कारें इतनी नयी, इतनी खूबसूरत होती कि उनमें बैठना तो अलग, उन्हें छूकर देखना भी किसी सपने जैसा प्रतीत होता। कार यूँ लांच होती जैसे कोई महा उत्सव हो। धड़कता, फड़कता संगीत। बिंदास-युवतियाँ। उनके महीन कपड़े। उनकी चुस्त मुस्कान। उनके चेहरे की दृढ़ता। जितनी खूबसूरत कारें। उतनी उत्तेजक और खूबसूरत ये 'माडल्स'! फोटो सेशन। वीडियो। कैमरे फ़्लैश। क्लैपिंग। रैम्प पर कार। रैम्प पर मॉडल! पता न चलता कार लांच हो रही है या मॉडल!

ये लम्बी, खूबसूरत और अति ग्लैमरस युवतियाँ मुस्करातीं तो लगता कोई लक़्जरी कार मुस्करा रही है। कारें। युवतियाँ। ग्लैमर। उद्योगपति। पूँजीपति। वैभव। अहंकार। स्नॉबरी। मीडिया। चैनल...।

और मनीष भल्ला! दूर कहीं एक कोने में सिमटा। किसी पुरानी एटलस साइकिल जैसा। विस्थापित! भविष्य के संशयों और वर्तमान की पुस्तक के फटे पन्ने जैसा मनीष!

इसके बावजूद मनीष भल्ला खुश रहता या खुश रहने की कोशिश करता। वो कारों के नये डिज़ाइन नये मॉडल देखता तो विस्मित रह जाता। उनकी कीमत सुनता तो स्तब्ध हो जाता। वो चोरी-छिपे किसी लक़्जरी महँगी कार को छू लेता तो मन ही मन गद्गद हो उठता। उसे इस बात का सन्तोष से ज़्यादा गर्व था कि उसने एक, दो और तीन-तीन करोड़ रुपयों वाली कारों को अपनी इन ग़रीब आँखों से देखने का सुख हासिल किया था। उसे इस बात का गर्व था कि लोग तो सिर्फ—मारुति, सेंट्रो, होंडा सिटी, फोर्ड-आइकन, बलैनो, शेवरलेट कारों के नाम जानते थे। लेकिन मनीष भल्ला! उसकी सूची दूसरी थी। वो फर्राटे से इस लक़्ज़री और महँगी कारों के नाम ले सकता था। एक दिन वो बिना रुके इन कारों के नाम बोलता चला गया पोर्शे, मेबैक, फैंटम, बेंटले, टार्पीडो कूपे, फरारी, ऑडी, रॉल्ज़रायस, बी.एम. डब्ल्यू... जैसे कि कार न हो, दौड़ता हुआ ताजमहल हो। पुराना ताज प्रेम का प्रतीक था और ये

भागते हुए ताजमहल वासनाओं के!

ये मन्दी के दिन थे और मेबैक कार की कीमत तीन करोड़ थी। पोर्शे की दो करोड़ और लैवोरेगनी की फैंटम सवा दो करोड़! ये मन्दी के दिन थे जब हाथ में आयी नौकरी, किसी आइस क्यूब की तरह फिसल जाती थी। ये मंदी के दिन थे। जिस दिन एक परिवार ने ग़रीबी से तंग आकर, नदी में छलाँग लगाकर आत्महत्या की थी। उसी दिन एक फिल्मी हीरो ने अपनी फिल्मी हिरोइन पत्नी को जन्मदिन गिफ़्ट दिया था—ढाई करोड़ की कार के रूप में। ... ये मन्दी के दिन थे। जब हिन्दुस्तान के बीस करोड़ परिवार बीस रुपये में एक दिन का गुज़र बसर करते थे और एक वक़्त बिना कुछ खाये भूखे सोते थे। सचमुच शानदार मन्दी के दिन थे जब एक फिल्मी शख़्स ने सन ग्लास ख़रीदा था—जिसकी कीमत बारह लाख थी। ये मन्दी के खुशगवार दिन थे। जब राजनेता सादगी को किसी जश्न की तरह सेलीब्रेट कर रहे थे। ये मन्दी के दिन थे। जब मांट ब्लॉक पेन महात्मा गाँधी के नाम से लांच किया गया जिसकी क़ीमत ग्याहर लाख थी। और इन्हीं मन्दी के दिनों में स्वर्गीय माइकल जैक्सन का रूमाल छः लाख में नीलाम हुआ।

बाजार का यही तो फण्डा था। वो मन्दी को भी सेलीब्रेट कर रहा था।

चौथा ऑटो एक्सपो मनीष भल्ला और उसके साथियों के लिए अच्छा नहीं रहा था। उन्हें रिजेक्ट कर दिया था। अब यहाँ भी कम्पीटीशन था। वो नौजवान लड़के-लड़कियाँ आ गये थे जो आक्रामक थे। जो अपने सामने किसी को भी 'क्रश' कर सकते थे। वो बाज़ार की भाषा जानते थे जो बाहर से विनम्र, लेकिन भीतर से तल्ख़ और खड़ूस थी। बाज़ार में ऐसे नौजवानों का ख़ैरक़दम था।

मनीष भल्ला और उसके साथियों ने बहुत आग्रह किया कि उन्हें भी कहीं अडजस्ट किया जाये। लेकिन कारपोरेट वर्ल्ड में, रिक्वेस्ट, अनुरोध, निवेदन और इल्तजा जैसे शब्द बेअसर और गैरज़रूरी हो चुके थे।

लेकिन एक ऐड मैनेजर, जो एक कार के प्रमोशन और विज्ञापन से जुड़ा हुआ था, मनीष भल्ला और उसके तीन साथियों को जाँचता परखता रहा। उसने चारों का पिछला अनुभव देखा। बातचीत। लहज़ा। खड़ा होने का अन्दाज़। बोलने का तरीका और शब्दों के एक्सेन्ट को परखा। अन्ततः उसने चारों को 'बुक' कर लिया। लेकिन आटो एक्सपो के पेवेलियन में नहीं। मैदान में भी नहीं। मैदान से बाहर। मेले में नहीं। मेले से बाहर।

एक हज़ार पाँच सो रुपये प्रतिदिन! लेकिन मेले से बाहर!

यह चकित कर देने वाला एग्रीमेंट था। लेकिन चारों नौजवानों ने इसे स्वीकार कर लिया। बल्कि सहर्ष तैयार हो गये।

मनीष भल्ला और उसके साथियों को करना सिर्फ इतना था कि लैंडशोवर

कार के होर्डिंग को भगवान दास रोड पर पकड़कर खड़ा होना था। मनीष की तरह किसी के पास बाइक का होर्डिंग था तो किसी के पास बी.एम. डब्ल्यू. कार का, तो किसी के पास किसी अन्य कार का। ... ये कारें नयी नहीं थीं। सिर्फ सेल प्रमोशन के लिए ऐसा किया जा रहा था। ये काम कोई दो सौ रुपये का दिहाड़ी मज़दूर भी कर सकता था। लेकिन विज्ञापन से जुड़े लोग, हर शय का तकनीकी पक्ष भी देख लेते हैं। शानदार कार। शानदार होर्डिंग। शानदार स्मार्ट लुक वाले लड़के!

मनीष और उसके साथी, इससे पहले कि अपने आपको 'लेबर क्लास' समझते, कार के प्रमोटरों ने उन्हें एड वर्कर नाम दिया था। (शायद सेक्स वर्कर की तर्ज़ पर यह नाम खोज निकाला हो)

सुबह नौ से शाम सात बजे तक ड्यूटी! बाँस के साथ टिका होर्डिंग और होर्डिंग के साथ टिका मनीष भल्ला! भगवान दास रोड के किनारे मनीष भल्ला तो ऐन सामने उसके दोस्त! बोर्ड उठाये। बैनर सँभालते हुए। जिस पर कार की शानदार तस्वीर थी। शानदार स्लोगन था—स्पीड थ्रिल्ज़ ऑन दि हिल्ज़! रफ़्तार और ऊँचाई का कोई अन्तःसम्बन्ध था या फिर तुक भिड़ाने की कोशिश। कार और रफ़्तार में रोमांच था जबकि हिल्ज़ में एडवेंचर!

मनीष के लिए यह गर्व का विषय था कि चालीस लाख की महँगी, लक्जरी और 'आदरणीय' कार का होर्डिंग उठाकर खड़ा था। कुछेक तो बाइक का होर्डिंग लेकर खड़े थे जो साठ सत्तर हजार की थी। कीमती कार न सही उसका होर्डिंग उठाकर खड़े होना भी स्टेटस और फ़ख्र का विषय था। बेशक, एक लड़का ऐसी बाइक का भी होर्डिंग लेकर खड़ा था जिसकी कीमत सत्रह लाख थी।

मनीष और उसके दोस्त कार का होर्डिंग लेकर खड़े रहते। रेलिंग की दूसरी तरफ़। पटरी के ऊपर। कभी एक फुट आगे, कभी पीछे। कभी थोड़ा दायें कभी बायें। कभी-कभी वो रेलिंग पर अपने 'हिप्स' टिका देते। बेशक, ऐसा करना वर्जित था। उन्हें तमाम दिन खड़े होने के पैसे दिये जाते थे, बैठने के या कहीं ज़रा-सा टिकने के नहीं।

लोगबाग, ताज्जुबभरी नज़रों से मनीष भल्ला को देखते। कई देर तक देखते रहते तो कई सरसरी तौर से। लेकिन चौंकता कोई भी नहीं था। यह ऐसा निस्संगता से भरा समय था जब सबने चौंकना बन्द कर दिया था। न सनसनीख़ेज़ ख़बरें चौंकाती, न वारदात! न शानदार मॉल चौंकाते न शानदार कारें। ... ऐसे में कारों के होर्डिंग किसी को क्या चौंकाते?

पूरा दिन होर्डिंग या बैनर थामे हुए मनीष भल्ला को लगता जैसे वो जीता जागता आदमी नहीं रहा, कोई 'स्टैचू' हो गया है या फिर कोई स्टिल! स्थिर तस्वीर बन गया है।

सुबह से दोपहर तक मनीष भल्ला तरोताज़ा होता। बाद में थकने लगता। शाम तक ऊब और बाद में वितृष्णा। ...प्रगति मैदान के अन्दर सारे काम शान के थे। लेकिन यहाँ ...भगवान दास रोड पर। यह काम। निरा बकवास। जैसे फ़िल्मों की शूटिंग में स्पाट बॉय होते हैं यहाँ होर्डिंग बॉय!

फिर भी अच्छा इसलिए लगता कि शाम को जब होर्डिंग रखने मनीष भल्ला और उसके दोस्त पेवेलियन में जाते तो एक हज़ार पाँच सौ रुपये की तुरन्त पेमेंट कर दी जाती। इस ख़राब काम की पेमेंट ख़राब नहीं थी।

आज चौथा दिन था, सेशन का आख़री दिन! कल नया काम। नया संघर्ष। स्ट्रगल। उम्मीद। अनुभव। दृढ़ता।

आज आख़री दिन था। वक़्त यही कोई चार बजे थे। जनवरी की हल्की सुनहरी धूप। हवा में ठण्डक। दरख़्तों से पत्ते टूटते। किसी नामालूम यात्रा पर निकल पड़ते।

आज आख़री दिन था। मनीष और उसके दोस्त पिछले दिनों की तरह तनाव में नहीं थे। वो दो बार चाय पी चुके थे। मोबाइल पर कई बार हाय-हैलो कर चुके थे। सिर से अपनी कैप को हवा में लहराते हुए एक-दूसरे का अभिवादन भी कर चुके थे।

मनीष भल्ला होर्डिंग लेकर खड़ा था और आनेवाले दिनों के बारे में सोच रहा था। तेज रफ़्तार वाहन आ-जा रहे थे।

अचानक एक कार ...लैंड शोवर कार, मनीष भल्ला के सामने आकर रुकी। बिल्कुल वही कार जिसका बैनर मनीष भल्ला ने सँभाल रखा था। यह अजब इत्तेफ़ाक था। यह गजब का समय था। बैनर में कार की तस्वीर थी। बैनर के सामने कार थी—वही थ्रिल! वही रोमांच। वही फेंटास्टिक कार। ख़ूबसूरत रंग। ख़ूबसूरत अन्दाज़!

मनीष भल्ला भौंचक-सा देखता रहा लैण्ड शोवर को। सामने चालीस लाख की कार थी। पटरी पर मनीष था। किसी दिहाड़ी मजदूर जैसा। किसी स्टैचू जैसा।

हल्की-सी कड़िच की आवाज़ के साथ कार का दरवाज़ा खुला। मनीष भल्ला देखता रहा एकटक! सबसे पहले उसने पाँव सड़क पर रखा—चमचमाता जूता! मनीष ने तत्काल अपना जूता देखा—सेल पर खरीदा गया ढाई सौ रुपये का जूता। जो ग़र्द से अटा था।

फिर वो शख़्स कार से बाहर निकला। एक मुकम्मल और प्रफेक्ट शख़्स... कम्पलीटमैन! पूरी धज और शान के साथ। स्नॉबरी के साथ। हेकड़ी के साथ। अरमानी का महँगा सूट हो शायद। या शायद कोई और। उतनी कीमती टाई। जेब में पेन-शैफ़र! नहीं, शैफर नहीं। मोंट ब्लॉक। घड़ी शायद रोलेक्स। सन ग्लास...

पीयरे कार्डिन या कोई अन्य ब्राण्ड!

वो किसी अँग्रेज़ी फिल्म का नायक या प्रतिनायक नज़र आता था। वो स्मार्ट था। वो अपनी कार की तरह चमकता हुआ था। वो एलीट लगता था।

मनीष भल्ला ने उस शख़्स को जब भी देखा, चोरी-छिपे देखा। इतने भव्य व्यक्तित्व को एकटक देखना, मध्यमवर्गीय लोगों के लिए मुश्किल हो जाता है।

"ओह रमन... रमन खन्ना!" एक डरती-सी आवाज़ निकली मनीष भल्ला के गले से। आवाज़ इतनी डरी हुई बेचैन और ठिठकी हुई थी कि उस आवाज़ को मनीष भल्ला भी मुश्किल से सुन पाया।

रमन खन्ना! प्राइमरी स्कूल से डी.ए.वी. स्कूल तक और फिर कालेज तक मनीष के साथ। एक साथ साइकिल चलाना। एक साथ दौड़ना। एक साथ बैठना क्लास रूप में... आख़री बेंच पर। रमन खन्ना को आख़िरी बेंच पर बैठना बहुत ख़राब लगता और मनीष भल्ला को आख़री बेंच, किसी मस्ती जैसा। आख़री बेंच पर बैठकर वो नींद की झपकी ले लेता। कोई जासूसी नावेल पढ़ लेता यहाँ तक कि टिफ़िन खोलकर पराँठा भी खा लेता।

आख़री बेंच पर रमन खन्ना का साथ एक दो साल चला। वो आगे बैठने लगा। लेकिन मनीष भल्ला छठी क्लास से दसवीं तक आख़री बेंच पर बैठता रहा। उसके सहपाठी उसे 'बैकबेंचर' कहते। वो हँस पड़ता।

रमन खन्ना इस भगवान दास रोड से न निकलता तो कितना अच्छा था। अगर निकलता तो फिर फर्राटे से निकल जाता। कार को यहाँ रोकना ही था तो कार में बैठा रहता। बाहर न निकलता। मनीष भल्ला लैण्ड शोवर का होर्डिंग लिए, हीन भावना में डूबा न जाने क्या-क्या सोचता रहा।

मनीष भल्ला ने रमन खन्ना को पहचान लिया था। यही होता है अक्सर। ग़रीब लोग पुराने चेहरे पुराने दिन याद रखते हैं। अमीर लोग, सबसे पहले पुरानी निशानियाँ नष्ट करते हैं।

वो कम्पलीट मैन, ख़ूबसूरत शख़्स, शानदार सूट और सन ग्लास लगाकर अपनी कार के बोनेट के साथ टिककर खड़ा था और मनीष भल्ला को देख रहा था। यही तो त्रासदी थी। कोई रईसज़ादा इतनी देर तक किसी होर्डिंग उठानेवाले को नहीं देख सकता।

कहीं उसने पहचान न लिया हो—मनीष भल्ला को एक झटका-सा लगा। अगर पहचान लेता तो ज़रूर ऊँची आवाज़ में कहता, "ओए चाचे! यहाँ क्या कर रहा है?"

स्कूल में दोनों एक दूसरे को 'चाचे' कहते थे न फ्रेंड न दोस्त न पार्टनर! सिर्फ चाचे! कोई भी बात होती शुरुआत चाचे से। ..."चाचे, आज सर्दी ज़्यादा है।" दूसरा

कहता, "चाचे, चल शकरकन्दी खाते हैं।"

शुक्र इस बात का था कि उसने नहीं पहचाना था। मुश्किल इस बात की थी कि उसका एकटक देखना! उसके देखने को मनीष भल्ला सहन नहीं कर पा रहा था।

रमन खन्ना वापिस अपनी कार में जा बैठा था। मनीष ने राहत की साँस ली थी। जैसे उसका विशाल आसमान, उसे वापिस मिल गया हो। कार के काले शीशे। और काले शीशों के उस पार रमन खन्ना!

कार रुकी रही कुछ देर। खिड़की का शीशा खुला एक पल के लिए। एक विजिटिंग कार्ड उछलता हुआ रेलिंग के पास जा गिरा। शीशा फिर बन्द हुआ। कार स्टार्ट हुई। कार चली गयी।

स्तब्ध-सा खड़ा रहा कुछ देर मनीष भल्ला। फिर होर्डिंग को रखकर रेलिंग के पास गया। पटरी पर गिरे विजिटिंग कार्ड को उठाया। रमन खन्ना... मैनेजिंग डायरेक्टर! नीचे कम्पनी का नाम था। कम्पनी का पता था।

मनीष ने अचानक कार्ड को पलटा। एक लाइन लिखी हुई थी। मनीष चौंक गया। पढ़ता रहा बार-बार—मिस्टर बैकबेंचर! नौकरी की ज़रूरत हो तो मिलना।

मनीष भल्ला ने गहरी साँस ली। मन ही मन बोला—तो पहचान लिया तूने मुझे रमन खन्ना! रही बात नौकरी की, तो वो मैं खुद ढूँढ़ लूँगा। ...मनीष भल्ला ने एक बार कार्ड को देखा और हवा में उछाल दिया।

युद्ध

लोग खुश हैं—हमेशा की तरह। सड़कों पर तेज़ रफ़्तार कारें और बाइक हैं, हमेशा की तरह। गलियों में शोर है, हमेशा की तरह। टी.वी. पर डांस इण्डिया और नच-बलिए प्रोग्राम हैं हमेशा की तरह। चकित कर देनेवाले नृत्य के करतब और निर्लज्ज हास्य-लाफ्टर चैनलों पर, हमेशा की तरह।

हमेशा की तरह सुखकारी दृश्यों में मग्न लोग। दृश्य बदलते हुए और बिम्ब की तरह ज़ेहन में निवास करते हुए।

ज़िन्दगी जैसे एक शगल हो।

और वक़्त! वक़्त जैसे नाइट क्लब में जाम टकराने और जाम ख़ाली करने का नाम!

लोगों को देखो तो यूँ महसूस होता है जैसे वो खुशियों की घास पर गोल्फ़ का मैच खेल रहे हों—ख़रामा-ख़रामा-दुख, उदासी, ख़लिश, बेचैनी—हर शय को स्थगित रखते हुए।

आपको मेरी बातें बुरी लग रही होंगी, मैं जानता हूँ। कोई भी शख़्स तबसरा बर्दाश्त नहीं करता। यह वक़्त, नामुराद वक़्त है। हमारी संवेदना के पानी को फ्रीज़र में डालकर, आइस क्यूब में बदल देता है।

आपको मेरी बात से तकलीफ़ पहुँची होगी। आप मैंगोशेक बना रहे हैं या शायद आपके हाथ में ब्लडीमैरी का गिलास है और म्यूज़िक सिस्टम पर ग़ज़ल सुन रहे हैं—मैं नशे में हूँ...

नशे में बहुत सारे लोग हैं... हज़ारों लाखों करोड़ों लोग, किसी-न-किसी नशे में। आत्ममुग्धता के नशे में या अहंकार के। इश्क के नशे में या फिर शराब के।

लेकिन मैं किसी नशे में नहीं हूँ। मेरा भाई भी नहीं। यहाँ तक कि मेरे घर के लोग भी। दरहक़ीकत, हम सब ऐसे यथार्थ के बरक्स हैं, जहाँ कोई नशा काम नहीं करता। जहाँ हर पल, हर लम्हा एक मुठभेड़ होती है—कभी अपनी भावनाओं

से तो कभी वास्तविकताओं से।

युद्ध लड़ते हुए कोई कैसे नशे में हो सकता है? आप कहेंगे, मैं वकवास कर रहा हूँ। युद्ध तो कब का खत्म हो चुका है। फ़ौजें वापिस बैरकों में लौट गयी हैं। तोपों के मुँह बन्द हो चुके हैं और रात को ब्लैक आउट के सायरन बजना भी बन्द हो चुके हैं।

आप यह भी कहेंगे कि सैनिकों के शव आना भी बन्द हो चुके हैं और मातमी धुनें भी नहीं बज रहीं।

युद्ध सचमुच ख़त्म हो गया है। कैमरे युद्धभूमि के बजाय, नेताओं के प्रेस कॉन्फ्रेंस की ओर फोकस होने लगे हैं। नारे। वक्तव्य। झूठे आश्वासन। लीडराने वतन के भरे-भरे चेहरे और आँखों में मक्कारी... सचमुच रुझान बदल गये हैं। बातें बदल गयी हैं।

युद्ध... यानी जंग! जंग ख़त्म हो गयी है। बेशक! लेकिन मैं आपसे एक सवाल करना चाहता हूँ—जंग क्या सचमुच ख़त्म हो गयी है? नहीं। जंग खत्म नहीं हुई। जंग ख़त्म हो जाने के बाद भी जंग जारी रहती है। जिस्म को छीलती हुई। आत्माओं को भटकाती हुई, मन को झिंझोड़ती हुई और दिमाग़ को पागल करती हुई।

मैं जानता हूँ आप मेरी बातों से बिल्कुल भी इत्तेफाक नहीं रखेंगे। पूरे मुल्क में अमन की लहर दौड़ रही है। यहाँ तक कि लोगों ने 'शहीद रिलीफ़ फण्ड नाइट' को भी खूब 'इंजाय' किया—जहाँ देशभक्ति अच्छे दामों पर बिकी। फिर युद्ध कहाँ?

यह समय, इत्मीनान, चैन और रात को गहरी नींद लेने का समय है। ऐसे वक़्त में युद्ध की बातें?... मैं आपको समझाता हूँ। मैं यह बताना चाहता हूँ कि युद्ध ख़त्म हो जाने के बावजूद क्यों जारी रहता है।

आप मेरे भाइयों को जानते हैं। नहीं जानते न! आप मुझे भी नहीं जानते। मैं इस मुल्क का मामूली नागरिक हूँ। मुझे कोई जाने या न जाने, कोई फ़र्क नहीं पड़ता। लेकिन मेरे दोनों भाई! वो ग़ैरमामूली नागरिक थे।

थे? ...थे, मतलब! क्या अब नहीं रहे? एक की जंग में मौत। हाँ वो इसी जंग में शहीद हुआ था जो पाँच महीने पहले ख़त्म हुई है और मेरा दूसरा भाई लेफ्टीनेंट निरंजन! वो भी इस जंग में ज़ख़्मी हुआ था। युद्ध ने मेरे भाई को विकलांग बना दिया है। दाईं टाँग और बायीं हाथ की तीन उँगलियाँ—युद्ध ने छीन लीं।

युद्ध को समाप्त हुए पाँच महीने हो चुके हैं लेकिन अव्यक्त और अनचाही संजीदगी पूरे घर में पसर गयी है। खामोशी पहले इस तरह गाढ़ी और मातमी नहीं थी कभी। हमारे घर में सुख का विश्वास और चहलक़दमी करती उम्मीदों की रोशनी थी।

मेरे दोनों भाई बहादुर, जाँबाज़, खुशतबीयत सैनिक थे। वो जब-जब घर में

आते, घर में जश्न जैसा होता। दोनों भाई गाते-गुनगुनाते। मम्मी-पापा को सलाम ठोकते। मुझे भी अपने बेतरतीब डांस में शामिल कर लेते। हंड्रेड पाइपर या बेलंटाइन के पेग बनाते। जाम टकराते। बेसुरा गाते और सुर में देर तक हँसते।

मुझे अपने दोनों भाइयों पर गर्व होता। मैं प्राइवेट इंशोरेंस कम्पनी में डबल ए ओ तथा मेरे दोनों भाई फ़ौज में बड़े अफसर। उनकी जीवन शैली मुझसे भिन्न। वो खिलन्दड़े। खुशतबीयत! ठहाकेबाज़! और मैं रिज़र्व!

दोनों फ़ौजी भाई सरहद पर तैनात होते। लेकिन जब घर आते और कोशिश करते कि दोनों एक साथ छुट्टी लेकर आयें—तब ऊधम मचा देते।

मैं दूर खड़ा तमाशा देखता। यूँ खड़ा रहता दूर, जैसे मेरा जिस्म शीशे का हो और उनके हाथ लगाने से टूट फूट जाना हो।

मैं इस कशमकश में हूँ कि अपने दोनों भाइयों में पहले किसकी बात करूँ? निरंजन मेरे सामने मौजूद है। कटी हुई टाँगवाला लेफ्टिनेंट निरंजन! जो अपने हाथ की कट चुकी उँगलियों के बाद बाक़ी बचे अँगूठे और एक उँगली को देखता रहता है।

पक्का ज़िद्दी है। पानी का गिलास उस हाथ से उठाता है जिसके पास शेष अँगूठा और उँगली है। कभी गिलास गिर पड़ता है और कभी बेहद मुश्किल सफ़र तय करके होठों तक पहुँचता है।

उसका रोज़नामचा मुश्किल होता है। फिर भी वो ज़िन्दा है।

मैं क्यूँ न अपने बड़े भाई की बात करूँ। कैप्टन सतीश की। जो अब इस दुनिया में नहीं है। पाँच महीने पहले जो युद्ध खत्म हुआ था, उसमें और भी बहुत कुछ ख़त्म हुआ। मेरा भाई कैप्टन सतीश उसी जंग में शहीद हुआ।

वो हमारा बड़ा भाई! साल में दो बार जिसके आने की उम्मीद में हम पागल हुए रहते। माँ ख़ास तौर से। पिता, अपने बड़े बेटे कैप्टन सतीश के कमरे को बार-बार देख आते—कोई कमी तो नहीं रह गयी। अब भी हमें उम्मीद थी—पहले की तरह। पहले की तरह हमने सोच लिया था कि क्या-क्या करेंगे? बस यूँ समझो कि हर पल किसी त्योहार की तरह गुज़ारने की इच्छा थी।

सब की सब इच्छाएँ आतिशदान की राख बन गयीं। इस बार हमारा भाई कैप्टन सतीश नहीं आया था, आया था उसका शव! लेमिनेटिड ताबूत में भाई की पार्थिव देह!

जिस दिन हमारी क्रिकेट टीम, आस्ट्रेलिया में वन डे मैच खेल रही थी, उस दिन हमारे भाई का शव आया था। शहादत का गर्व और दुख दोनों थे। दोनों अवस्थाएँ, हमें विडम्बना में बदल रही थीं। गर्व का अनुभव बेशक था। लेकिन उस अवसाद का क्या करते जो बहुत गाढ़े रूप में, घने अँधेरे की तरह हमारे अन्दर उतर गया था।

मैच जारी था। हमारे देश की टीम जीत रही थी। चैनलों पर ख़ुशी थी। लोग, बाहर शोर मचा रहे थे। ठहाके। किलकारियाँ।

हम सब व्यथित थे। गुमसुम और उदास। शहादत का गर्व अपनी जगह। लेकिन उस दुख का क्या करते जो किसी ज़लज़ले की तरह हमारे अन्दर रेंग रहा था।

हमारे पिताजी सबसे ज़्यादा शिकस्ता थे। ताज्जुब इस बात का था कि वही आकर हमें दिलासा देते कि कैप्टन सतीश जाँबाज़ बहादुर सिपाही की मौत मरा है। वो मरा नहीं, वीरगति को प्राप्त हुआ है। कुछ फिकरे उड़ेलते और दूसरे कमरे में फट पड़ते। फूट-फूटकर रोते।

हमारा भाई कैप्टन सतीश वीरगति को प्राप्त हुआ था। हमें अपने भाई निरंजन का कुछ पता नहीं था। हम सहमकर टी.वी. देखते–सिर्फ़ ख़बरें। टी.वी. बन्द कर देते।

माँ का रो-रोकर बुरा हाल था। वो 'वीर' की माँ थी। लेकिन बेटे की मौत को पचा पाना आसान नहीं होता।

मैंने माँ को दिलासा देने की कोशिश की तो वो चिंघाड़कर बोली–"शैलेन्द्र, तू बता सकता है कि युद्ध क्यों होते हैं?"

युद्ध क्यों होते हैं? इस सवाल का जवाब शायद कोई न दे पाये। या कोई बेहद तजुर्बेकार सियासतदान बता सके कि युद्ध क्यों होते हैं?

हम जब तीनों भाई शराब के गिलास मेज़ पर रखकर बैठे होते तो अक्सर बातें सरहद के माहौल की चल पड़तीं।

मैं अक्सर पूछ बैठता–"कभी जंग तो नहीं होगी न?"

"कुछ नहीं कहा जा सकता।" भाई जवाब देता, "कोई नहीं बता सकता।"

मैं फिर पूछता, "किसी को पता नहीं कि युद्ध होगा या नहीं, फिर, आखिर युद्ध होता क्यों है?"

कैप्टन सतीश बड़े दानिशवर अन्दाज़ में बोलता, "आदिम इच्छाएँ... बहुत कुछ समेटने की हसरत। हर सल्तनत के अन्दर एक उपनिवेश होता है।"

"तो?"

"युद्ध छिड़ने के पसःमंजर बहुत बड़े कारण नहीं होते। बहुत सारे युद्ध तो बेवजह लड़े गये। आन-बान-शान भी एक अदना-सा कारण होती है।"

मेरा भाई कैप्टन सतीश चुप हुआ तो लेफ्टिनेंट निरंजन बोल पड़ा, "सिपाही कभी नहीं चाहते कि युद्ध हो। लेकिन उन्हें युद्ध लड़ना पड़ता है।"

"शान्ति का दूसरा विकल्प कोई नहीं।" मैंने कहा।

"सब जानते हैं।" कैप्टन सतीश ने कहा, "इसलिए शान्ति वार्ताएँ चलती रहती हैं।"

"सन्धि प्रस्तावों के नीचे जंग के फ़रमान छुपाकर रखे होते हैं।" मैंने कहा।

निरंजन तत्काल बोला, "बेशक।"

पिताजी हमारे कमरे में दाख़िल हुए। हमे पीता देखकर ज़रा-सा मुस्कराये कुछ देर हमारी बातों को सुनते रहे। फिर बोले, "हम तरक्कीयाफ़्ता हुए हैं सभ्य हुए हैं। हम आधुनिक और उत्तर आधुनिक हुए हैं। लेकिन इस सभ्य दुनिया की ज़रा तवारीख़ उठाकर तो देखो। पाँच हज़ार सालों से लड़ते आये हैं लोग! पाँच हजार साल पुरानी सभ्यता और पाँच हजार युद्ध! हमारे अन्दर अब भी कबीलों के सरदारों जैसी हेकड़ी, तुच्छता, आदिम इच्छा और दूसरे को नीचा दिखाने की प्रवृत्ति मरी नहीं। ज़िन्दा है वो!"

"आफकोर्स!" पिताजी की बातों का हमने समर्थन किया।

पिताजी कुछ पल ख़ामोश रहे। फिर उन्होंने एक शेर सुनाया—

एक ही सफ़ में खड़े हो गये महमूदो-अयाज़
न कोई बन्दा रहा और न कोई बन्दा-नवाज़

पिताजी ने शेर सुनाया और उठकर चले गये।

कैप्टन सतीश का ताबूत में लिपटा हुआ शव। हम सब अशान्त। दुखी। द्रवित। चुप। भर्राये हुए स्वर। रुँधी हुई आवाज़।

बाहर शोर! हुल्लड़। क्रिकेट टीम की जीत का जश्न। पटाखे। फुलझड़ियाँ। रोमांच। ढोल का बजना।

ताबूत में भाई का शव था। माँ ताबूत के पास बैठी थी। हममें इतनी सकत नहीं थी कि माँ को उठाते और ले जाते।

मैं ताबूत को देख रहा था और सोच रहा था—युद्ध का चेहरा, क्या मृत्यु के चेहरे जैसा नहीं होता? ...युद्ध जन्मदिनों का उल्लास छीनकर, मातमी धुनों को पैदा करता है... युद्ध, दर्द का दूसरा नाम है, जो ता-उम्र पीछा नहीं छोड़ता। युद्ध के नाखूनों में मौत की मैल फँसी होती है। युद्ध, ज़िन्दगी की चिमनी में बर्बरता के अंगारे फेंकता है और धुआँ खौफ़ का निकला है... युद्ध, शान्ति की प्रार्थनाओं का विलोम होता है।

कैप्टन सतीश के शव का संस्कार करना था। यह अन्तिम समय था। मुस्तैद और ख़ामोश सैनिक। फूलों के ढेर। सलामियाँ। श्रद्धांजलियाँ सैल्यूट। शोक धुन!

माँ ताबूत से लिपट गयी थी।

तभी एक स्मार्ट, चुस्त-दुरुस्त नौजवान, कैमरा टीम लेकर माँ के पास पहुँचा। माइक को माँ के सामने रखते हुए बोला, "कैसा महसूस हो रहा है?"

माँ बेहद विचलित और अस्थिर थी। वो चुप थी। नौजवान को 'बाइट' की

ज़रूरत थी। वो चाहता था कि ताबूत से लिपटी बूढ़ी औरत कुछ बोले, कुछ तो बोले। उसे माँ की ख़ामोशी से मतलब नहीं था उसे भाषा से मतलब था। आवाज़ से और शब्दों से मतलब था। ख़ामोशी उसके लिए भाषा नहीं थी। माँ की ख़ामोशी में गाढ़ा दुख था। लेकिन वो उस माँ की 'बाइट' चाहता था जो जवान बेटे की मौत को 'वीरगति' का ख़िताब दे और ताबूत के पास गर्व से खड़ी मुस्कराती नज़र आये।

हम सबकी अपनी-अपनी बेचैनियाँ थीं। कैमरामैन और एंकर की अपनी बेचैनी थी।

कैप्टन सतीश की मौत के बाद, बेचैनी का हमारे घर में स्थायी निवास हो गया था।

पहले कैप्टन सतीश जब आता था। आता तो घर में चहल-पहल-सी आ जाती जैसे हज़ारों परिन्दों की चहक वो अपने साथ ले आया हो। एक अकेला कैप्टन सतीश, जब घर में आता तो यूँ लगता जैसे अपने अन्दर एक लश्कर लिए फिर रहा है। ठहाके। खुशियाँ। पंजाबी के गीत बुल्लेशाह की काफ़ियाँ। कभी बाल रूम डांस तो कभी भांगड़ा।

पहले कैप्टन सतीश आता, अब उसकी यादें आती थीं। निरंजन भी युद्ध भूमि में था। हम घर के लोग उसके लिए फ़िक्रमन्द थे। निरंजन की चिन्ता और सतीश की यादें!

युद्ध अब भी जारी था। युद्ध विनाशक था और उसकी ख़बरें हौलनाक! युद्ध में जीत किसी भी राष्ट्र की हो, मनुष्यता तो हारती ही हारती है।

युद्ध सरहदों पर लड़े जाते हैं और इंसानों के दिलो-दिमाग़ में भी।

वीरगति को प्राप्त कैप्टन सतीश की बेल्ट का बक्कल! माँ उस बक्कल को 'ब्रासो' से चमका रही थी एक दिन! मैं ठगा-सा देखता रहा। जो इस संसार में नहीं है, उसकी बेल्ट के बक्कल को चमकाती हुई माँ! ज़रूर कोई युद्ध उसके अन्दर भी छिड़ चुका था।

मेरा भाई लेफ्टिनेंट निरंजन शदीद जख़्मी हुआ था। ठीक-ठाक हालत में होता तो घर पहुँचता। वह मिलिट्री अस्पताल में पहुँचाया गया। उसे तोप के गोले के छर्रे लगे—टाँग में और बायें हाथ पर। टाँग काट देनी पड़ी और हाथ की तीन उँगलियाँ भी।

ढाई महीने अस्पताल में रहने के बाद वो घर पहुँचा। व्हील चेयर, क्लचेज़। स्टिक! ये गैजेट्स भी उसके साथ थे। वो बहुत देर तक सतीश की फोटो देखता रहा। उसे पता चल चुका था। सतीश का कमरा अब भी जस का तस था। निरंजन देर तक उस कमरे में बैठा रहा। उसकी आँखें नम हो गयी थीं। देर तक निरंजन सतीश का फोटो देखता रहा। बैसाखियों के सहारे उठ खड़ा हुआ। दर्द भीगी आवाज़

में बोला, "मेरे बहादुर और ज़िन्दादिल भाई कैप्टन सतीश! तुझे मेरा नमन! तू पूरी तरह इस दुनिया से चला गया। और मैं! मैं ज़िन्दा हूँ यार! बस, एक टाँग और तीन उँगलियाँ चली गयीं। युद्ध होता है तो जिस्मों की आहुतियाँ देनी पड़ती हैं।"

फिर, लेफ्टिनेंट निरंजन, मेरा भाई तनकर खड़ा हुआ और उसने सतीश के फोटो को सैल्यूट किया।

ऐसा करते वक़्त उसकी बैसाखी गिर पड़ी और वो खुद भी गिरते-गिरते बचा। सँभलकर खड़ा हुआ। बोला, "थोड़ा वक़्त लगेगा इस बात को समझाने में कि मैं डेढ़ टाँग का हूँ।"

मैंने उसे सहारा देने की कोशिश की तो उसने मुझे हटा दिया। बोला, "सिपाही हूँ यार! बेशक विकलांग सिपाही हूँ। विकलांगता युद्धभूमि से हासिल हुई है। युद्ध भूमि ने यही तो सिखाया है, न डरकर भागो। न किसी से मदद लो।"

घर के लिए यह नये तरह का अनुभव था। माँ और पिता के लिए पल-पल तोड़नेवाला अनुभव! दो बेटे! एक जंग में मारा गया। दूसरा? दूसरा अधूरेपन के यथार्थ से हमें भयभीत कर देता।

युद्ध ख़त्म हो गया था। सरहद पर अमन था। सीज़फ़ायर! धमाकों की गूँज थम गयी थी। युद्ध ने जो नुकसान पहुँचाया था उस क्षति का आकलन किया जा रहा था। क्या ये सम्भव था। कोई मेरे भाई की विकलांगता को कैसे 'असैस' कर सकता था? जवान, गबरू, दिलावर, ज़िन्दादिल मेरा भाई लेफ्टिनेंट निरंजन! जो अब नकली टाँग और छड़ी के सहारे चलता था। गुमसुम रहने लगा था। पहले मैं चुप रहता तो मेरी चुप के परखच्चे उड़ा देता। अंडरबेल्ट और नानवेज जोक सुनाता चला जाता कि मैं उसके साथ ठहाके लगाने लगता। लेकिन अब वो शायद 'जोक' भूल गया था या फिर जोक सुनाना उसे अपने ज़ख़्मों को हरा करना लगता हो।

पूरे घर में सहमापन है। घर में सब कुछ होता है यूँ तो। माँ की प्रार्थना। पिता का शायरी की किताबें पढ़ना। खाना-पीना। टी.वी. देखना। लेकिन वो बात बिल्कुल भी नहीं रही जो पहले हुआ करती थी। एक अजीब-सी व्याकुलता है। अकथ। अव्यक्त!

आप मेरे भाई को नहीं जानते। आत्मसम्मान से भरपूर मेरा भाई। जिस पर मैं गर्व कर सकता हूँ। लोग, देश, समाज—उसे कोई भी नहीं जानता कि वो कैसे अपना दिन गुज़ारता है। हमेशा ताज़ा दम नज़र आनेवाला, फुटबाल खेलनेवाला जांबाज़ सैनिक! एक दिन बाज़ार से छोटे बच्चों के खेलनेवाली हल्की-सी बॉल खरीदकर ले आया था। कभी नकली टाँग से 'किक' मारता तो कभी नकली टाँग पर स्टिक के सहारे खड़े होकर, दूसरी ठीकठाक टाँग से किक मारता।

खेल दिलचस्प था लेकिन कारुणिक भी।

अब वो युद्ध के क़िस्से बहुत कम सुनाता है। एक दिन जब हम रम पी रहे थे और वो कोशिश करके अपने उस हाथ से गिलास उठा रहा था जिसमें सिर्फ़ दो उँगलियाँ शेष थीं—अँगूठा और अनामिका! उस शाम वो गहरी साँस लेकर, बड़ा-सा घूँट गटककर बोला, "उस वक़्त जिन्दगी और मौत में फ़र्क करना मुश्किल था। बस एक झीनी-सी लकीर। हल्का-सा पर्दा था—ज़िन्दगी और मौत के बीच में। उस वक़्त... जब जंग छिड़ चुकी होती है, कोई 'नो मैंस लैंड' नहीं होता। उस वक़्त सिर्फ घना अँधेरा होता है—नफ़रत, द्वेष, भय और मौत का अँधेरा।"

उसने रम का घूँट भरा। दृश्य उसके सामने उभरते गये। उसने कहा "ज़िन्दा रहना अच्छा लगता है। लेकिन वो वक़्त ऐसे जुनून और उन्माद का होता है कि मरना ज़िन्दगी से भी अच्छा लगता है। उस वक़्त... फ्रंट पर लड़ते हुए, देशप्रेम की भावना सबसे प्रबल होती है। हम युद्ध लड़ रहे होते हैं... आमने-सामने का युद्ध। लेकिन उस वक़्त ऐसा लग रहा होता है कि हम कोई 'टूर्नामेंट खेल रहे हैं रैफ़री कोई और नहीं होता, मौत होती है।"

बाक़ी बची शराब वो एक ही घूँट में पी गया। मैंने नये पैग तैयार किये। हमने एक साथ घूँट भरा। उसने गिलास को मेज़ पर रखा और बताने लगा, "जीत की खुशी बहुत बड़ा आनन्द होती है भाई! हमने एक पहाड़ी, जिसका कोड 'पी-थ्री' था और बड़ी अहम पहाड़ी थी, उसे फ़तह कर लिया था। शाम को हमने जीत का जश्न मनाया। यह जश्न, दरहकीकत, ऐसा नहीं होता कि हमने मुक़म्मल लड़ाई जीत ली। बस, अपने आपको बूस्टअप तो करना होता है न!" फिर वो रुका थोड़ी देर, "अगली सुबह जब हम अगली पहाड़ी के लिए लड़ रहे थे पी-सिक्स! बहुत मुश्किल थी वो। शत्रु ऊँचाई का फ़ायदा उठा रहा था। लेकिन हम डटे हुए थे। वहाँ, एक तोप का गोला मेरे कई साथियों की जान ले गया और मैं अपनी टाँग और उँगलियाँ गँवा बैठा।"

मेरे भाई ने गिलास में पड़ी शराब गटकी। अपनी उँगलियों को देखने लगा। फिर मुस्कराया। फिर हँस पड़ा। फिर उसकी आँखें नम हो गयीं। भर्राई हुई आवाज़ में बोला, "मेरे कई साथी उस दिन मारे गये थे। उससे पहली शाम हमने न सिर्फ ड्रिंक शेयर किये थे बल्कि एक दूसरे के गिलास की अदला-बदली भी की थी। वो मेरे शानदार और ज़िन्दादिल दोस्त थे... जो अब इस दुनिया में नहीं हैं।"

कल शाम पता है क्या हुआ? निरंजन और मैं बालकनी में बैठे थे। निरंजन ने कहा, "चल, ताश खेलते हैं।"

मुझे निरंजन की बात बहुत अच्छी लगी। मैं दो-तीन गड्डियाँ ताश की उठा लाया। निरंजन ताश की गड्डियों को देखकर बोला, "पूरी रेजीमेंट खेलेगी क्या?"

हम दोनों थोड़ा-सा हँसे। वो ताश की गड्डियों में से ताश के पत्ते निकालता।

आगे-पीछे देखता। फिर रख देता। एक गड्डी के पत्ते वो देर तक देखता रहा। एक तरफ़ चिड़ी, ईंट, हुकम और पान तो दूसरी तरफ़ हॉफ न्यूड स्त्री! खूबसूरत। आकर्षक! ताश को देखकर निरंजन बोला, "इसे हमारा भाई कैप्टन सतीश लाया था। कम्बख़्त! आशिक मिज़ाज! खुद तो हो गया शहीद। ताश हमारे लिए छोड़ गया।"

हम पपलू खेलने लगे। लेकिन तेरह पत्ते निरंजन से सँभलते ही नहीं थे। पत्ते गिर पड़ते। दूसरे हाथ का अँगूठा और एक उँगली पत्ते उठाते। सँभालते। यह खेल दस उँगलियों का था, निरंजन की सात थीं।

फिर हम फ़्लैश खेलने लगे। फ़्लैश खेल बेशक मज़ेदार होता है, वो तब, जब 'किलिंग इन्स्टिक्ट' का जज़्बा भी हो। वो नहीं था। न मैं निरंजन को हराना चाहता था न निरंजन मुझे।

निरंजन बोर होकर बोला, "भाई, हमारा जुआरी भाई तो अब इस दुनिया में नहीं है। ताश खेलने का मज़ा उसके साथ आता था। खूब 'बलफ़्फ' खेलता था। खूब ब्लाइंड खेलता था। पक्का जुआरी था।"

हमने ताश के पत्ते गड्डी में पैक कर दिये। खेल बन्द।

युद्ध ख़त्म हो चुका है। लेकिन निरंजन का क्या करूँ? उसके अन्दर तो जंग जारी है। कहता है, "व्हील चेयर पर कभी नहीं बैठूँगा।" कुछ दिन बैसाखी का सहारा लिया। बैसाखी फेंक दी। बोला कि बैसाखी के सहारे बिल्कुल नहीं चलूँगा।

बाज़ार दूर तक तो नहीं जाता। जहाँ तक जाता है, अकेले। कभी-कभी मैं उसके साथ होता हूँ। उसके दायें हाथ में स्टिक होती है। थोड़ा-सा लँगड़ा कर चलता है—बाक़ी सामान्य!

सामान्य! नहीं जनाब! सामान्य नहीं। भीतर से एक युद्ध वो अब भी लड़ रहा है। लोग युद्ध को भूल चुके हैं या भूलने की कोशिश में हैं। मेरा भाई युद्ध लड़ रहा है, दिल में और दिमाग़ में युद्ध!

सामान्य! नहीं जनाब! सामान्य दिखाई देनेवाल मंज़र सामान्य हो, यह बिल्कुल ज़रूरी नहीं होता।

दोनों भाइयों के रिश्ते एक साथ तय हुए थे—सतीश और निरंजन के रिश्ते। सतीश वीरगति को प्राप्त हुआ है और निरंजन! ...रिश्ते भी वीरगति को प्राप्त होते हैं इस समाज में। लड़कीवालों को जब पता चला कि 'लड़का' अपने हाथ की उँगलियाँ और एक टाँग गंवा चुका है। उन्होंने रिश्ता तोड़ दिया। तल्ख़ यथार्थ। विकलांग को कोई अपनी लड़की क्यों दे?

लड़कीवालों ने यह भी कहा है कि उन्हें निरंजन की बहादुरी पर गर्व है। लेकिन प्रश्न जीवनभर का है। खूब रियलिस्टिक अप्रोच है। आँखें जब दुकान हो जायें तो

फिर आँसुओं की तिजारत करना मुश्किल नहीं होता।

अभी कुछ देर पहले जब निरंजन घुटने के नीचे कृत्रिम टाँग की बेल्ट कस रहा था तो उसने बड़ा तीखा और तल्ख़ सवाल किया था कि शरीर का वो हिस्सा, हर वक़्त क्यों हांट करता रहता है जो हमारे साथ होता ही नहीं।

मैं उसके सवाल पर हतप्रभ खड़ा रहा। चुपचाप! एकटक निरंजन को देखता हुआ। देखता हुआ लेकिन चुप।

उसका सवाल बेहद सच्चा था। लेकिन मैं क्या करता? उसके सवाल का मेरे पास कोई भी जवाब नहीं था।

पिकनिक

वे कई सारे थे। कुछ बाइक पर, कुछ जिप्सी पर। वे तेजी से आये। अचानक रुके। अचानक उतरे। झुण्ड में तबदील हुए। वे नौजवान थे। ऊँचे, लम्बे, अच्छी कद-काठी। जिम में तराशे हुए शरीर। पार्लरों में सँवारे हुए बाल। आँखों पर काले चश्मे। चेहरे पर ताज़गी। जोश। तपिश। ठहाके। रंगीनियाँ। ... वे फुर्सत में थे और उसी फुर्सत को सेलीब्रेट करने आये थे। उनके अपने तौर तरीके थे। अपने स्टाइल।...जिप्सी पर म्यूजिक सिस्टम दहाड़ रहा था। वे खाली होने के बावजूद खाली नहीं थे। एक्शन में थे। कोक पीते। नाचते। गाते। सीटियाँ बजाते। जिप्सी से उतरते, बाइक पर चढ़ते। सड़क पर लेटते। विचित्र मुद्राएँ बनाते।

उन्होंने अपने बाइक दायरे की शक्ल में खड़े किये थे। और दायरे के भीतर वे नौजवान थे। नो-ऐन्ट्री का बोर्ड था। वे अपने में मग्न थे। आसपास के लोग उनकी उपस्थिति से भौंचक थे। भौंचक और कुछ हद तक लुत्फभरी नज़रों से ताक रहे थे। उनकी भीतर की दुनिया को। जो नौजवानों की वाइल्ड सेंक्चुरी थी। उस दायरे में एक अजनबी घुसने लगा। उनमें से एक ने बोर्ड उठाकर दिखाया। बोर्ड में ऊटपटाँग हिन्दी थी, लिखा था—हमारे रक्षित प्रदेश में आना मना है। अजनबी समझदार था जिरह के अंजाम जानता था। चुपचाप एक अदद सॉरी कहता, रास्ता बदलकर चला गया।

नाच में ज़रा-सी रुकावट आयी। लेकिन इस जरा-सी रुकावट के तुरन्त बाद सब सामान्य हो गया।

शुरू-शुरू में इस बाजार के दूकानदार उनकी आमद पर थोड़ा बहुत हड़बड़ाये थे। लेकिन जल्दी ही उनके चेहरों पर पेशेवराना मुस्कान लौट आयी थी। म्यूजिक सिस्टम पर राक रेप बज रहा था। कभी-कभी दूकानदार भी अपना एक पाँव उठाकर उस संगीत के साथ अपना ताल ठोकने लगते। वे शायद यह अहसास करा रहे थे कि इस रिद्मेटिक माहौल को वे भी इंजाय कर रहे हैं।

—

ये नवम्बर के शुरुआती दिन थे। सुबह खुशगवार थी। हल्की हवा। ताज़गीभरा माहौल, थोड़ी दूरी पर वाहनों की आमदरफ्त। इधर काफी खुला बाजार। दूर तक रेलिंग। रेलिंग के परे चार मंजिला इमारत। इमारत में दूकानें। भरी भरी। लोगों का हजूम खरीदारी करता। खाता-पीता। ...गुजरते लोग हैरत से देखते। कुछ वाक्य उभरते—फेंटेस्टिक। और फिर आगे निकल जाते। लड़कियों को देखकर नाचते हुए नौजवान थोड़ा ठिठकते। हाय बेबी। चिल्लाते। हाथों को होठों से छुआते। उन्हें हवा में लहराते। लड़कियाँ सहमकर, सिहर कर, कनखियों से देखकर, जरा-सा मुस्कराकर, थोड़ा फासला बनाकर निकल जातीं। कुछ मॉड लड़कियाँ तो वहाँ जरा रुकी भी थीं एक ने चकित और द्रवित होते हुए कहा—इट्स स्टाइल। दूसरी ने हँसते हुए सिर हिलाया और वे आगे बढ़ गयी।

दूकानदार यह तमाशा देखकर पुलकित थे। नाच जारी था। माहौल में और युवकों की मुद्राओं में तपिश थी। वातावरण मादक। अलमस्त।

नाच कुछ पल के लिए रुका। कोक की आधी खाली बोतलों में उन्होंने रम भरी। बोतलों के मुँह में उँगली डालकर उन्हें अच्छी तरह हिलाया। दोनों रसायन एक दूसरे में जज्ब हो गये। और फिर वे उसे अपने में जज्ब करने लगे। सबने ढेर सारे लम्बे-छोटे घूँट भरे। बोतलें वहीं रखकर जिप्सी से ईंटें निकाल लाये। ईंटों को उन्होंने सड़क पर ज़माया। ईंटों के छोटे-से फर्श पर उन्होंने पानी छिड़का। फिर जिप्सी से साफ्ट कोक (कोयला) निकाला। ईंटों पर रखा। फैलाया। केरोसिन डाला। जलाया। भड़काया। अब वे सुर्ख अंगारे थे।

सामने के दूकानदार तथा रास्ते से गुजरने वाले हैरान थे कि ये नौजवान अंगारों का क्या करेंगे? कुछेक ने समझा कि वे इस पर भुट्टे भूनेंगे। कुछेक ने कहा कि खाना गर्म करेंगे।

रेलिंग के उस पार जो सिपाही खड़ा था वह भी हैरान था। उसने कई सारी बीड़ियाँ फूँक डाली थीं। इन नौजवानों की मसरूफियत देखकर वह कई बार मन ही मन मुस्कराया था। लेकिन कई बार झुँझलाया भी था। हर झुँझलाहट के बाद वह बीड़ी निकाल लेता। सुर्ख अंगारों को देखकर वह भी हैरान था। ये अलग बात कि नौजवानों को नाचते हुए, हुड़दंग मचाते हुए और बोतलों में रम डालकर पीते हुए देखकर उसे जरा भी हैरानी नहीं हुई थी। लेकिन ये सुर्ख अंगारे।

एक नौजवान ने बोतल रखी और जिप्सी से एक जीवित मुर्गा निकाल लाया। मुर्गा फड़फड़ाया। नौजवान हँसा। बाकी नौजवान भी हँसे। पता नहीं, मुर्गा एक चुटकुला था या फिर फड़फड़ाहट! ... नौजवान ने जेब से बारीक तार निकाला। और मुर्गे को तार से कस दिया। इतना कसा कि वह पर फैलाना तो दूर, अपने आपमें हिल-डुल भी नहीं सकता था।

नौजवान मुर्गे को हाथ पर रखकर खिलखिलाया। और फिर अचानक उसने मुर्गे को सुर्ख अंगारों पर पटक दिया। मुर्गे में जुम्बिश पैदा हुई। वह छटपटाया और उछलकर परे जा गिरा। नौजवानों ने रमकोला के घूँट गले में उतारे और मुर्गे के करतब पर हँसे। एक ने मुर्गे को फिर अंगारों पर पटक दिया। मुर्गे ने फिर अपने भीतर की ताकत को इकट्ठा किया। अंगारों से उछल कर परे जा गिरा। फिर खनखनाते ठहाके।

दूकानदार और उधर से गुजरते लोग फटी नजरों से उस मंजर को देखने लगे। सबके सब स्थिर प्रज्ञ थे। एक तिलिस्म था जिसमें सब बँधे थे। एक सम्मोहन पूरे माहौल पर हावी था। म्यूजिक सिस्टम पर बजते हुए ड्रम्स की आवाजें। मुर्गे की दबी-घुटी गुर्र-गुर्र। कहकहे। रमकोला का तरल! नाच! मस्ती एक झूम और उस झूम में सब शामिल!

मुर्गा कुछ देर तक अपने अस्तित्व की लड़ाई लड़ता रहा। उछल-उछलकर गिरता रहा। लेकिन कुछ देर बार वह हार गया। उसमें खुद को बचाने की ताब खत्म हो गयी। शक्ति चुक गयी। अब वह वहीं अंगारों पर पड़ा हिलता-डुलता रहा। कसमसाता रहा। उसके सफेद पंख झुलसने लगे। छोटी-छोटी गोल आँखों में पानी तैरने लगा। धीरे-धीरे पानी सूख गया। कलंगी झुलस गयी। पंख काले स्याह हो गये। एक अजीब-सी गन्ध माहौल में फैल गयी।

मुर्गा पूरी तरह भूना जा चुका था। एक ने बढ़कर उसे चिमटे से पकड़कर उतारा। तार खोला और मुर्गे को छीलने लगा।

दूसरा नौजवान जिप्सी में से एक और जीवित मुर्गा उठा लाया। वह पहले वाले से ज्यादा तगड़ा था लेकिन पहले वाले से ज्यादा मजबूती से बँधा था। उस नौजवान ने मुर्गे को अंगारों पर रखने से पहले पुचकारा। उस पर अपने हाथ फेरता रहा। मुर्गा अपनी नन्ही आँखों से नौजवान को देखने लगा था। पहले वह गुर्र-गुर्र कर रहा था। लेकिन इस स्पर्श-सुख को पाकर वह चुप हो गया था।

अचानक नौजवान ने मुर्गे को आसमान की ओर उछाल दिया—गेंद की तरह! बँधा हुआ मुर्गा आसमान की ओर कुछ दूर जाकर लौट आया। तड़-से जमीन पर गिरा। गिरने के बाद वह कसमसाता रहा। कई सारी आवाजें निकलीं। वे अजीब आवाजें थीं, बाँग से अलग। उसकी कलंगी में कम्पन था। चोंच से रिसता हुआ खून! वह पड़े-पड़े हिलने लगा तो एक नौजवान हँसते हुए बोला—वैरी सॉरी माई डीयर फ्रेंड! दर्द हो रहा है। लो थोड़-सी रम पी लो। और फिर उसने रम की बोतल का मुँह मुर्गे की चोंच में घुसेड़ दिया। और बहुत सारी रम उसमें उडेल दी। मुर्गा मूर्च्छित-सा होने लगा था। नौजवानों को उसका मूर्च्छित होना अच्छा नहीं लगा था। वे खुद भी एक्शन में रहना चाहते थे और मुर्गे को भी एक्शनफुल रखना चाहते थे।

उन्होंने मुर्गे को उठाया और सुर्ख अंगारों पर रख दिया। मुर्गा अब सचमुच 'एक्शन' करने लगा था। उसकी आँखें झपक रही थीं। नशा हावी था। अंगारों पर पड़ा उसका शरीर झुलस रहा था। वह वहीं पड़े-पड़े कलाबाजियाँ खा रहा था। खुद को बचाने की उसने कुछ आखिरी कोशिशें कीं। कुछ पलटियाँ खायीं। ... नौजवान नाच रहे थे। सुर्ख अंगारों पर पड़ा मुर्गा भी एक तरह से 'नाच' रहा था। और नौजवान मुर्गे के इस 'नाच' पर रोमांचित थे। मुर्गा धीरे-धीरे अंगारों को समर्पित हो गया। और इस तरह नौजवानों में बहुत सारे मुर्गों को अंगारों पर नचाया। मुर्गों का अंगारों पर कसमसाना उन्हें 'सर्कस' नजर आता। वे कहकहाते। तालियाँ बजाते।

मुर्गे रोस्ट हो चुके तो उन्हें फिर साफ किया गया। मुर्गों के अधकच्चे, अधपक्के मांस पर नमक छिड़ककर वे चबाने लगे। उनके कोलगेटी, चमकीले दाँतों में मुर्ग-मुसल्लम के टुकड़े थे। माथे पर पसीने की छोटी-छोटी बूँदें! चेहरों पर फैलती सख्ती!

जिप्सी में फिट म्यूजिक-सिस्टम पर अब कोई कबीलाई संगीत बजने लगा था। अजीब-सी हुंकारें। मोटी भद्दी आवाजें। अन्धड़ चलने जैसा शोर। डफ की काँपती आवाज। गीत में गाने, हँसने, रोने के स्वर!

"क्या इमेजरी है?" दूर खड़े एक आदमी ने दूसरे से कहा। दूसरे ने ठण्डी साँस लेते हुए जवाब दिया—"दबंग होकर जीने का अपना लुत्फ है। और ये सब वही लुत्फ उठा रहे हैं।"

दूर, रेलिंग से परे खड़ा सिपाही अपनी बीड़ी बदल चुका था। बल्कि जहाँ खड़ा था वहाँ से सरककर थोड़ा और दूर चला गया था। गश्त पर निकले दो सिपाही इन नौजवानों को देखकर ठिठके। जायजा लेने लगे। रम की लुढ़की हुई खाली बोतलें, मुर्गे के पंख नुची हुई हड्डियाँ, नशे में नाचते नौजवान कबीलाई संगीत से निकलती कई खौफनाक आवाजें। बस यही सब था। सिपाहियों ने इधर-उधर देखा। कुछ नौजवानों को सिपाहियों का खड़े होना बे-लज्जत करने लगा था। उन्होंने कोक की बोतलों को तोड़कर उनके आधे हिस्से को हथियार जैसा बनाकर अपने हाथों में रख लिया था। सिपाही जमानासाज थे और मौका शनास भी। वे अपने-अपने बेंत खटखटाते मौज करो! मौज करो! की टेर देते आगे निकल गये।

यहाँ उन्हें सब सामान्य, साफ-सुथरा, पाक-साफ नजर आया था। जो खराब लगा था वह था खोमचेवाला, जो पीतल के देगचे में उबले हुए मटर बेच रहा था। सिपाहियों ने उसके खोमचे को लुढ़का दिया। वह जरा-सा बोला तो उसकी टाँगों पर चार-पाँच बेंत जमा दिये। वह बिलबिला उठा। वे आगे चले गये किसी दूसरे खोमचेवाले को दुरुस्त करने...।

नौजवान अब खुलने लगे थे। सबसे पहले उन्होंने दायरे को तोड़ा। बाइक इधर-उधर खड़े कर दिये। नो एंट्री का बोर्ड उठाकर जिप्सी में डाला। अब वे अपने

रक्षित क्षेत्र की लकीरों को मिटा चुके थे। लेकिन नाच अब भी रहे थे। नशा हावी था। उनमें गर्मी थी, खुमारी और मादकता भी। एक को पेशाब की हाजत हुई। उसने जरा इधर-उधर देखा। फिर एक बाइक के पास जाकर पैंट की जिप खोली और वहीं...

आसपास के लोग भौचक-से देखते रहे। बीड़ी पीता सिपाही और परे चला गया। लड़कियाँ बुरा-सा मुँह बनाकर, घबराकर दूर से निकलने लगीं। एक दूकानदार ने दूसरे से कहा—आजकल के नौजवानों को जरा भी शर्म-लिहाज नहीं। फिर वह हँसने लगा। दूसरा दूकानदार भी उसके साथ हँसने लगा। दोनों को हँसता देखकर तीसरा दूकानदार उनके पास आया और वह भी हँसने लगा।

वह नौजवान पेशाब कर चुका तो दूसरे ने उसी जगह पेशाब किया। फिर तीसरे ने। फिर चौथे ने। फिर...। पाँचवाँ पेशाब करने लगा तो एक नौजवान उसे देखकर चौंका—इट्स डिफरेंट! फिर एक नशीला ठहाका गुबारे-सा फूट पड़ा!

वे फिर नाचने लगे। अब उन्हें अकेले नाचने में मजा नहीं आ रहा था। ऐसा लगता था वे अपने इस सुख से ऊबने लगे हैं। इस ऊब को मिटाने के लिए एक नौजवान ने झटके के साथ पास से गुजरती एक लड़की को पकड़ लिया। लड़की डर गयी। वह उसके चंगुल से खुद को मुक्त कराने की भरसक कोशिश करने लगी। दूकानदार जस के तस खड़े थे। दोनों सिपाही बहुत दूर चले गये थे और तो और बीड़ी फूँकता सिपाही किसी ओट में।

इस बीच युवक कोक की बोतल बदलकर उसमें रम डालने लगा। लड़की के लिए यही मौका था जिसका उसने भरपूर फायदा उठाया और वह भाग खड़ी हुई। वह इतनी तेज भागी कि उसने पीछे मुड़कर भी नहीं देखा था। उसे बहुत बाद में पता चला कि वह अपना दुपट्टा वहीं छोड़ आयी है।

युवक के हाथ में खाली दुपट्टा था। उसके दूसरे नौजवान साथी उसका मखौल उड़ा रहे थे। वह हिंसक नजर आने लगा था। उसने कोक की बोतल को वहीं फेंका और एक दूसरी लड़की पर झपट पड़ा। लड़की को उसने दबोच लिया। लड़की तन्दुरुस्त थी और हिम्मती भी। उसने अपना एक हाथ नौजवान से छुड़ाया और एक जोर का थप्पड़ उसके गालों पर दे मारा। नौजवान बौखला गया। उसने लड़की को अपने बाजुओं में जकड़ लिया। लड़की चीख पड़ी—छोड़ मुझे बास्टर्ड। नौजवान बेशर्म हँसी हँसा। फिर उसके साथ नाचने की कोशिश करने लगा। दूसरे नौजवान ताल ठोकने लगे—लिटल बेबी, डांस, डांस! लड़की ने फिर अपने आपको मुक्त कर लिया था और फिर एक थप्पड़ नौजवान के गालों पर। इस बार थप्पड़ जोर से नहीं पड़ा था। नौजवान को गुस्सा खूब आया। उसने दूसरे नौजवान को संकेत दिया। वह जिप्सी में से आइसक्रीम के कप उठा लाया। नौजवान ने आइसक्रीम को अपने

हाथों में भर लिया। क्रूरता से लड़की के ब्लाउज के पास ले जाकर उसे टपकाने लगा। लड़की सिहर उठी। दूकानदार बेचैन होकर दुकानों के भीतर चले गये। वह कुछ देर तक इस खेल में मशगूल रहा। और फिर बाकी बची आइसक्रीम को वह लड़की के ब्लाउज के अन्दर ले गया और...

लड़की गिर पड़ी। खुद को सँभालते हुए उठी। साड़ी के पल्लू में खुद को छुपाती, सिमटी, सिसकती चली गयी...

नाच अब भी जारी था। ठहाके अब भी फूट रहे थे। बोतलें खाली हो चुकी थीं। दिन चढ़कर ढलने लगा था। मुर्गे के पंख हवा में इधर-उधर भटकने लगे थे।

वे रमकोला के आखिरी घूँट भर रहे थे। कुछ इशारे हुए और वे पैकअप करने लगे। पैकअप करते-करते उनमें से एक बोला–"मजा नहीं आया।" ...आफकोर्स! समथिंग थ्रिलिंग! दूसरे ने सहमति जतायी।

वे बाइक पर सवार हो चुके थे। बाइक स्टार्ट थी। जिप्सी भी स्टार्ट थी। उन सबके रुख मेन रोड की ओर थे। पता नहीं क्या बात थी कि वे चल नहीं रहे थे।

इस बीच एक युवक अपनी पत्नी को अपनी मोटर साइकिल पर बिठाकर उधर से गुजरा। मालूम नहीं उस नवविवाहिता स्त्री में उन्होंने क्या देखा कि मोटर-साइकिल ज्योंही धीमी हुई, नवविवाहिता को उन्होंने झपटकर खींचा, उठाया और जिप्सी में डाल दिया। मोटर साइकिल पर बैठा युवक पलभर के लिए समझ ही न पाया कि यह क्या हो रहा है। जब अपने अवचेतन से लौटा तो जिप्सी और बाइक स्टार्ट होकर आगे निकल चुके थे। वह अकबकाया-सा इधर-उधर देखने लगा। उसने अपनी पत्नी को छटपटाते, चीखते कराहते हुए देखा था। नौजवानों के हिंसक रुख देखे थे। नृशंस रूप देखे थे। वह एक क्षण के लिए सोचता रहा कोई सहायता के लिए आयेगा। लेकिन आसपास के लोग दहशत में थे। चुप और जड़! माहौल में सनसनी थी और वीरानी! दूकानदार अपनी दूकानों के भीतर चले गये थे। सिपाही ओट में, लोग खोल में...

नौजवान पिकनिक का पूर्वार्द्ध मना कर अब उत्तरार्द्ध मनाने जा रहे थे।

नौजवान ने अपनी मोटर साइकिल उनकी जिप्सी के पीछे लगा दी थी। आगे वे सब थे, पीछे अकेला नवयुवक! वे सड़कों पर अपने वाहन दौड़ा रहे थे। उनके हौसले बुलन्द थे। वे डरे हुए नहीं थे बल्कि इत्मीनान में थे। वे सड़कें बदल रहे थे ताकि मोटर साइकिल वाला नवयुवक गच्चा खा जाये। लेकिन वह अब भी उनके पीछे था। कुछ देर बाद एक पुलिस जिप्सी ने उन्हें रोकना चाहा तो वे उसकी परवाह किये बगैर आगे निकल गये। अब पुलिस जिप्सी भी उनके पीछे थी। थोड़ी देर बाद एक और पुलिस जिप्सी उनके पीछे लग गयी और इस तरह दो पुलिस जिप्सियों ने करीब बीस मिनट बाद उन पर काबू पाया। बीस मिनट के इस 'थ्रिलर' में युवती

के हाल बुरे हो चुके थे। उसके चेहरे पर बहुत सारे निशान थे। ब्लाउज आधा फटा हुआ। होंठ कटे हुए। बाल बिखरे और आँखों में खौफ! पुलिस ने युवती को मुक्त कराया। वह अचेत हो चुकी थी।

नौजवान गुस्से में थे। वे पुलिस जिप्सी से भिड़ भी चुके थे कि उन्हें बेवजह क्यों रोका गया। पुलिस स्टेशन में वे नौजवान इस नाजो अन्दाज में जा रहे थे जैसे किसी कल्चरल कार्यक्रम से निपटने के बाद पुलिस स्टेशन की इंस्पेक्शन करने जा रहे हों। नौजवान एस.एच.ओ. की टेबल के पास बिछी कुर्सियों पर बैठ गये थे। उनके चेहरे अब भी तमतमाये हुए थे।

जिसकी पत्नी को ये नौजवान उठा लाये थे वह खड़ा हुआ था—परेशान हाल। घबराया। गुस्से और दुख के बीच कहीं अटका हुआ। उसकी पत्नी को अब होश आ चुका था लेकिन वह निढाल और बीमार नजर आती थी। वह दबी-घुटी-सी बैठी थी। आँखें पनियाई हुई। कभी वह दीवार को ताकने लगती कभी फर्श पर नजरें गड़ा देती। नवयुवक ने उसे अपनी कमीज पहना दी थी।

नवयुवक बार-बार आग्रह कर रहा था कि एफ.आई.आर. दर्ज की जाये। लेकिन एस.एच.ओ. टाल रहा था। कभी उसका पेन गुम हो जाता तो कभी रोजनामचा।

एस.एच.ओ. की टेबल पर पड़े हुए फोन को नौजवानों ने इस जुर्रत से अपनी ओर सरकाया और इस ठाठ से फोन करने लगे जैसे फोन उनका निजी हो और पुलिस स्टेशन उनकी अपनी प्राइवेट कम्पनी!

कई जगह फ़ोन हुए। घंटिया बजी। फोन आये। फिर कई सांकेतिक और खुली बातें। कई सारे गणित। समीकरण। पुलिस स्टेशन दूकान में तब्दील हो गया। फिर कई सारे मोतबर और सफेदपोश लोग अपनी गाड़ियों से उतरे, पुलिस स्टेशन अवतरित हुए। कोल्ड ड्रिंक्स। चाय। कॉफी। बिस्कुट!

थोड़ी दूर दीवार के साथ सटे बेंच पर नवयुवक और उसकी पत्नी बैठे थे। एस.एच.ओ. ने काफी देर बाद सादे कागज पर रिपोर्ट लिखी और रोबीली आवाज में कहा—"मिस्टर रिपोर्ट दर्ज कराने के लिए कह रहे थे न, रिपोर्ट तैयार कर ली है। इसे पढ़ लीजिये और दोनों औरत, मर्द इस पर दस्तखत कर दो! मेडम से कहो पहले वो दस्तखत कर दे।"

युवती बेचैन थी और उकताई हुई। वह जल्द से जल्द रिपोर्ट दर्ज करा कर जाना चाहती थी। युवती उठी। दर्ज की गयी रिपोर्ट पढ़ने लगी—जिप्सी पर जाते नौजवानों से लड़की ने खुद लिफ्ट माँगी। नौजवान, चूँकि खानदानी शरीफ और मददगार इंसान थे, और मदद करना अपना फ़र्ज़ समझते थे। चुनाँचे, मोहतरमा को उन्होंने जिप्सी में जगह देना मंजूर कर लिया। लेकिन तेज रफ्तार जिप्सी के साथ एक हादसा हो गया। वो एक रास्ते में पड़े एक पत्थर से टकरायी और बाद में अचानक ब्रेक लगने

से मोहतरमा अपना तवाजुन खो बैठी और जिप्सी की भीतरी बाडी से उनका चेहरा टकरा गया। चेहरे पर थोड़ी बहुत खराशों के अलावा कोई दूसरा जिस्मानी नुकसान नहीं हुआ। मोहतरमा पूरी होशो हवास में है। इस हादसे की ताईद और जानकारी के लिए उनके मर्द को भी बुला लिया गया है। दोनों ने इस बात को माना है कि नौजवानों का सलूक निहायत शरीफाना और बा-अदब था।

"यहाँ दस्तखत कर दीजिये।"

कागज पर उँगली रखते हुए कहा।

"नहीं, यह झूठ है।"

"यह सच है।"

"नहीं, मैं यहाँ साइन बिल्कुल नहीं करूँगी, यह रिपोर्ट बकवास है, एकदम झूठ।"

"मैडम।" एस.एच.ओ. समझाने वाले लहजे में बोला—"झूठ तो यह भी है कि तुम्हारा मर्द अफीम नहीं बेचता। लेकिन हम उसे सच में बदलने की तरकीब जानते हैं। वैसे मामला रफा-दफा करने के लिए यह रिपोर्ट लिखी गयी है। बाद में इसे हम फाड़ भी देंगे। मामला खत्म हो जायेगा।"

"लेकिन मैं मामला खत्म नहीं करूँगी।"

"हम जानते हैं आप बहुत समझदार हैं। तभी तो हम आपसे यहाँ साइन करने के लिए कह रहे हैं।"

"मैं साइन नहीं करूँगी।" युवती तिड़क कर बोली।

"मैडम।" अबकी बार उन नौजवानों में से एक उठते हुए बोला—"इस पर चुपचाप साइन कर दो। नहीं तो तुम्हारे जिस्म के नाजुक हिस्सों पर इतने साइन करेंगे कि...

लड़की काँप गयी। काँप तो उसका पति भी गया था। उसने मेज से पेन उठाकर पत्नी को देते हुए कहा—प्लीज यहाँ साइन कर दो।

बाज़

जब मैं छोटा था, कई सारी चीजों को मैंने अपना बना लिया था। मैं पर्दों के पीछे छुपकर खड़ी हवा को ढूँढ़ता। उसकी अदृश्य उँगलियों को पकड़ने की कोशिश करता। ...मैं गली के नुक्कड़ पर खड़े उम्रदराज नीम के पेड़ को देखता। मुझे लगता, वह भी मुझे देख रहा है। गर्मियों में वे छाँव के साथ-साथ निबोरियाँ भी देता। हम बहुत सारे बच्चे निबोरियाँ चुनते। जिसकी निबोरी मीठी होती वह बच्चा किलकारियाँ मार के खुश होता। मुझे लगता नीम का दरख्त भी हँस रहा है। लेकिन उसकी हँसी को महसूस करना मुश्किल काम था। ...मुझे परिन्दे देखना भी अच्छा लगता। परिन्दे कम खाते। हमेशा खुश रहते। ...मुझे कपड़े सुखानेवाली तार इसलिए अच्छी लगती कि वहाँ चिड़ियाँ आकर बैठतीं, चहकतीं, उड़तीं। एक तार से दूसरी तार पर बैठतीं। लड़ाइयाँ करतीं। मैं सोचता रहता, चिड़ियों के पास न पैसा है न जमीन... फिर वे किस बात पर लड़ रही हैं? फिर भी उनकी लड़ाइयाँ मुझे अच्छी लगतीं क्योंकि उनमें आदमियों जैसी चालाकी नहीं होती थी।

मेरा मन करता, परिन्दों के पंख खोलकर देखूँ—क्या पता वे अपने परों में आसमान का कोई टुकड़ा चुराकर ले आये हों?

बचपन में मेरा एक दोस्त था—शंटी! शंटी की शैतानियाँ कई किस्म की होतीं। अपनी शैतानियों में वो मुझे भी शामिल कर लेता।

एक दिन उसने दो चिड़ियाँ पकड़ लीं। चिड़ियों को पकड़ने की तरकीब दुनिया में बहेलिए जानते थे या फिर शंटी!

शंटी ने दोनों चिड़ियों के पैरों में डोर बाँधी। एक चिड़िया की डोर उसने अपने पास रखी, दूसरी मेरे पास। उसने और मैंने चिड़ियों को पतंग की तरह उड़ाया। वो उड़ने लगतीं तो हम डोर को ढीला छोड़ते। फिर अचानक डोर को खींचते। बेचारी धप्प से गिरतीं। हमें देखतीं। अगर बोल सकतीं तो जरूर कहतीं—अब बस करो। बहुत खेल लिया। अब छोड़ो हमें। ज्यादा तंग मत करो।

लेकिन चिड़ियों को बोलना नहीं आता था। मासूमियत से देखना आता था।

उसी मासूमियत से बाज़ ने मुझे देखा था। मैं विचलित-सा उसे देखता रहा। उसकी आँखों में न मालूम-सी कोई पीड़ा थी। उदासी की छाया और बेबसी की वेदना!

बाज़ को इतना करीब से मैंने पहली बार देखा था। अमूमन बाज़ नजर नहीं आते। बेशक अब तो चीलें भी नजर नहीं आतीं। बाज़ को मैंने अपने जीवन में इतने करीब से पहली बार देखा—लेकिन जमीन पर पड़े हुए। घायल अवस्था में। चुप, एकदम चुप। न फड़फड़ाहट न आवाज। ऐसा लगता था, वह आसमान से सारे रिश्ते तोड़कर जमीन पर आ गिरा है। जमीन से, किसी सुरक्षित स्थान की पनाह माँग रहा है।

मैं पूसा गेट पार करके अन्दर शान्त और साफ सड़क पर जा रहा था। मैं बहुत बार इसी रास्ते से गुजरता हूँ। करीब एक किलोमीटर आगे एक गार्ड ने मुझे नमस्ते की। उससे मेरी जानपहचान इसी नमस्ते तक सीमित है। नमस्ते का जवाब देते हुए मैं आगे जा रहा था कि उसने मुझे रोकते हुए कहा, "साब जी, ये पक्षी पड़ा है सुबे से। ...बाज़ पक्षी है साबजी। हिलता डुलता भी नहीं। आप इसे कहीं दिखा सको...तो क्या पता बच जाये?"

गार्ड का एक शब्द मेरे जेहन में कौंध गया—बाज़!

मैं सड़क छोड़कर पटरी पार करते हुए वृक्षों की तरफ चला गया। यहाँ वृक्षों की छाँव थी। हरी घास थी और उस घास में बाज़ था। मैं बाज़ को देखता रहा। उसकी पूरी देह स्थिर रही, सिवाय आँख की पुतली के, जो जरा-सी हिली। मेरी तरफ उठी। धरती पर पड़ा बे-आवाज पंछी बाज़ मुझे देख रहा था। उस वक्त मुझे महसूस हुआ—पूरी दुनिया के हंगामों, शोर-शराबों, उत्सवों और खुशियों के बीच यह परिन्दा, अपने आपको बहुत अकेला और बहुत असुरक्षित महसूस कर रहा है। ...अगर यह बाज़ ठीक-ठाक होता तो आसमान की उँचाइयों में उड़ रहा होता, एक छोटी-सी, निःस्वार्थ दुनिया उसके साथ होती।

अब यह बाज़ जमीन पर पड़ा था—अपने आप से हारकर। मैं बाज़ के बिलकुल पास जा बैठा। बाज़ बड़ी उम्र का नहीं था। शायद बच्चा हो। उसके पंख चमकीले थे। पंखों की रंगत आबनूसी थी। उसकी चोंच बहुत लम्बी नहीं थी। उसके चोंच में सफेद धारी थी। सफेद धारी के हाशिये काले रंग के थे। ...उसकी आँखें कभी बहुत ज्यादा चमकीली और तीक्ष्ण रही होंगी। अब बुझी-बुझी-सी नजर आ रही थीं।

मैंने बहुत आहिस्ता से उसके पर सहलाये। उसने मुँदी हुई आँख खोली। मुझे देखा। उसके देखने में दुख का अव्यक्त बयान था।

गार्ड मेरे पास आकर खड़ा हो गया। मुझे देखता रहा। फिर बोला, "इसकी

रीढ़ की हड्डी में चोट लगी है।"

"तुम्हें कैसे पता चला?"

"जिस तरह से पड़ा है...हिल-डुल भी नहीं रहा। कुछ खून भी था इसके पंख में। ...मैंने साफ कर दिया है।"

"इसे कहाँ दिखाना चाहिए?" मैंने पूछा।

"पशु-पक्षियों के डॉक्टर को।"

"मैं ले जाता हूँ इसे।...इन्द्रपुरी या फिर पटेल नगर में कोई डॉक्टर होगा। ...ढूँढ़ना पड़ेगा।"

"हाँ साब। ढूँढ़ना तो पड़ेगा। जितनी देर होती जायेगी इसके बचने की उम्मीद उतनी कम होती जायेगी।"

"ले जाता हूँ इसे। फिलहाल जो भी डॉक्टर नजदीक होगा उसे दिखा दूँगा।"

मैंने बहुत आहिस्ता से बाज़ को उठाया। उसके शरीर में थोड़ी जुम्बिश हुई। जैसे बहुत दर्द हुआ हो उसे। मैंने पुचकारा। सहलाया। उसने आँख खोली, मुझे देखा।

इन्द्रपुरी मेरे लिए नयी जगह थी। मैं घूमता रहा। कोठियों की कतार। लग्ज़री कारों की भीड़। एक कोठी में डॉक्टर का क्लीनिक। मैं कुछ पल बाहर खड़ा रहा। वह मनुष्यों का डॉक्टर था।

उसने मुझे देखा। फिर बाज़ को देखा। "पेशेंट आप हैं?" उसने पूछा। मैंने कहा, "पेशेंट मैं नहीं डॉक्टर साहब ...ये बाज़ है।"

"बाज़?"

"जी।"

"आप गलत जगह आ गये हैं।"

"जानता हूँ सर... इसका फर्स्टएड जैसा कोई ट्रीटमेंट!"

उसने मुझे तल्ख नजरों से देखा। हँसा। उसकी हँसी किसी फब्ती जैसी थी। वह कुछ सोचता रहा। फिर वह किसी मरीज का एक्स-रे देखने लगा। एक्स-रे देखते-देखते बोला, "इसे यहीं छोड़ जाइए।"

"क्यों?"

"हम इसका इलाज करेंगे।"

"मैं इसे छोड़कर नहीं जा सकता।"

"तो ले जाइये! ...रास्ते में मर जायेगा।"

"आप इसका इलाज मेरे सामने कीजिये। ...मैं आपको फीस दे दूँगा।"

"मेरी फीस एक हजार है।"

"एक हजार...?...बहुत ज्यादा फीस है।"

"तभी तो कह रहा हूँ इसे यहाँ... सामने पड़ी टेबल पर रख जाओ। हम इसे लाइफ सेविंग ड्रग्स देंगे। इसकी कई हड्डियाँ टूट गयी हैं इसे दो-तीन पेन किलर देंगे। एक खास तरह की स्टरलाइज कॉटन में रखेंगे।"

"यहाँ कोई जानवरों...मेरा मतलब है कि पशु-पक्षियों का डॉक्टर हो तो उसका पता बता दीजिये, डॉक्टर साहब।" मैंने बड़ी विनम्रता से कहा।

"मैन इज़ आलसो ए सोशल ऐनिमल।" डॉक्टर ने मुस्कराते हुए कहा। मुझे उसका मुस्कराना बिल्कुल अच्छा नहीं लगा। मैं समझ गया था कि यह डॉक्टर हर दुख का मज़ाक़ उड़ाना जानता है।

मैंने बाज़ को उठाया। चलने लगा तो वह बोला, "इसके तीन सौ रुपये दे सकता हूँ।"

"मैं बाज़ को बेचने नहीं आया।"

"मैं तुम्हारे सेंटीमेंट्स की कद्र करता हूँ।"

"मुझे आपके काम्पलीमेंट्स की जरूरत नहीं है।"

"कोई बात नहीं। लीव इट। लेकिन इस बाज़ को कब तक चिपकाये रखोगे?"

"जब तक यह ठीक नहीं हो जाता।"

"ठीक तो होने से रहा ...परहैप्स... हॉफ एन आवर इसकी लाइफ है... पच्चीस तीस मिनट की जिन्दगी...अभी मर जायेगा ये।"

"तो आप क्यों खरीदना चाहते हैं?"

"खरीदने की बात पर आपको बहुत गुस्सा आया?"

"हाँ, आपने बात ही ऐसी की है।"

"जेंटलमैन! यू नो. जिन्दा आदमी अपनी किडनी बेच रहे हैं...आप ऑलमोस्ट डेड बाज़ के लिए टेंशन ले रहे हैं।"

"मैंने पूछा था... आप बाज़ को क्यों खरीदना चाहते हैं?"

"बात ये है कि डॉक्टरों के अपने सीक्रेट होते हैं।"

"सीक्रेट सीबीआई के होते हैं ...आर्मी के होते हैं ...डॉक्टरों के क्या सीक्रेट?...उनके पास तो ट्रांसपरेंसी होती है।"

"आई लाइक इट। ...चलो मैं अपना सीक्रेट बता देता हूँ। मैं बाज़ को अच्छे 'काम' के लिए खरीद रहा था। ...मेरे तीन पेशेंट लकवाग्रस्त हैं। बाज़ का खून उन्हें पिलाया जाये तो वे ठीक हो सकते हैं।"

"बाज़ का खून?"

"ऑफ कोर्स!"

"लोग तो कबूतर के खून का कहते हैं।"

"क्योंकि बाज़ मिलते नहीं, इसलिए।"

"आप लोगों के अन्धविश्वासों को यकीन में बदल रहे हैं कि बाज़ के खून से..."

"...बाज़ तो मर ही रहा है। मरते हुए बाज़ से अगर कुछ लोगों का लकवा ठीक हो जाये तो इसमें बुरा क्या है? ...यह एक प्रैक्टिकल थिंकिंग है।"

मैंने डॉक्टर को देखा। पॉश कालोनी का वह डॉक्टर मुझे तिजोरी जैसा लगने लगा था। मुझे लगा, यह आदमी डॉक्टर नहीं... निस्संगता की फोटोस्टेट कॉपी है।

उसके क्लीनिक से बाहर आकर मैंने एक रेहड़ीवाले से वेट्टरनरी डॉक्टर के बारे में पूछा। उसने बताया, ई बी ब्लाक में एक डॉक्टर है लेकिन वह शाम को छह से आठ बजे तक रहता है।

मैंने घड़ी देखी। तीन बजे थे। तीन घण्टे मैं डॉक्टर का तो इन्तजार कर सकता था। लेकिन मौत ने इन्तज़ार नहीं करना था।

मार्किट आकर मैंने पेनकिलर और बीटाडीन मरहम खरीदी। सोचा घर जाकर इसका इलाज करूँगा। वहाँ वेट्टरनरी डॉक्टर को भी दिखा दूँगा।

मैं नौ सौ अस्सी नम्बर की बस में बैठा था। बाज़ मेरे हाथ में था। लोग मुझे हैरान नजरों से देख रहे थे। बाज़ का होना हैरानी का सबब था। मैं लोगों की परवाह न करते हुए बाज़ के विषय में सोच रहा था। अगर यह बाज़ घायल न होता तो अपनी धज, शोखी, चंचलता और स्वच्छन्दता के साथ उड़ रहा होता। आसमान उसका घर होता। हवाएँ उसकी हमसफर होतीं। दरख्त की कोई शाख उसकी सराय होती जहाँ वह कुछ देर विश्राम करता और फिर लम्बी उड़ान पर निकल पड़ता।

मैंने बाज़ को अपने बैग पर रख दिया था। बिटाडीन की मरहम मैंने उसके परों के बीच लगायी तो एक बार बहुत हलकी-सी कँपकँपी महसूस हुई। उसमें ताकत होती तो अच्छे-से कँपकँपाता। उसने एक बार आँख खोली। मुझे देखता रहा। जैसे वह मेरा आभार व्यक्त कर रहा हो। कह रहा हो—हम जीव जन्तुओं का संसार बड़ा असुरक्षित होता है। हम इंसान को अपना दोस्त समझते हैं। इंसान हमें मांस का लुकमा बना देता है।

मैं उसके परों को सहलाता रहा। वह अधमुँदी आँखों से मुझे देखता रहा। उसे देखने में जिन्दगी की नहीं, मौत की गन्ध थी। मुझे अफसोस था कि मैं उसके लिए कुछ नहीं कर पाया था। काश, कोई हमदर्द डॉक्टर उसका उपचार करता, तो मुमकिन था बाज़ इस जिन्दगी की सरहद छोड़कर मौत के दश्त में न उतर जाता। लेकिन हमारी दुनिया की पाठशाला भी अजीब है जहाँ दया और प्रेम के बदले नफरत का पाठ सिखाया जाता है। कुत्ते, बिल्लियाँ, बन्दर, साँड़, मकोड़े, छिपकली, गिद्ध, चील, कौवे—इन सबसे हम नफरत ही तो करते हैं। पता नहीं क्यों? शिकार

कथाओं में मलामत, अफसोस और दुख के बदले गर्व और अहंकार के आदमकद किस्से गढ़े गये।

मृत्यु इसी तरह आती है–दबे पाँव। बेआवाज। मृत्यु के शायद पाँव नहीं। या फिर उसे अपनी पदचाप को गुम करना आता है। मृत्यु की खामोशी के सामने जिन्दगी के तमाम शोर-शराबे गूँगे हो जाते हैं।

बाज़ ने आखिरी बार आँख खोली। आँख खोलना उसके लिए बहुत मुश्किल था। जिन्दगी और मौत की कशमकश के बीच वह मुझे देख रहा था। जैसे कह रहा हो–अच्छा दोस्त, मैं तो जा रहा हूँ लेकिन एक निवेदन है–दरख्तों को मत काटना... मुण्डेरों को मत तोड़ना–परिन्दों के लिए थोड़ी-सी जगह तो बची रहनी चाहिए।

बाज़ ने गर्दन एक ओर झुका दी। मैंने गहरी साँस ली। जैसे मेरे किसी सगे की मौत हुई हो। मेरे बैग में पेनकिलर और बिटाडीन थे। मेरे बैग के ऊपर बाज़ का मृत शरीर था।

मैं कर्मपुरा उतरा। वहाँ फ्लाईओवर बन रहा था। बाज़ को मैं रूमाल में लपेटे हुए था। मैं चाहता तो उसे नाले में फेंक सकता था या फिर पेशाबघर के कहीं पीछे।... मैंने थोड़ी-सी मिट्टी खोदी। बाज़ को उसमें रखा, उसी रूमाल के साथ...रूमाल किसी कफन की तरह था और मेरी ख़िराजे-अकीदत की तरह भी।

मैंने बाज़ के शव पर बहुत सारी मिट्टी डाल दी। दो पल खड़ा रहा। अचानक किसी अदीब की बात याद आ गयी–परिन्दे कभी खत्म न हों... वे हमें उड़ने की कलाएँ देते हैं और जीने का अदब।

मैं जब मुड़ने लगा तो ठिठक गया। पता नहीं क्यों, मुझे बाज़ का आँखें खोलकर देखना याद आ गया। वह मुझे अपना दोस्त समझ रहा था और जाते-जाते अपनी इस उड़ान के सारे आसमान मुझे सौंप गया था।

ख़ाली बेंच

एक शाम उन्होंने शीवास रीगल की बोतल को खोला। शराब गिलास में डालते-डालते रुके। ठिठके। खेल खेलने की तमन्ना पैदा हुई उनके ज़ेहन में। खेल अपने साथ या फिर वक़्त के साथ! खेल या फिर फरेब! या फिर जश्न ...ग़रूर का जश्न!

बोतल को उन्होंने उल्टा कर दिया। स्कॉच ज़मीन पर गिरती रही धीरे-धीरे। वो देखते रहे, एकटक! इस खेल को खेलनेवाले और इस खेल को देखनेवाले, एक अकेले वो थे–देवराज! बोतल ख़ाली हो गयी। तरल घास में फैला। ज़मीन ने सोख लिया। वो ख़ाली बोतल को देखते रहे। मुस्कराते रहे।

मुस्कान जैसे किसी ने उतार ली हो उनके होठों से। वो अपनी मुस्कान टटोलते रहे। नहीं थी। एक तल्ख़ दृश्य था। दो चीज़ें खाली थीं–शराब की बोतल और वो ख़ुद! दो चीजें ग़ैरज़रूरी थीं–शराब की बोतल और वो ख़ुद! दो चीज़ें व्यर्थ थीं–शराब की ख़ाली बोतल और वो ख़ुद!

शराब की गन्ध। विचारों का सैलाब! स्मृतियों का आखेट। अकेलेपन का दश्त! और वो...देवराज!

शराब की पूरी बोतल को गिराकर उन्हें रत्तीभर भी मलाल नहीं हुआ था। बल्कि सुख मिला था उन्हें। सुख इस बात का कि वो ऐसा महँगा खेल भी खेल सकते हैं।

लेकिन ख़ाली बोतल जैसे उन्हें चिढ़ा रही हो। ख़ाली बोतल जैसे आईना बन गयी हो और वो उसमें अपना अक्स देख रहे हों। अपना अक्स, जिस पर कभी वो नाज़ करते थे, उसी अक्स से डरने लगते हैं।

ख़ाली बोतल को उछालकर दूर फेंक दिया था उन्होंने।

शीवास रीगल की पूरी बोतल को ज़मीन पर गिरा कर जो खेल खेला था देवराज ने, वो खेल था या फिर सीने में जमी कोई बर्फ़, जिसे वो पिघलाना चाहते थे। यह भी सम्भव था कि वो अपने अन्दर के ज़ईफ़ अकेलेपन को रिझाने या

बहलाने की कोशिश कर रहे हों।

मेज़ पर रखी दूसरी बोतल से उन्होंने लार्ज पेग तैयार किया। ऑन दि राक्स! फिर एक लफ़्ज़ धीरे से गूँजा—"चीयर्स!" जैसे कि देवराज ने फार्म हाउस के गाढ़े सन्नाटे के साथ चीयर्स किया हो। सन्नाटे को चुप रहने की आदत और देवराज को चुप से बोलते रहने का ख़ब्त!

गिलास में एक और आइस क्यूब डालने का सोचा। आइस क्यूब बाक्स को खोला। पिकर से आइस क्यूब निकालने लगे। निकला नहीं। हाथ से आइस क्यूब उठाया। क्यूब हाथ में आया। क्षण भर रहा। फिसल गया। अचानक! देवराज आइस क्यूब को पकड़ने लगे। फिसलने से बचाने की कोशिश में वो खुद लुढ़कते चले गये। कुर्सी गिरी। वो ख़ुद भी गिरे। मेज़ नहीं गिरी। पेग नहीं गिरा। आइस क्यूब बाक्स, पिकर, सलामियाँ, फिश फ़िंगर और 'नट्स' भी नहीं गिरे। गिरे केवल देवराज। पीने से पहले। गिरे तो पड़े रहे। जैसे कोई उठाने आयेगा उन्हें। उनके दोस्त। उनके हबीब। उनके ख़ैरख़्वाह। उनके साहबज़ादे!

वो जानते थे कोई भी नहीं आयेगा। दूर, नौकर चाकर, सब थे। लेकिन वो दोस्त नहीं, सिर्फ़ नौकर थे। दोस्त सहारा देते तो वे उठ खड़े होते। यह दोस्ती का जश्न होता। दोस्त नहीं थे। नौकर थे। नौकर उन्हें आकर उठाते तो लगता एक गिरे हुए आदमी को उठाया है उन्होंने। नौकर मालिक को उठायें तो कितनी बड़ी तौहीन!

तौहीन तो ख़ुद की थी उन्होंने अपनी। एक आइस क्यूब के लिए लुढ़कते चले गये। शीवास रीगल की बोतल को ज़मीन पर बहाकर मुस्करानेवाला शख़्स, आइस क्यूब के लिए ज़मीन पर लुढ़क गया!

देवराज, एक बेहद ग़रीब आदमी अब भी तेरे अन्दर मौजूद है—उन्होंने अपने आपसे कहा।

ऐसा लगता था, आइस क्यूब, महज़ आइस क्यूब नहीं, गुज़िश्ता समय का कोई कालखण्ड है और देवराज उसके पीछे भाग पड़े हैं। भागे हैं बेतहाशा और लुढ़क गये हैं।

पैंसठ वर्ष के देवराज, अपनी देह को वर्तमान में रखकर, अक्सर लौट जाते हैं बहुत पीछे!

देवराज उठ बैठे। लेकिन उनके अन्दर पता नहीं क्या, जो गिरा रहा। वो नहीं उठा। वो क्या था, जो उनके उठने के बाद भी ज़मीन पर गिरा रहा। हो सकता है, वो आत्मा हो। देह उठ बैठी। आत्मा पड़ी रही।

देवराज। लॉन। मद्धम रोशनी। फार्म हाउस की चुप। ख़ामोशी। फूल। खुशबू। दरख़्त। साये। उदासी के टुकड़े। अकेलेपन का टापू। निर्जनता का बियाबान! और

देवराज! बूढ़े अकेलेपन और थकी हुई खुशियों के साथ।

छोटी मेज़। मेज पर भरा हुआ गिलास। कुछ दूर लैम्पपोस्ट की रोशनी। खाने का सामान। कितना कुछ। सब कुछ। सब कुछ...जैसे कुछ भी न हो।

हाथ में भरा हुआ गिलास। गिलास जैसे ख़ाली हो। ख़ाली गिलास। ख़ाली देवराज की तरह।

देवराज ने वक़्त को, मुँह में रखकर चबाया है। जैसे वक़्त न हो, कच्चे मांस का टुकड़ा हो। नामुराद वक़्त! भद्दी-सी गाली दी है देवराज ने। वक़्त को गाली।

जब वो जवान थे तो दोस्तों की महफ़िल में कहा था उन्होंने—"वक़्त से पिछड़े लोग वक़्त को गाली देने लगते हैं। बौने लोग आसमान की तरफ़ थूकते हैं। कमज़ोर लोग हवाओं को मुक्के मारते हैं...लेकिन मैं! मैं देवराज! ज़िन्दगी के जश्न मनाता हूँ। क्योंकि मैं ज़िन्दगी को जीता हूँ।"

उनकी बातों पर सब 'आफ़रीन' करते थे। लेकिन आज शाम जब उन्होंने वक़्त को गाली दी थी तो वो बेहद अकेले थे—कारवाँ से बिछुड़ा हुआ कोई शख़्स! न आफ़रीन न मरहबा!

कितना कुछ है देवराज के पास। धन। वैभव। फार्म हाउस। बंगला। हीरे की अँगूठियाँ। अरमानी, पीयरे कार्डिन के सूट। दो कारें। ड्राइवर। नौकर चाकर। सब तो है। महँगी शराबें। कीमती इत्र। सब तो है। लेकिन न होने जैसा। सुविधाओं का अम्बार जैसे सुविधाओं का पहाड़ हो। और उस पहाड़ के शिखर पर बैठा, एक शिखर पुरुष—देवराज!

अकेले देवराज। अकेला जाम। अकेली शाम। कुर्सी में धँसे हुए या गिरे हुए। किसी गिरी हुई शाम की परछाई जैसे। धुँधली रोशनी जैसे। किसी लैम्पपोस्ट जैसे, अकेले।

किसी डाकिये जैसे देवराज! जिसके पास दूसरों की सैकड़ों चिट्ठियाँ होती हैं, अपनी चिट्ठी कोई नहीं होती।

देवराज घूँट भरते हैं। गिलास रखते हैं। सोचते हैं। वो किसी यार्ड में खड़े ख़ाली, सवारी डिब्बे जैसे तो नहीं? वो डिब्बा, जिसकी सब सवारियाँ, स्टेशन-दर-स्टेशन उतरती चली जायें, और आखिर में शंट करता इंजन, किसी 'सिक' (बीमार) लाइन पर ख़ाली-सा छोड़ जाये डिब्बे को।

घूँट भरते हैं। सोचते हैं। अक्सर ऐसा होता है। शाम। शराब। जाम और उनकी आदत—वक़्त के ज़ंगखाये सन्दूक को खोलना और झाँकना और गुम हो जाना...

वो थे। बेशुमार दोस्त थे। उनके कद्रदान थे। उनकी नवाज़िशों का शुक्रिया अदा करते लोग थे।

वो दोस्तों के बीच होते। ख़ुशलिबास। ख़ुशख़्याल मुस्कराते। हाथ मिलाते। शान, उनकी रग रग में। शौकत उनका व्यक्तित्व! पार्टी में होते तो पार्टी का मर्कज़ बन जाते। हाथ में जाम। दिल में उमंग। तीस, चालीस, पचास की उम्र तक वो ख़ुद को 'यंगमैन' समझते रहे। नौजवानों वाली अदा। शैतानियाँ। ठहाके। हर ख़ूबसूरत औरत का पीछा करती उनकी दृष्टि। नशा शराब का। नशा दौलत का। नशा अपनी शख़्सियत का। और नशा आत्ममुग्धता का। आत्ममुग्धता का नशा सबसे बड़ा। पैर के नीचे से, लम्हों का कालीन खिसकता रहा। उम्र के निशान चेहरे पर उभरते रहे। लेकिन देवराज, ख़ुशफ़हमियों के मेकअप से ख़ुद को रिझाते रहे।

कितना कुछ है उनके पास! अरमानी के सूट! लेकिन काया बेडौल। रोलेक्स और वर्साचे की बेहद महँगी घड़ियाँ। पर उस कलाई का क्या करें जो बेशक मोटी है लेकिन कितने काले-मटमैले धब्बे उभर आये हैं। हीरे की अँगूठियाँ हैं ज़रूर लेकिन हाथ काँपते हैं। ...कारें...ड्राइवर...नौकर...फार्महाउस...धन...वैभव! और ज़िन्दगी का एक वीरान टापू, जिस पर वो इतने अकेले हैं जितनी की रेत में धँसी कोई कश्ती!

किसी डाकिये जैसे देवराज! जिसके पास दूसरों की सैकड़ों चिट्ठियाँ होती हैं, अपनी कोई भी नहीं।

डाकिये जैसे या सवारी गाड़ी जैसे! जिसकी सवारियाँ स्टेशन-दर-स्टेशन उतरती चली जायें और आख़िर में शंट करता इंजर, उस रेलगाड़ी को 'सिक' लाइन पर खड़ा कर दे!

ज़िन्दगी सचमुच 'सिक' लाइन है और देवदत्त! ख़ाली सवारी डिब्बे जैसे! सब उतरे चले गये रफ़्ता-रफ़्ता! कितने सारे दोस्त थे! कहाँ गये? सबके सब! तब, हाथ मिलाते तो हाथ थक जाते। अब हाथ इसलिए थक जाते हैं कि कोई हाथ मिलाता ही नहीं!

पैंसठ की उम्र इतनी ज़्यादा तो नहीं होती कि मौत से पेशतर कोई ताबूत में जा गिरे!

वो अब भी अपने आपको शानदार समझते हैं। हमेशा वेल ड्रेस्ड! यहाँ तक कि बगल में महँगे इत्र का स्प्रे भी करते हैं। एक मादक-सी ख़ुशबू! लेकिन यही मादक ख़ुशबू, उन्हें अहसास कराती है कि वो बेहद अकेले हैं।

वो दौर और था जब वो दोस्तों के बीच गिलास टकराते। ठहाका लगाते और गाते—लांगलिव फ्रेंडशिप! फ्रेंडशिप लांगलिव! कनखियों से सुमनलता को भी देख रहे होते। ब्लडीमैरी का गिलास और सुमनलता, दूर से मुस्कराती तो देवराज के भीतर बिजली-सी रेंगती...कहकशां-सी बिछती!

देवराज शाहख़र्च थे। वो धन कमाना जानते थे। वो ख़र्च करना भी जानते थे। वो धन ख़र्च करते और स्त्रियाँ पुरुष उन पर 'ख़र्च' होने लगते। यह सुख था। आनन्द था। आत्मा को सुख देनेवाला आनन्द!

देवराज के दोस्त, देवराज को महफ़िलों का शाहकार कहते। शाहकार और फ़नकार!

सिटी क्लब के अन्दर प्रविष्ट होते। चाल को स्थिर करते। एक शानदार शख़्स। शानदार पोशाक! शानदार मुस्कान! लेकिन मुस्कान प्रपंच रचती। उनके पहुँचने से पहले उनके जिस्म पर छिड़के गये परफ्यूम की खुशबू, हाल में प्रविष्ट कर जाती। एक व्हिस्परिंग-सी होती—"डी.आर. आ गये।" डी. आर. यानी देवराज! उनकी आमद के बाद, एक विस्थापित-सा वातावरण स्थापित होने लगता। स्त्रियाँ उनकी तरफ़ देखतीं—प्रशंसा। सद्‌भावना। मित्रता। प्रेम। इश्क। वासना। या फिर सिर्फ़ देखना...पता नहीं क्या?...देवराज को देखकर उनके तमाम दोस्त, अपने गिलास मेज़ों पर रख देते—हाथ ख़ाली रहें ताकि देवराज से हाथ मिलाने का शर्फ़ हासिल कर सकें। और देवराज देखकर, अनदेखा कर जाते। उपेक्षा एक 'वार' की तरह होती। वो वार करते। वो दोस्तों के करीब होते। लेकन उनके अन्दर एक रक़ीब भी होती। 'किलिंग इंस्टिंक्ट—एक लफ़्ज हमेशा उनके पास रहता, सुरक्षित। शह-मात के खेल में मात देना सुखद लगता। वो सुख हासिल करते। तिलिस्म रचते।

लेकिन तिलिस्म! तिलिस्म टूटे तो कुछ नहीं बचता। खेल ख़त्म हो जाता है। जादूगर भौचक-सा खड़ा रह जाता है। छलनाएँ हँसती हैं। अपने किये पर हँसती हैं।

जगह जितनी ज़्यादा बड़ी, अकेलापन उतना ज़्यादा गाढ़ा। विशाल फ़ार्म हाउस। तीन एकड़ में फैला। फूल। क्यारियाँ। झरने। पौधे। दरख़्त। नज़रें उठाकर देखो तो चकित खड़ें रहो। यूँ लगे जैसे बहिश्त यहीं-कहीं हो। जिस शय को देखो, कुदरत का नायाब तोहफ़ा नज़र आती है। हर शय दुख रहित! फार्म हाउस के एक कोने में बनी खूबसूरत इमारत तक इतराती हुई। हर शय खुश। जैसे कि फार्म हाउस दुख रहित कोई टापू हो। लेकिन इस टापू का मालिक—देवराज! जैसे दुख की बस्ती।

बहुत आहिस्ता से पीते हैं। जैसे पी न रहे हों शराब के पेग के साथ गोल्फ़ खेल रहे हों। एक घूँट के बाद दूसरा घूँट...जैसे एक सदी के बाद उन्होंने दूसरा घूँट भरा हो।

लोहा मण्डी में सरिये की छोटी-सी दुकान! और कहाँ से कहाँ पहुँच गये देवराज! लोहा और रियल स्टेट! दोनों ने देवराज को मालामाल कर दिया। इतना धन कि जैसे वो बादशाह सलामत हों। और धन की किताब का तो पहला पाठ ही यही है वो खुशियाँ बेशक देता हो, सुख नहीं देता। वो अहंकार ज़रूर देता है लेकिन इंसानी विनम्रताएँ छीन लेता है।

देवराज सिटी क्लब में जाते। शाम के वक़्त। सजधज कर। पैसा इंसान को नये तरीक़े से 'लेमिनेट' करता है। और देवराज तो जैसे चलती फिरती सरकस।

उनके यार दोस्त उन्हें 'आयरनमैन' कहते। और वो मुग्ध भाव से ख़ुद को निहारते। ऐसे जैसे। वो ख़ुद नहीं, कोई और देख रहा हो उनको! जैसे चाँदनी रात में कोई शैदाई ताजमहल को देखता है इस तरह वो अपने आपको देखते। देखते और रीझते। तब वो मनुष्य कम, स्टील का चमचमाता पैकर ज़्यादा लगते। आख़िर, वो एक स्टील कम्पनी के ही तो मालिक थे।

शाम के वक़्त सिटी क्लब में जाना उनके लिए ज़िन्दगी-का जश्न होता। चालीस-पैंतालीस के देवराज 'यंगमैन' नज़र आते। क्या दोस्त क्या स्त्रियाँ—सब उनके ख़ैरमक़दम में तत्पर!

वो घूँट भरते। क्लब में दोस्तों के साथ फ़्लैश खेलते। अक्सर जीतते। लेकिन कभी-कभी लाख-दो लाख या पाँच दस लाख हार जाते। जानबूझकर हारते। वो हारकर दोस्तों के कन्धे पर हाथ रखते। हँसते जॉनीवाकर स्प्रिंग के आखिरी घूँट भरते हुए कार की तरफ़ रवाना होते। यूँ लगता, जैसे वो हारकर नहीं, जीतकर जा रहे हैं।

लेकिन अब, ज़िन्दगी उन्हें जीतने नहीं देती। पता नहीं क्यों हारनेवालों के पास तीन बादशाह होते हैं जीतनेवालों के पास तीन इक्के!

तीन-तीन बादशाह और शिकस्त!

शिकस्त और दिलफ़रेब! शिकस्त और पाँव के नीचे का कालीन छीनती। शिकस्ता और देवराज को शिकस्ता-हाल करती!

एक शाम उन्होंने शामलाल को फ़ोन पर ड्रिंक्स और डिनर के लिए दावत दी थी। "कमऑन शामलाल! आज शाम 'जे.डी.' हो जाये! ...कुछ पुरानी बातें ...गये ज़माने की यादें।"

शामलाल जैसे चिढ़ाना चाहते हों देवराज को, "पुराने जमाने से वो लोग खेलते हैं देवराज! जिनके पास अपना टुडे नहीं होता...अपना इमरोज़ नहीं होता! रही बात जैक डैनियन की तो कुछ बोतलें मेरी बार में भी रखी हैं। इंजाय देवराज! एण्ड लिसन देवराज! ख़ाली और अकेले होने से डर लगता हो तो एक चेयर अपने सामने रख लिया करो। चेयर खाली और उसके सामने गिलास ख़ाली। कुछ आइस क्यूब डाल दिया करो! उधर आइस क्यूब पिघलेंगे, इधर तुम!"

शामलाल ऐसा करख़्त जवाब देगा कि एक-एक लफ़्ज रेग़मार की तरह, मन और तन को छीलता चला जाएगा ऐसा तो देवराज ने कभी सोचा ही नहीं था। बेशक वो सिटी क्लब में अक्सर शामलाल को अपमानित कर देते और वो हँस पड़ता था। तिलमिलाता ज़रूर था। जितना वो तिलमिलाता उतना देवराज मसरत हासिल करते। लेकिन आज मंज़र दूसरा था।

जवाब इन्द्रनाथ ने भी कुछ ऐसा ही दिया था। "तो देवराज आप खाली हैं। मुझे अपने घर दावत दे रहे हैं! यानी मैं आपके साथ फिलइन द ब्लैंक्स का खेल

खेलूँ।"

तरसेम ने तो जैसे खिल्ली-सी उड़ायी थी, पता नहीं अपनी या देवराज की, "मेरे जूते गन्दे हैं देवराज! लेकिन तुम्हारे घर का फ़र्श चमकता हुआ! मैं कैसे आ सकता हूँ?"

इसी तरसेम के जूते देखते हुए एक दिन देवराज ने कहा था, "कुछ लोग जूतों से ज़िन्दगीभर साथ निभाने का वादा कर बैठते हैं और फिर अपनी प्रतिज्ञा पर खरे उतरते हैं।"

देवराज की पत्नी गुज़र चुकी है। दोनों बेटे अलग रहते हैं। दोनों बेटों ने अपने पिता का काम सँभाला और फिर धीरे-धीरे पिता को बेदख़ल कर दिया। बेटे समझदार थे। वो अपने पिता का हस्तक्षेप तो बरदाश्त कर लेते लेकिन पिता जो तानाशाह होते गये थे, उन्हें कौन स्वीकार करता। अन्ततः देवराज के पास नारायणा की कोठी, महरोली का फ़ार्म हाउस, बैंकों में पैसा, घर में, लॉकरों में छुपाकर रखे लाखों के नोट बचे थे और बची थी सम्बन्धों की राख!

दोनों बेटे आते हैं कभी-कभी। पिता से मिलने? नहीं। पिता से मिलने नहीं। वो यूँ आते हैं जैसे कोई मुआयना करने आता है—तीसरी या चौथी आँख लगाकर। वो बैठते नहीं। कमरों में घूमते रहते हैं। जैसे अपनी गुम हुई किसी चीज़ को या फिर गुम हुए अपने पिता को ढूँढ़ रहे हों।

देवराज चाहते हैं उनके बरख़ुरदार इत्मीनान से बैठें। जूते और जुराबें उतारकर। डबल बेड पर। आलथी-पालथी मारकर बैठें। बीच में अखबार बिछे हों। अखबारों पर गिलास, गिलास में जानीवॉकर सप्रिंग! प्लेट में पापड़। सिरकेवाले प्याज़। मूँगफलियाँ। पनीर के टुकड़े और भुनी हुई शकरकन्दी!

बहुत पहले...हाँ बहुत पहले तीनों जन इसी तरह पीते थे। पीने से पहले दोनों बेटे पिता के पाँव छूते। ग़लती माफ़! शराब पीना ग़लती थी और उसकी माफ़ी उस पिता से जो अपने बेटों के लिए पैग तैयार कर रहा होता।

लेकिन अब! अब वो मंज़र नहीं रहा। न वो समय न वो जज़्बा। अब उस समय की स्मृतियाँ हैं जो शाम के वक़्त, अक्सर देवराज को तंग करती हैं। जब वो अकेले बैठे होते हैं अपना गिलास थामे! काँपता-सा हाथ! लड़खड़ाता यथार्थ! उदासियाँ और मेज़ पर रखी फिश फिंगर!

ये भी एक गुमान ही तो है—किसी के होने का गुमान! छः कुर्सियों वाली डाइनिंग टेबल—तीन एक तरफ़, तीन दूसरी तरफ़! बीच में एक कुर्सी उनकी। ख़ाली कुर्सियों के बीच वो होते हैं—कहीं ज़्यादा ख़ाली। ख़ाली और भगोड़े! भगोड़े...अपने वर्तमान से!

ख़ाली कुर्सियों के सामने प्लेटें सजवाते हैं। नेपकिन रखवाते हैं। कोने में रखे

सिस्टम पर जैज़ संगीत!

एक शाम कुसुमलता आयी थी। चकित रह गये थे देवराज! देवराज बोलते रहे और वो चुप रही। सामने पड़ी रही शेम्पेन। क्या मजाल कि एक घूँट भी भरा हो कुसुमलता ने। क्या मजाल कि एक वाक्य भी बोला हो कुसुमलता ने। बस बैठी रही चुपचाप!

और फिर देर रात गये चुपचाप उठकर चली भी गयी। और हैरानी इस बात की थी कि मेज़ पर शेम्पेन का भरा गिलास जस का तस पड़ा था। ...कुछ ख़ाली चीज़ें परेशान करती हैं तो कुछ भरी हुई चीज़ें भी तड़पा देती हैं। जैसे कि शेम्पेन का भरा गिलास!

शेम्पेन का भरा गिलास, दरहक़ीकत, सम्बन्धों के ख़ालीपन का अहसास करा रहा था।

यह वही कुसुमलता थी...देवराज के लिए 'के'। तब आकर्षण का केन्द्र हुआ करती थी। पार्टियों की जान। और दिलफेंक लोगों की धड़कन! तब, देवराज भी कम सजीले नहीं थे। लेकिन इसी कुसमलता को उन्होंने किसकदर बेइज़्ज़त किया था। गोया कि सरेबज़्म उसके कपड़े उतार लिए हों। वो तो इतराते हुए अपनी फ्रेंड्स के साथ, देवराज से हाथ मिलाने आयी थी और देवराज ने अपने गिलास में बची शराब, कुसुमलता के चेहरे पर फेंकते हुए कहा था, "थोड़ा मुँह धो लो 'के'। तुम्हारे चेहरे पर किसी मर्द के चूमने के निशान हैं।"

आफ़रीन कुसुमलता! इतना अपमान और ज़रा भी विचलित नहीं हुई थी वो। क्लब का लाइफ़ स्टाइल, दृढ़ता तो पैदा करता ही है। शराब को चेहरे से पोंछे बगैर कुसुमलता ने बड़े ठहरे हुए अन्दाज़ में कहा था, "डी. आर.! (देवराज) मेरे चेहरे के निशानों की चिन्ता मत करो। अपने आपको देखो। वक़्त की उँगलियों पर जब पैने नाखून उभरेंगे, तब वो तुम्हारे चेहरे की पर्तें उतारेगा...तब तुम अपने चेहरे को देखना...।"

चेहरे पर ही नहीं, ज़िन्दगी पर भी हज़ारों निशान उभर आये हैं।

ज़िन्दगी! ज़िन्दगी है भी क्या? किसी गिरजाघर में, ख़ाली पड़े बेंचों का हजूम!

मग़रूर सामन्तों के साथ अक्सर ऐसा ही होता रहा है—दिल पर ज़ख़्म और जिस्म पर वैभव की वर्दियाँ।

दिन अकेले हों तो ऐसा लगता है जैसे दुनिया की तमाम घड़ियाँ बन्द हो गयी हैं।

एक दिन उन्होंने आयशा रश्क को फ़ोन किया था जो शायरी करती थी, जो सिटी क्लब में कभी-कभार अपनी नज़्में भी सुनाती थीं। फ़ोन पर जब देवराज ने

बहुत सारी बातों के बाद अचानक ऐसे सवाल पूछा था जैसे कोई दोस्त अपने पुराने दोस्त से सलाह ले रहा हो, पूरा दिन मैं कैसे गुज़ारूँ आयशा रश्क?

ऐसा जवाब दिया था जैसे दोस्ती के सारे कर्ज़ उतार रही हो। जवाब में तंज़ था या खिलन्दड़ापन—पता नहीं क्या था, लेकिन जवाब तो जवाब था, "देवराज, आप चप्पलें पहनते हैं न!"

"हाँ लेकिन क्यों?" चकित होकर पूछा था देवराज ने।

"अपनी चप्पलों को कहीं छुपाकर रख दीजिए। और दिन भर उन्हें ढूँढ़ते रहिए। जब दिन गुज़र जाये और आप थक जायें तो फिर जहाँ चप्पलें रखी थीं, वहाँ जाकर उठा लीजिए।"

लेकिन सवाल एक और भी है। देवराज चप्पलें तो कहीं छुपाकर रख भी दें...लेकिन अपने आपको कहाँ रखें? अपने आपको जहाँ भी रखेंगे...लोहामण्डी का आयरनमैन उनका पीछा करता वहाँ तक चला आयेगा।

लाइफ़ टाइम अचीवमेंट अवार्ड

यह एक औद्योगिक नगर है और इस नगर का चैम्बर ऑफ कामर्स गुलाब राय को लाइफ़ टाइम अचीवमेंट अवार्ड से नवाज़ रहा है। औद्योगिक हल्कों में इसकी चर्चा है। सिटी क्लब में, ड्रिंक्स शेयर करते वक़्त, मोतबर लोग इस अवार्ड की चर्चा करने लगते हैं। हर शख़्स अवार्ड की व्याख्या अपनी तरह से करता है।

शहर में बहुत समारोह हुए हैं और समारोह में लोग बाग सम्मानित भी किये गये हैं—अवार्ड से लेकर नागरिक अभिनन्दन तक, सब हो चुके हैं। ...लाइफ़ टाइम अचीवमेंट अवार्ड पहली बार किसी शख़्सियत को दिया जायेगा और वो शख़्सियत—गुलाब राय।

तैयारियाँ हो चुकी हैं। कार्ड छप चुके हैं और वे बाँटे भी जा चुके हैं। स्टेज डिज़ाइन की ज़ा चुकी है। कितने लोग बैठेंगे। कितने लोग कितनी देर के लिए गुलाब राय की उपलब्धियों पर व्याख्यान देंगे...सब कुछ तय हो चुका है। चीफ गेस्ट तय हो चुका है और रिसेप्शन में स्कॉच का ब्राण्ड भी।

अड़सठ वर्ष के गुलाब राय। शहर की जानीमानी हस्ती। साहूकार और रोबीली शख़्सियत।

अभी पिछले साल की बात है। एक कमर्शियल प्लाट की बोली डेढ़ करोड़ पर अटक गयी। छोटा-सा प्लॉट और डेढ़ करोड़। ... डेढ़ करोड़। अभी बोली ख़त्म नहीं हुई थी। कुछ लेट हो गये थे गुलाब राय। लेकिन इतने लेट भी नहीं कि बोली ख़त्म हो गयी हो।

चमचमाती, काले रंग की मर्सडीज़—थ्री फ़िफ्टी से उतरे गुलाब राय। प्लाट के नक्शे, रक्बे और फ्रंट को देखा, सरसराती नज़रों से। पिछली बोली लगायी थी उनके प्रतिद्वन्द्वी—तारकनाथ ने डेढ़ करोड़ की बोली। प्लाट की 'वर्थ' डेढ़ पौने दो करोड़ ही थी।

मुस्कराये गुलाब राय और दो उँगलियाँ उठा दीं प्लॉट की बोली डेढ़ से दो करोड़ हो गयी।

स्तब्ध रह गये सब।

लेकिन गुलाब राय; गुलाब राय की यही तो सिफ़्त थी। वो नोट फेंकते थे। 'क़द' ख़रीदते थे।

गुलाब राय बड़े आत्मविश्वास के साथ कहते कि आप चाहें तो अपनी छवि के निर्माण में पचास साल लगा दें। या फिर बाज़ार में जायें और छवि खरीद लायें। उनकी मान्यता थी कि हर शय बाज़ार में बिकती है। अगर आप ख़रीदार हों तो शख़्सियत को भी ख़रीद सकते हैं।

प्लॉट की बोली लगाकर, गुलाबराय अपनी लग्ज़री कार में आ बैठे थे। दरवाज़े बन्द। शीशे बन्द; वो सवालों से बचते थे। सवालों से चिढ़ते भी थे। सन्नाटा न सिर्फ लक्ष्मण रेखा था बल्कि वो एक ऐसी शीशे की दीवार की तरह था जो गुलाब राय को तमाम आवाज़ों से अलग कर देता। एक आवाज़ उनकी अपनी पत्नी की भी थी जो कभी सवालों के रूप में उभरती थी। लेकिन बाद में वो एक जलती हुई मोमबत्ती बन गयी, जिसका काम सिर्फ गलना था।

यह शायद ढाई या फिर तीन साल पहले की बात होगी। हवाई जहाज़ से सफर कर रहे थे। एक खूबसूरत एयरहोस्टेस उनकी नज़र पर चढ़ गयी। बला की खूबसूरत। तराशी हुई फिग़र और मारक लुक।

उसी एअरहोस्टेस को आवाज़ दी। बड़ी शालीनता से कॉफी के लिए कहा। एअरहोस्टेस बिल्कुल भी नहीं जानती थी कि गुलाबराय की शालीनता भी जूठे च्युइंगम की तरह होती है। वो चबाते हैं। फेंकते हैं—थूक में लिपटा हुआ शालीनता का च्युइंगम;

एअरहोस्टेस ने बड़े अदब के साथ कोल्ड कॉफ़ी का गिलास गुलाब राय के हाथ में थमाया। वो नहीं जानती थी कि इस बीच क्या घटित होगा। लेकिन गुलाब राय तो आगे का स्क्रिप्ट अपने मन में लिख चुके थे। उन्होंने गिलास हाथ में लिया कि छींकने का अभिनय करते हुए, कॉफी का गिलास एयरहोस्टेस की साड़ी पर गिरा दिया।

उन्होंने सॉरी कहा। फिर मुस्कराये।

तिलमिला कर रह गयी एअरहोस्टेस। अपने आक्रोश को अपने अन्दर दबाते हुए बोली, "सर, आपने मेरी साड़ी ख़राब कर दी।"

गुलाब राय इसी वाक्य के इन्तज़ार में बैठे थे। तुरन्त बोले, "मैं इस साड़ी की दस गुना ज़्यादा कीमत देने को तैयार हूँ ...आप साड़ी उतार दीजिए।"

अश्लीलता के कीचड़ में सना हुआ फ़िकरा अभी गुलाब राय ने पूरा किया ही था कि एअरहोस्टेस का करारा थप्पड़ उनके गाल पर लगा।

सकपका गये गुलाब राय। ऐसी हरकतें वो करते रहते थे। जवाब पहली बार

मिला था।

शेखी, इज़्ज़त, शौर्य और मर्दानगी—सब ज़मीन पर आ गिरे थे।

दाँत पीसते हुए वो इतना बोल सके, "देख लूँगा तुझे।"

जवाब हाज़िर था एअरहोस्टेस का, "टू हेल विद।"

हवाई जहाज़ की बाकी यात्रा किसी फ्रीज़्ड हुए इंसान की तरह गुज़री।

लाइफ़ टाइम अचीवमेंट अवार्ड गुलाबराय को दिये जाने की घोषणा हुई है।

गुलाब राय।

लोग कह रहे हैं—"ही इज़ दि बेस्ट पर्सन।"

शहर का प्रतिष्ठित क्लब—सिटी क्लब; और सिटी क्लब के प्रेसीडेंट के इलेक्शन; क्लब के मैम्बरों द्वारा चुना जाना था प्रेसीडेंट; एक तरफ शंकरलाल तो दूसरी तरफ जुगलकिशोर; शंकरलाल की जीत लगभग पक्की थी क्योंकि उसे गुलाब राय सपोर्ट कर रहे थे। जुगल किशोर के पक्ष में खड़े थे मेजर दयाल।

नतीजे ने सबको चौंका दिया। जिसकी जीत को सब मेम्बर पक्का मान रहे थे, वही शंकरलाल हार गये। हरानेवाला कोई दूसरा नहीं, खुद गुलाब राय। यह तो बाद में पता चला। आँखों में धूल नहीं, पिसी हुई मिर्चें झोंकना और इतनी सलाहियत के साथ कि अन्त तक पता न चला शंकरलाल को। अपना करीबी, अपना नज़दीकी और अपना सहयोगी समझते रहे शंकरलाल जिस शख़्स को उसी ने प्रपंच रचा। दोस्ती के हाथ में पूर्वाग्रह का दस्ताना जो ताप नहीं देता था, संक्रमण ज़रूर फैलाता था—कुटिलता का।

शंकरलाल को तब पता चला जब खेल ख़त्म हो चुका था। और मदारी? वो तो अपनी डुगडुगी बजाकर, कब का जा चुका था।

बहुत बाद में एक शाम ड्रिंक्स शेयर करते जब शंकर लाल ने पूछा कि गुलाबराय, ऐसा क्यों किया तो गुलाबराय ने गहरी साँस लेते हुए कहा, "तुम्हारे एक फिकरे ने मुझे बेचैन कर दिया था शंकरलाल।... तुम्हें शायद याद न हो। लेकिन मैं उस फ़िकरे को कभी नहीं भूला।"

"क्या कहा था मैंने?" शंकर लाल ने घबरा कर पूछा। गिलास को उठाया। रखा। गुलाब राय को देखा।

"हम बहुत सारे दोस्त पी रहे थे। शायद हम दो-दो पेग पी भी चुके थे। पता नहीं कौन-सी चाल चली थी तुमने...शंकर लाल तुमने कहा था, "गुलाब राय, तुम जूते जितने साफ़ रखते हो, उतना दिल नहीं। तुम्हारे इस जुमले ने मुझे तड़पा दिया था।"

गहरी साँस लेकर शंकरलाल ने कहा, "गुलाब राय, तो तुमने साबित कर दिया कि तुम दिल के साफ नहीं हो।"

शंकरलाल ने तुर्की-ब-तुर्की जवाब दिया था, गुलाब राय को। यह एक ज़माना पहले की बात है। इसके बाद भी दोनों ने कई बार एक साथ ड्रिंक्स शेयर किया। आपस में पैग बदले। लेकिन कोई गाँठ-सी लगा ली शंकर लाल ने। और ख़ास-ख़ास मौकों पर गाँठ को थोड़ा ढीला भी किया। लेकिन गुलाब राय? अजीब फ़ितरत; ज़मीन से एक फुट ऊपर उठकर चलने की आदत; और हमेशा अपने होने का अहसास कराना। होना; यानी, एक मुक़म्मल उपस्थिति।

एक दिन सिटी क्लब में फ़्लैश खेलते रहे गुलाब राय। खेलते रहे और हारते रहे। चालीस-पचास हज़ार रुपये हार चुके तो साथ बैठै विपिन सेठ ने डील ख़त्म होने के बाद पूछा, "क्या बात है गुलाब राय? ...खूब हार रहे हो?"

गुलाब राय; वही कुटिल, शैतान और पेशेवराना मुस्कान। मुस्कराते रहे। ब्लाइण्ड खेलते हुए बोले, "विपिन सेठ, कभी-कभी जीतने से ज़्यादा हारना दिलचस्प होता है। अड़सठ साल की उम्र में जीतकर घर चले जाना कोई बड़ी बात नहीं होती। जब आप हारते हैं तो आप, अपने आपको असेस्स करते हैं।"

"वण्डरफुल।" विपिन सेठ, गुलाब राय की बात सुनकर खुश हुए। बात यहाँ तक होती तो बात में फ़लसफ़ा होता और गुलाब राय का बदलता दृष्टिकोण भी।

लेकिन गुलाब राय बोलते वक़्त हमेशा शब्दों को गुलेल बना लेते। यह उनका मिज़ाज था।

नयी डील। नये कार्ड्स; और बूट। और ब्लाइण्ड। कार्ड्स उठाकर मुस्कराये थे गुलाब राय। सीक्वेंस। आठ, नौ, दस; समझा गये थे शंकरलाल के पास छोटा-सा पेयर (जोड़ा) है—दो अट्ठियाँ या फिर दो गुलाम; इसके बावजूद उन्होंने गेम को लम्बा नहीं खेला। जाने दिया। पैक करते वक़्त अपने कार्ड्स विपिन सेठ को दिखाये। कार्ड्स पैक करने लायक थे ही नहीं। विपिन सेठ हैरान।

विपिन सेठ की हैरानी को एक पल में दूर कर दिया गुलाब राय ने। तेज़ाबी मुस्कान के साथ बोले, "विपिन सेठ, मेरे हारने की असल बात कुछ और ही है। आजकल मेरे दोस्त शंकरलाल का हाथ कुछ तंग है। सोचा, इन्डायरेक्टली कुछ हेल्प कर दूँ।"

शंकरलाल तिलमिला कर रह गये। हैसियत की बात की जाये तो शंकर लाल, गुलाबराय से किसी भी सूरत में कम नहीं थे। बस, तीखे वचन उनकी जुबान पर कम ही आते।

लेकिन एक बार उन्होंने एक पार्टी के दौरान गुलाब राय को पटकनी दे ही दी।

गुलाब राय आत्ममुग्ध थे। पी चुके थे। कह रहे थे कि वो अब भी उद्योग जगत के पिवेट है...केन्द्र...या फिर धुरी; कारपोरेट वर्ल्ड के मर्कज़।

शंकर लाल ने ठहाका लगाते हुए कहा, "गुलाब राय; पैंसठ के बाद हर उद्योगपति बाज़ार का खिलाड़ी तो होता है, लेकिन बारहवाँ खिलाड़ी; माइंड इट गुलाब राय; जो बारहवें खिलाड़ी की औक़ात होती है। वही तुम्हारी है। ...एण्ड, दिस इज़ द फैक्ट।"

खा गयी थी शंकर लाल की बात गुलाब राय को। वो मन ही मन सोचते रहे थे—अड़सठ की उम्र है तो क्या हुआ। मेरे दोनों बेटे मुझसे अलग होकर अपना बिज़नेस सँभाल रहे हैं तो क्या हुआ? मैं आउट डेटेड नहीं हुआ। ज़िन्दगी की दीवार पर मैं अब भी नये साल का कैलेण्डर हूँ। मुझे कोई बाहर नहीं कर सकता। मैं अपने होने को...होते हुए देखना चाहता हूँ। मैंने धन-वैभव के कवच हमेशा अपने पास रखे हैं, वैराग्य के कुण्डल दूसरों को दिये हैं। मैं बारहवाँ खिलाड़ी। नहीं शंकर लाल। तुमने बहुत बड़ी गाली दी है मुझे। मैं तुम्हें दिखा दूँगा कि मैं इस शहर का बिजनेस आइकान हूँ। आई एम दि टालेस्ट। आई एम दि बेस्ट। एण्ड रेस्ट इज डस्ट।

बहुत दिन तक सोचते रहे। क्या करें? अखबारों में इंटरव्यू। टी.वी. पर उपस्थिति। कोई ग्रेंड पार्टी। लेकिन ये सब बातें वो कई बार कर चुके थे। अब वो कुछ नया करना चाहते थे।

लाइफ़ टाइम अचीवमेंट अवार्ड।

ये ख़ूबसूरत, दिलफ़रेब और चौंका देने वाला आइडिया गुलाबराय के दिल और दिमाग की उपज था। उन्हें लाइफ टाइम अचीवमेंट अवार्ड मिले और शहर के तमाम इंडस्ट्रियल, कैपिटलिस्ट...सकते में पड़ जायें। एक तरफ ईर्ष्या। दूसरी तरफ अवार्ड; लाइफ़ टाइम अचीवमेंट अवार्ड।

गुलाब राय की उपलब्धियाँ। गुलाब राय की शोहरत गुलाब राय का होना। उपस्थिति; किसी सल्तनत के सुलतान की तरह। किसी नक्षत्र की तरह। किसी शम्स की तरह।

गुलाब राय उद्योगपति को लाइफ टाइम अचीवमेंट अवार्ड देने की घोषणा हुई है। उद्योग नगरी के चैम्बर ऑफ कामर्स की इस घोषणा ने पूरे नगर में अच्छी-ख़ासी हचलच पैदा की है। गुलाब राय यही तो चाहते थे।

कारपोरेट दुनिया का एक अपना तलघर होता है। तलघर के ऊपर जो दिखाई देता है वो आधा सच होता है। आधा सच तलघर के अन्दर छुपा रहता है।

गुलाब राय को चैम्बर ऑफ कामर्स ने सम्मानित करने की घोषणा की है। यह सच है। लेकिन आधा। बाकी का सच छुपा लिया गया है। बाकी का सच? यह जो लाइफ़ टाइम अचीवमेंट अवार्ड है—गुलाब राय ने ख़रीदा है। अवार्ड ख़रीदा है और सम्मान भी। वो ख़रीदे हुए अवार्ड से नवाज़े जायेंगे। बेशक, इस बात को दबाने की पूरी कोशिश की गयी थी। लेकिन कोई रोज़न, तलघर का खुला रह गया। ज़रा-सा

सच। पैदल चल पड़ा। बात कुछ लोगों तक पहुँची। बाक़ी काम अफ़वाह ने किया। अफ़वाहें, न सच होती हैं न झूठ; इसलिए वो ज़्यादा संकट पैदा करती हैं।

गुलाब राय की उपब्धियाँ—जैसे महानता का पर्वत।

तब अट्ठावन के थे गुलाब राय। पत्नी की मृत्यु हो गयी। कुछ दिन परेशान रहे गुलाब राय। फिर सोचा, क्यों न शादी कर ली जाये। अपने दोनों बेटों, बहुओं को अपने मन की बात कही। हैरान रह गये सब। पिता, पिता नहीं लग रहे थे। कोई बेगाने, कोई अजनबी लग रहे थे। बेटे चाहते थे पिता शादी न करें। पिता शादी करने पर आमादा थे। बेटों का तर्क वाजबी था कि दूसरी पत्नी से जो बच्चे होंगे, वो भी ज़मीन, जायदाद और सम्पत्ति के हिस्सेदार होंगे।

गुलाब राय सोचते रहे। फिर बोले, "मैं तुम्हारी बात की ख़ातिर रखूँगा। न और कोई वारिस होगा न सम्पत्ति का बँटवारा। मैं तुम्हें यकीन दिलाता हूँ और शादी कर रहा हूँ।"

गुलाब राय अपने बेटों से पिता की तरह नहीं, किसी तानाशाह की तरह बात करते। वो सलाह नहीं करते थे। अपना निर्णय सुनाते अब भी उन्होंने अपनी बात कही—दो टूक।

दोनों बेटे अपने पिता के रवैये से इतने क्षुब्ध थे कि अलग हो गये। उन्होंने शहर के पॉश इलाके में कोठियाँ खरीदीं। वहाँ रहने लगे। बातचीत कभी कभार। फोन पर।

अट्ठावन साल के गुलाब राय—सम्पन्न उद्योगपति; अपनी शादी के लिए सुन्दर लड़की चुनी। गरीब परिवार की लड़की। चार लड़कियों का ग़रीब बाप। वो तो कृतकृत्य हो उठा। इतना निहाल कि पूछो मत। दहेज शून्य। शर्त एक।

शर्त; शादी से पूर्व किसी दूल्हे ने किसी दूल्हन से ऐसी शर्त पहली बार रखी होगी। शर्त थी ही ऐसी। अमानवीय। जीवन मूल्यों के विपरीत।

शादी से पहले लड़की को अपना 'यूट्रस' (बच्चेदानी) निकलवाना होगा। यह शर्त थी। दिल हिला देने वाली शर्त।

यह शर्त थी या लड़की से उसका वजूद, उसका स्त्रीत्व, उसकी निजता, उसके ममत्व...उसके संसार को छीना जा रहा था। यह शर्त थी या क्रूरता?

गुलाब राय अपनी उम्र से आधी उम्र की एक स्त्री से विवाह तो करना चाहते थे। शारीरिक सुख भी हासिल होता रहे यह सब चाहते थे वो। लेकिन उस स्त्री

से कोई सन्तान हो और वो वारिस बनकर सम्पत्ति का हिस्सा माँगे, यह बात उन्हें स्वीकार नहीं थी।

इतिहास गवाह है कि धनपतियों ने बहुत कुछ ख़रीदा है–आँसू, विवशताएँ, देह, सपने, यथार्थ, अतीत, न जाने क्या-क्या?

आज एक धनपति ने एक स्त्री का यूट्रस ख़रीद लिया था। लड़की बड़ी थी। चार बहनों में सबसे बड़ी। वो इंकार करती तो बाप मर जाता। बहनें कुँवारी रह जातीं। बाप ने बेटी को समझाया–"बहुत मामूली शर्त है। वो तेरी आँखें, तेरा दिल नहीं माँग रहे। उसे माँग रहे हैं, जिसके निकल जाने से कुछ ज़्यादा फ़र्क नहीं पड़ता।"

फ़र्क पड़ता है–यह बात एक निर्धन और बेबस लड़की कैसे बताती?

दस वर्ष तक देह सुख प्राप्त करते रहे गुलाब राय। देह सुख केवल। कभी पूछा तक नहीं था उन्होंने अपनी पत्नी नित्या से कि किसी चीज़ की कमी खटकती है? अनुपस्थिति की पीड़ा कितना तंग करती है? कभी उन्होंने बिल्कुल निजी क्षणों में एक बार तो कह दिया होता कि नित्या वो शर्मसार हैं... लज्जित हैं। वो अपराधबोध से पीड़ित हैं। कभी कह दिया होता नित्या कि वो सचमुच दुखी हैं।

कुछ लोग पत्नी को अपने पैरों की उतरी हुई मैली, गन्धाती जुराब के अतिरिक्त कुछ भी नहीं समझते। गुलाबराय; उन्होंने तो एक दिन कह भी दिया था "शुकर करो मैडम; लग्जरी लाइफ़ जी रही हो। किसी चीज़ की कमी नहीं। वरना तुम्हारी औक़ात तो इस बंगले में बनी दरबान की गुमटी जितनी भी नहीं।"

नित्या ने उसके बाद अपने पति गुलाब राय से न कोई प्रश्न किया न कोई बात। सिर्फ और सिर्फ ख़ामोशी; जैसे कोई चलता फिरता ख़ामोशी का पैकर; चलता-फिरता कोई अलाव। चलता-फिरता कोई गाढ़ा और अकेला दुख। स्त्री दुख। विवाह से पूर्व एक सम्पन्न पति ने एक दरिद्र पत्नी का यूट्रस निकलवा दिया था।

सम्पूर्ण दिखने वाली स्त्री अपने भीतर से बहुत अपूर्ण थी। और यह अपूर्णता उसे दी गयी थी–वैभवपूर्ण जीवन के बदले। यानी एक 'डील' हुई–ज़र्खेज़ ज़मीन को बंजर बना देने की डील।

लाइफ टाइम अचीवमेंट अवार्ड उन्हीं गुलाब राय को दिया जा रहा है। औद्योगिक नगर का यह विरला, सम्मान-जनक, प्रतिष्ठित और पहला अवार्ड है। इंडस्ट्रियल टाउनशिप में हलचल है। गुलाब राय को हलचल पसन्द है। हलचल पैदा करके वो हमेशा केन्द्र में रहते आये हैं। और आज भी ...अड़सठ साल की उम्र में, वो इस बड़े औद्योगिक नगर में आदमकद शख़्सियत नज़र आ रहे हैं। यह उनकी शोहरत की बुलन्दी है। यह उनका लाइफ़ स्टाइल है। यह यश है। यश उनका।

पताकाएँ अन्यों के हाथ में।

मंच पर अपनी पत्नी सहित विराजमान हैं गुलाब राय। खूबसूरत सूट में वो खुद। भरे भरे। भारी भरकम। आत्ममुग्ध। अड़सठ साल के एक तजुर्बेकार। ज़िन्दगी को खुली आँखों से देखते हुए। ज़िन्दगी को इत्मीनान के साथ, गोल्फ़ की तरह खेलते हुए...इस शिखर तक पहुँचे हैं। कि वो एक शिखर पुरुष लग रहे हैं।

अपनी पत्नी को भी उन्होंने शानदार साड़ी पहनने की ताकीद की थी। लेकिन नित्या का व्यक्तित्व ही ऐसा था। वो सादा लिबास में भी गरिमापूर्ण नज़र आती थी।

भीतर से कुछ डरे हुए भी हैं गुलाब राय। मंच पर कोई उनके ख़िलाफ़ न बोल दे। इसी शंका के साथ वे मुस्कराते हैं। इसी शंका के साथ वो कुर्सी पर बैठे हुए करवटें बदलते हैं।

लोग माइक के सामने आते हैं। गुलाब राय की प्रशंसा करते हैं। प्रशंसा गुलाब राय को मुग्ध कर देती है।

फूल मालाएँ। वक्तव्य। प्रशंसा। प्रशस्तियाँ। तालियाँ। निरन्तर तालियाँ। न ख़त्म होने वाली। कैमरे। फ़्लैश। कैमरे, वीडियो। हर क्षण को ज़िन्दा रखने की कोशिश। गुलाब राय के जितने कोण। कैमरे उतने। उतने एंगल। ...अवार्ड प्रशस्ति पत्र। शाल। चेक—पाँच लाख का। प्रतीक चिह्न। नारियल।

गुलाब राय के अनुभव। उपलब्धियाँ। गुलाब राय का भाषण। ज़िन्दगी के तजुर्बे। मुग्ध, अतिमुग्ध भाव से बोलते हुए गुलाब राय। तालियाँ गूँजती हुई। और शिखर को छूते हुए शिखर पुरुष; ... शिखर पुरुष गुलाब राय।

भाषण समाप्त। फिर तालियाँ। देर तक तालियाँ। जैसे तालियाँ भी एक भाषा हों—अभिवादन और अभिनन्दन की भाषा।

जैसा चाहते थे वैसा कार्यक्रम हुआ—सफल, सुन्दर; ग्रेसफुल। ग्रेट—ग्रेट प्रोग्राम।

अपनी कुर्सी पर आकर बैठे गुलाब राय। गुलाब राय के आदेशानुसार अब किसी का भाषण नहीं होना था। मंच संचालक को कार्यक्रम समाप्त करने की घोषण ा करनी थी, बस।

लेकिन मंच संचालक ने नित्या जी के हल्के-से संकेत को देखा। समझा। चालाक, चतुर मंच संचालक। चाहता तो कार्यक्रम को ख़त्म कर देता। लेकिन उसने माइक से गुलाब राय की पत्नी 'नित्या जी' को 'दो शब्द' बोलने के लिए आमन्त्रित किया।

देख रहे हैं गुलाब राय।

नित्या जी उठीं। माइक के सामने पलभर के लिए रुकी रहीं। हॉल में सन्नाटा। लोग उनको सुनने के लिए आतुर, बोलीं नित्या जी, "इतनी भव्यता, इतनी गरिमा,

इतनी तालियाँ और इतनी प्रशंसा ने मुझे चकित कर दिया है। आदरणीय गुलाब राय... मेरे पति भी चकित होंगे। मुझे केवल एक वाक्य बोलना है। मित्रो, क्या यह समय तुच्छताओं को सम्मानित करने का है?"

एक सरल-सा प्रश्न है। कठिन-सी चुप। सब स्तब्ध; ना ताली न प्रशंसा। केवल चुप।

नित्या जी माइक से हटीं। धीरे-धीरे चलकर अपनी कुर्सी तक आयीं। एक बार देखा गुलाब राय को।

सकपकाये हुए गुलाब राय। स्तब्ध। चुप। मूक। बेचैन और व्याकुल।

गुलाब राय जो कुछ देर पहले किसी ऊँचे पर्वत की तरह नज़र आ रहे थे, किसी ग्लेशियर की तरह रिसते दिखाई दे रहे हैं।

कुछ शब्द; बेहद विनम्रता से कहे गये कुछ शब्द; किसी ख़ामोश आँधी जैसे। गुलाबराय की महानता के सारे तम्बू उखाड़ते चले गये।

वो जो अव्यक्त है

पतली-सी सड़क है, शान्त और अकेली। पहाड़ों के बीच पतली-सी यह सड़क, अपनी जगह बनाती हुई—अपनी दुनिया को रचती हुई प्रतीत होती है। यह सड़क, दूर पहाड़ों से उतरती हुई, सेनीटोरियम तक कुछ इस तरह चली आती है जैसे कि डॉक्टर को ढूँढ़ने आयी हो। यह सड़क खुद किसी नर्स की तरह लगती है, एक ऐसी नर्स, जिसके पास औषधियों के बदले, यात्राओं की निःशब्द कथाएँ हैं।

शेखर इसी सड़क को देखता रहता है। शेखर पूरा नाम शेखर दत्त। शेखर दत्त इसी सड़क को देखता हुआ, खुद किसी अधूरे रास्ते की तरह लगता है।

अधूरे रास्ते और मुकम्मल दर्द! शेखर ने मन ही मन कहा है। जैसे तेजाब की कुछ बूँदें अपने ऊपर छिड़क दी हों उसने। एक तड़प-सी पैदा हुई है। कोई बर्क जैसी उसके नशेमन पर आ गिरी हो।

पहाड़ों में धँसा यह सेनीटोरियम। पुराने जमाने की इमारत। पीली दीवारें और उदास-खामोश मंजर।

पाँच तारा अस्पतालों की दुनिया से दूर यह सेनीटोरियम—जहाँ पुराने जमाने की गन्ध किसी चरित्र की तरह मौजूद है और तपेदिक की बीमारी किसी क्लैसिक की तरह। और मरीज-जिन्दगी की उदास किताब की व्यथित-सी इबारतें।

शेखर दत्त। आबनूसी रंगत की कुर्सी पर बैठा, शीशे की खिड़की के बाहर आसमान, पहाड़, दरख्त, घास, गाड़ियाँ और उस सड़क को देखता रहता है जो अक्सर खाली, खामोश और वीरान रहती है। कभी-कभार कोई पहाड़ी औरत, बच्चा, मर्द या नौजवान उतरता हुआ नजर आता है। तब, यह अकेली, वीरान सड़क नदी की तरह लगने लगती है और सड़क पर चलते लोग कश्ती का एहसास कराते हैं। कश्तियों को गर्व होता है कि वे लहरों पर चल रही हैं। लहरों को गर्व होता है कि उनमें रवानी है। और मछली? मछली को इस बात का गर्व कि वह जल की रानी है।

मछली अक्सर अपनी मासूमियत के कारण मारी जाती है। वह समझती है

पानी में सिर्फ पानी है। सरल स्वभाव की मछलियाँ नहीं समझ पाती कि पानी में जाल भी होता है।

जाल में सिर्फ मछलियाँ ही नहीं फँसतीं सीधे-सरल लोग भी फँस जाते हैं। जैसे कि शेखर। तब फँसना और भी लाजमी हो जाता है जब जाल फेंकने वाले बहुत करीबी हों और जाल...जाल इतना अदृश्य कि वह होने के बावजूद दिखाई न देता हो।

शेखर खड़ा हो गया है। वह बैठता है खड़ा हो जाता है फिर बैठता है। फिर खिड़की के पास। बाहर की खुशगवार दुनिया। कितना नीला आसमान। पहाड़ों पर धूप निकले तो आसमान ज्यादा नीला, पहाड़ ज्यादा हरे, पानी ज्यादा मीठा, हवा ज्यादा अपनी। धूप ज्यादा चमकीली। किसी चमकती हुई याद जैसी।

पता नहीं कितने लोग खिड़की के पास खड़े होकर दिन गुजारते हों। पता नहीं। शेखर के रोजनामचे का एक हिस्सा है खिड़की के पास खड़े होना। दूर कहीं अनन्त को देखना, जैसे अपनी गुम हुई पतंग को ढूँढ़ रहा हो या फिर अकेले खड़े किसी दरख्त से, उसके अकेलेपन की वजह पूछ रहा हो।

सिगरेट पीना मना है। लेकिन शेखर सिगरेट पीता है। सिगरेट पीना अस्पताल के मैनुअल में किसी गुनाह की तरह है। शेखर सिगरेट पीते वक्त उस धुएँ को भी देखता रहता है जो खिड़की के रास्ते बाहर न जाकर, कमरे की छत की तरफ जाने लगता है। धुएँ की आँखें होतीं तो वह यूँ न भटकता। लेकिन धुआँ नाबीना है—जैसे शेखर की उम्मीदें।

उम्मीद भी किसी सूरज की तरह है। उगती है और शाम को निढाल होकर गिर पड़ती है। दिन का खाली कटोरा लुढ़क जाता है।

घर से कोई भी नहीं आता। लेकिन शेखर खिड़की के पास खड़े होकर उस सड़क को भी देख लेता है जहाँ से लारियाँ और कारें गुजरती हैं। न कारें रुकती हैं न कोई उतरता है। चिराग जल उठते... हैं। उम्मीदें बुझ जाती हैं।

नर्स आयी है। कमरे का दरवाजा पूरी तरह बन्द नहीं था। बेआवाज खुलता चला गया। शेखर इसी तरह दरवाजा बन्द करता है।

सिगरेट पीना मना है लेकिन शेखर सिगरेट पी रहा है। बहुत सारे लेकिनों के बीच, जिन्दगी भी एक लेकिन की तरह ही तो होती है या फिर किसी गुमशुदा सम्बोधन जैसी।

टेम्परेचर। नर्स की हल्की-सी आवाज उभरी है। शेखर ने पलटकर देखा। और ठण्डी-सी आवाज में उसने कहा है नाइंटी नाइन एण्ड हॉफ।

टेम्परेचर। नर्स ने शेखर की डोलची से थर्मामीटर उठाकर ट्रे में रखे सेवलान तरल से कपास को डुबोकर, थर्मामीटर को साफ कर, थर्मामीटर शेखर की तरफ

बढ़ा दिया है।

ग्रेट मोमेंट्स। नर्स ने मुस्कराते हुए, थोड़ा तंज के साथ कहा है "एक हाथ में थर्मामीटर और पेशेंट के दूसरे हाथ में...।"

"आई एम सॉरी।" सिगरेट को फर्श पर पटककर, चप्पल से मसलते हुए कहा है।

"सॉरी? ...सॉरी किससे? ...सिगरेट से?"

"आपसे।" गम्भीर-सी आवाज। शेखर की। नर्स को देखते हुए। चेहरा ऐसा जैसे कोई रेत का टीला उड़ता हुआ-सा।

थर्मामीटर को जीभ के नीचे रखकर नर्स को थोड़ा-सा देखते हुए। फिर कहीं और। फिर, करीब एक मिनट बाद थर्मामीटर मुँह से निकालकर, नर्स को देखते हुए। सेम टेम्परेचर। नर्स ने कहा है। यानी वही जो कल था। जो परसों। जो रात को। और वह टेम्परेचर जो खुद शेखर ने बताया था अभी, बिना थर्मामीटर लगाये।

थोड़ी देर के लिए खामोशी जमी रही है। नर्स ने रजिस्टर में और पेशेंट की टेम्परेचर शीट में फीवर नोट किया है। अब वह डोलची का दराज खोलकर दवाइयों के स्ट्रिप तलाश कर रही है। थम्बटौल, आरसी नेक्स, बी-सिक्स...। रेस्पीरेशन के लिए डेरीफाइलिन रिटार्ड।

शेखर बिस्तर पर बैठ गया। पानी का गिलास एक हाथ में। दूसरे हाथ में गोलियाँ। हथेली पर गोलियाँ। नर्स की हथेली पर। नर्स ने अपनी हथेली से शेखर की हथेली पर गोलियों को लुढ़काते हुए, शेखर को देखा है। अपनी हथेली को छू जाने दिया है। फिर पानी का गिलास देते वक्त-एक हाथ ने दूसरे हाथ की उँगलियों को छू लिया है। सिहरन-सी हुई है शेखर को, एक नदी चली गयी हो जैसे जिस्म के बीच-जिस्म के अनजाने रास्तों पर।

हुआ तो सिमरन को भी है कुछ। कुछ से थोड़ा ज्यादा। क्या हुआ है उसे, पता नहीं। लेकिन हुआ है जरूर एक मासूम-सी घटना। देह अगर वीणा है तो किसी ने उँगली रख दी है उस पर।

अमूमन नर्सों को ऐसी छुअन से कुछ नहीं होता। मर्दों के वार्ड में अक्सर हाथ छू जाते हैं। कई बार माथा, चेहरा, छाती—नर्सों के हाथ, अनायास कहाँ-कहाँ छू जाते हैं। सब रुटीन होता है। जैसे मरीज की नब्ज देखना। कलाई को पकड़ना। छोड़ देना। बस! लेकिन शेखर के हाथ पर गोलियाँ रखते हुए जो स्पर्श का अनुभव हुआ वह किसी मरीज के हाथ को छूकर, छोड़ देने जैसा नहीं।

सिमरन नाम है नर्स का। सातवीं बार आयी है। नर्सों की ड्यूटी रोटेशन में होती हैं बदलती रहती हैं। कोई फर्क नहीं पड़ता। नर्स उसी वार्ड में रहती है। जब कम्पलेंट होती है तो वार्ड बदल जाता है। कई बार कम्पलेंट नहीं होती। विजिलेंस

सक्रिय रहता है। नर्स किसी के प्रति जरा-सी इमोशनल हुई कि वार्ड से बदली।

सिमरन इस सच से वाकिफ है। वाकिफ है लेकिन वह अपनी इस वाकिफियत को पाँव के नीचे मसल देना चाहती है।

सिमरन चली गयी है और एक बुत की तरह खड़ा है शेखर। किसी शख्स की संवेदना से भरपूर उपस्थिति, कितना विभ्रम पैदा करती है जब वह अनुपस्थिति में बदल जाये।

सिमरन जा चुकी है। लेकिन उसका होना अब भी है। उसका न होना, किसी होने जैसा। उसकी देहगंध जैसे अब भी हो कहीं, आसपास।

पहले-पहले जब वह आयी थी—याद नहीं कितने दिन पहले। पहले दिन ही वह अपने होने का एहसास करा गयी थी। सिर्फ अहसास? नहीं, अहसास नहीं... होने का उल्लास भी।

शेखर खिड़की के पास खड़ा था। दरवाजे की तरफ पीठ—हमेशा की तरह। बाहर के दृश्य को देखता हुआ—हमेशा की तरह। और सिगरेट पीता हुआ हमेशा की तरह।

दरवाजा थोड़ा-सा खुला था। और कोई नर्स होती तो दरवाजे को उँगली से खटखटाती। उँगली से या फिर पेंसिल, पेन—किसी भी चीज से। सिमरन् ने दरवाजा नॉक नहीं किया था। और वह बहुत आहिस्ता से कमरे में प्रविष्ट हुई थी। शेखर से कुछ दूर खड़ी थी वह। ट्रे हाथ में थी। वहीं, खड़े-खड़े उसने कहा था। जेंटलमेन। फ्रेंडशिप विद विंडो...गुड आइडिया।

चौंक-सा गया था शेखर। पलटकर देखा। सिमरन खड़ी थी। नयी नर्स। शानदार। सुन्दर। मुस्कराती हुई।

"खिड़की मेरे लिए तहरीर की तरह है और किताब की तरह भी।"

"आप पढ़ते रहते हैं।"

"येस...ऑफकोर्स...किसी डॉयलाग की तरह।"

"फेंटेस्टिक।" सिमरन ने कहा। थर्मामीटर कॉटन से साफ करते हुए शेखर को देते हुए वह बोली।

कुछ पल या आधा मिनट खामोशी से गुजरे। थर्मामीटर निकालकर टेम्परेचर देखा। देखती रही। "हंड्रेड...वन फीवर। फीवर तो अब कंट्रोल हो जाना चाहिए था।"

"आप स्मोक करते हैं।"

"जी।" सर हिलाकर कहा था शेखर ने।

"आप ऐश ट्रे के बदले सिगरेट को खिड़की में रख आये हैं।" सिमरन ने कहा था। एक मखौल-सा छुपा था।

तत्काल सिगरेट उठायी। उसके जलते हुए सिरे को वहीं दबाया। धुआँ निकला। फिर धुआँ निकलना बन्द हो गया।

"सिगरेट लाइफ की तरह होती है।" सिमरन सिगरेट को देखते हुए बोली। फिर कहा "चिता का आखरी धुआँ, उसका आखिरी धुआँ होता है।"

शेखर विचलित-सा नजर आया।

"मेरी मंशा आपको हर्ट करने की नहीं थी।"

"जी।"

"आप सिगरेट पीते रहें। कोई प्रॉब्लम नहीं।"

देखता रहा शेखर।

"प्रॉब्लम।" शेखर बोला।

"हम चर्च में या मन्दिर में जब प्रार्थना करने जाते हैं तो हमारे साथ सिर्फ प्रार्थनाएँ होती हैं।"

"तो?"

"तो...हास्पिटल, पेशेंट के लिए प्रार्थनाघर की तरह होता है। सिगरेट अगर हम बाहर रखकर आयें तो हमारी प्रार्थनाएँ सफल होती हैं।"

शेखर हैरानकुन नजरों से देखता रहा सिमरन को। आँखें नम हो गयी थीं उसकी। उसका मन हुआ सिमरन के हाथ में अपना हाथ पकड़कर कहे—आज के बाद सिगरेट बन्द। प्रॉमिस! लेकिन कह नहीं पाया था वह कुछ भी। हाथ जरा-सा उसने आगे बढ़ाया था जरूर लेकिन हाथ वापिस लौट आया।

"आपका नाम?"

"शेखर।"

"पूरा नाम?"

"अधूरे लोगों के पूरे नाम नहीं हुआ करते नर्स।" शेखर ने थोड़ा रूखेपन से कहा।

"कौन अधूरा?"

"मैं...मैं अधूरा...मैं।" आवेश में आ गया शेखर।

"ओह। सिर्फ आप?" सिमरन ने कहा। कुछ देर चुप रही। जैसे शेखर के किसी जवाब का इन्तजार कर रही हो। फिर बोली, "सिर्फ आप नहीं। हम सब अधूरे हैं। सम्पूर्ण कोई भी नहीं। हमारा अधूरापन ही हमारी विशेषता होती है। मोर ओवर... हम अपने अधूरेपन में कई सारी वजहें छुपाये रखते हैं।" उसने कहा। स्टील की ट्रे उठायी, मुस्कराने की कोशिश की। मुड़ी। मुड़ते-मुड़ते रुकी। कहा, "प्रतीक्षा भी एक खूबसूरत शब्द है।"

चौंक-सा गया शेखर।

सिमरन जा चुकी थी।

उस वार्ड का नाम डेथ वार्ड रख दिया था। शेखर वहाँ जा खड़ा होता—चुपचाप! जहाँ कोई वार्ड ब्वाय भी जाने से कतराता था। किसी मरीज की मौत होती तो बड़ी फुर्ती के साथ, उस मरीज के वेड को उस डेथ वार्ड में शिफ्ट कर दिया जाता। दो बातें थीं। एक मनोवैज्ञानिक प्रभाव। जो मरीजों को ज्यादा डरा देता। इसलिए मरीज की डेड बॉडी तुरन्त शिफ्ट कर दी जाती। दूसरी बात... संक्रमण की थी।

शेखर डेथ वार्ड के खाली फर्श पर बहुत देर तक खड़ा पता नहीं क्या सोचता रहता। वहाँ कुछ नहीं था। अजीब-सी गन्ध थी। शायद मृत्यु गन्ध। जिन्दगी की गन्ध को पहचान लिया जाता है। वह जहाँ होती है। उसके होने की गन्ध भी होती है।

ये शुरुआती दिन थे। शेखर तब वहाँ शायद इसलिए चला जाता था कि उसे लगता था कि वह मर जायेगा या फिर मर जाना उसे ज्यादा अच्छा लगता था और वह मौत की कल्पना करते हुए, मौत का चेहरा देखने चला आता था। वह जानता था मौत का चेहरा नहीं होता। लेकिन मौत का शून्य तो होता है। कितनी तल्ख हकीकत थी। मौत एक सिफर का नाम था और जिन्दगी, प्लस-माइनस।

जिन्दगी सचमुच प्लस-माइनस का सवाल थी। तभी तो शेखर के दोनों बड़े भाई (तीसरे भाई ने साजिश में शामिल होने से मना कर दिया था) शेखर को इस सेनीटोरियम में दाखिल करा गये थे। चार लाख की बड़ी रकम एडवांस में जमा करा दी थी। और एक मरीज (जो उस वक्त खून थूकता था। साँस लेने में दुश्वारी, चलना मुहाल।)

संगीता हाथ मिलाते हुए कतरा रही थी फिर भी उसने शेखर से हाथ मिलाया। मुस्कुराना उसे अच्छा नहीं लग रहा था फिर भी वह मुस्कराई। चाय पीना तो बिल्कुल भी ठीक नहीं था। क्या पता शेखर चाय पीते-पीते, बीच में चाय के कपों की अदला-बदली कर दे। संगीता ने रिस्क उठाया और आखिरी बार शेखर के साथ चाय भी पी। सब कुछ आखिरी बार।

अलग होते वक्त उसने कहा, शेखर, अपना ट्रीटमेंट कराओ... पूरा ट्रीटमेंट! मेरी बेस्ट विशेज। अर्ली रिकवरी के लिए। डोंटवरी। बिलकुल ठीक हो जाओगे शेखर।

इसके बाद संगीता शेखर से नहीं मिली थी। प्रेम और उसका अन्त! यवनिका पात!

शेखर थोड़ा सँभला। सेहत थोड़ी सुधरी। वह बैठने लायक, थोड़ा चलने लायक, थोड़ा खड़े होने लायक हो गया था। वह कमरे की खिड़की के सामने खड़ा रहता। वह दृश्यों को देखता। सड़क को देखता। इन क्षणों को देखते हुए वह प्रतीक्षा ही तो कर रहा होता था।

लेकिन किसकी प्रतीक्षा? भाइयों की? ...जो उसे सेनीटोरियम में छोड़कर चले

गये थे। यह भी एक डील थी। चार लाख सेनीटोरियम में डिपाजिट कराके... भाई को यहाँ रोक, गुड़गाँव की एक प्रापर्टी सेल करनी थी—तीन करोड़ में। तीन भाई—तीन करोड़। चौथा भाई दिल्ली से चार सौ मील दूर एक सेनीटोरियम में। बड़े भाई की तरकीब कितनी शानदार थी। हमदर्दी के तलघर में चालाकी के रेंगते कीड़े।

लेकिन तीसरे भाई ने बगावत कर दी थी। इस नामुराद, नामाकूल और नाकर्दा समय में दयानतदारी अब भी जिन्दा थी। भाई ने कहा कि सेल डील के तीन नहीं, चार हिस्से होंगे। बड़े भाई के सामने इस तरह की खरी-खरी और तुर्श बात कोई नहीं करता था। शेखर करता था तो वह खमियाजा भुगत रहा था। भाई प्रापर्टी पर चर्चा करते थे। वे भूल जाते थे कि एक भाई सेनीटोरियम में भी है जो खिड़की के पास खड़ा होकर, इन्हीं भाइयों की प्रतीक्षा कर रहा है जो अपना वक्त—पपलू, फ्लैश, ड्रिंक्स में गुजारते हैं। गोया जिन्दगी भी एक कैसीनो हो।

दूसरी बार जब सिमरन आयी थी तो सिमरन ने खुले हुए दरवाजे पर दस्तक दी थी। ताज्जुब। शेखर चौंक गया था। उसने दस्तक को पहचान लिया था। दस्तक को नहीं। दस्तक देने वाले की उँगलियों को। शेखर ने पलटकर देखा था। सिमरन खड़ी थी। उसे अच्छा लगा था।

सिमरन ने ट्रे को मेज पर रखा। बेडिंग की। फिर खिड़की के पर्दे को सरकाया। फिर डोंगी को साफ किया। थर्मामीटर को साफ किया। शेखर ने थर्मामीटर लगाया। वही निन्यावे। नाइंटी नाइन।

थर्मामीटर की रीडिंग चार्ट में लिखते हुए उसने कहा, "डोंट वरी! आप ठीक हो रहे हैं। यू नो स्पूटम-एफबी स्पूटम कल्चर नार्मल आये हैं...आपका एच बी इंक्रीज हुआ है। आपने वेट भी गेन किया है।"

"थैंक्स!" सिमरन का धन्यवाद किया शेखर ने। बाकी नर्सें और रेजीडेंट डॉक्टर इस तरह शेखर से बात नहीं करते थे। वे पेशेंट की केस फाइल में लिखते। और बस। सिमरन ने बताया था। जैसे कोई अपना, किसी अपने को बताता है।

"शेखर बाबू!" सिमरन बोली। और चुप हो गयी। बहुत अच्छा लगा शेखर को यह सम्बोधन। शेखर बाबू बिल्कुल नया सम्बोधन था और इस सम्बोधन को सिमरन ने क्रिएट किया था।

"जी।" उसने बड़े सहजभाव से कहा था। मन ही मन वह खुश हो रहा था कि वह मिस्टर शेखर से शेखर बाबू हो गया था।

"सरजी। कोई न कोई खिड़की जरूर खुली रहनी चाहिए लेकिन अभी हवा ज्यादा सर्द है। आप दोपहर को खिड़की खोल सकते हैं।" खिड़की के पल्ले बन्द करते हुए सिमरन ने कहा। हल्की-सी खट की आवाज उभरी।

इस बार सिमरन ने सम्बोधन बदल दिया था। उसने शेखर को सरजी कहा।

लहजा नटखट था और दोस्ताना भी।

सिमरन दिन में एक बार आती। अन्य नर्सें कई-कई बार आतीं। कोई डाइट का पूछने तो कोई यूरिन का कलर पूछने। कोई नर्स बेड शीट चेंज करने आती तो कोई...।

लेकिन सिमरन का आना जैसे हयात का आना हो। जैसे सिमरन का आना बहार का आना हो। जैसे सिमरन का आना, अच्छे दिन की शुरुआत हो। जैसे उल्लास हो। शेखर सुबह से सिमरन की प्रतीक्षा करने लगता। सिमरन न आती तो वह बेचैन होने लगता। वह आती तो मन को चैन मिलता।

सिमरन कभी-कभी उसकी नब्ज देखती। एक मिनट दो मिनट तीन मिनट...पाँच मिनट। वह शेखर की कलाई पकड़े रहती—कुछ इस अन्दाज से कि चार उँगलियाँ नब्ज को थामे रहतीं बाकी हाथ शेखर की कलाई को। इस बीच वह कई बार शेखर को देख लेती। और शेखर वह तो पहले से सिमरन को देख रहा होता।

सिमरन नब्ज छोड़ती तो शेखर के माथे पर अपनी हथेली रखती। कितना सुकून मिलता। माथे पर सिमरन का हाथ—दुआओं का हाथ प्रतीत होता। किसी प्रेमिका के हाथ जैसा हाथ। शेखर को लगता कि अब वह बहुत जल्दी ठीक हो जायेगा।

एक दिन सिमरन ने डाँटते हुए कहा था, "शेखर बाबू बिस्तर पर पड़े रहे तो यहीं दम तोड़ दोगे। ...उठो। लोगों से मिलो। प्राइवेट वार्ड खाली है तो कोई बात नहीं। जनरल वार्ड में जाओ। मिलो। लोगों से इंटरेक्शन जरूरी है...अंडर स्टैंड।"

वह चली गयी थी। शेखर सोच में डूब गया था। कितने सारे दोस्त थे उसके। कितने लोगों से मिलता था वह। दोस्त छिटकते गये। लोगों से मिलना कम होता गया। भाइयों ने इतना तनाव दिया कि वह कहीं का न रहा। वे रट लगाये रहते कि काम करो। शेखर उनकी फैक्ट्रियों में काम के लिए जाता तो उसे कार में बिठाकर वापस घर भेज दिया जाता। भरोसा किसी और ने नहीं, भाइयों ने तोड़ा। शेखर बाहर जाता तो आवारागर्दी के आरोप लगते। घर में रहता तो निठल्लेपन की तोहमत।

यहीं से...यहीं से शेखर में तब्दीली आने लगी। वह दो फाड़ हो गया था। उसके मन के दो हिस्से हमेशा कशमकश में रहते। वह निरन्तर लड़ाई लड़ता। अपने साथ। शानदार बातें करने वाला शेखर, चुप रहने लगा। इतना चुप जैसे कोई स्मारक। जैसे कोई ग्लेशियर।

सिमरन ने मिलने-जुलने की बात की थी। कितने अरसे बाद किसी ने उसकी व्याकुलता को समझा था। खुद को तोड़ना जरूरी था। चुप केवल चुप नहीं थी। वह एक रोग की तरह था।

शेखर पहली बार जनरल वार्ड से गुजरा था। दो तरफ लोहे के बिस्तर थे। बीच में खाली जगह किसी गली की तरह। बड़ा-सा हाल...हाल नम्बर एक, दो...तीन।

बेड पर लेटे मरीजों ने उसे अजनबी नजरों से देखा। कइयों ने उसे देखा। देखने के बाद वे अपनी थकी हुई, उदास और वीरान दुनिया में लौट गये। इसके बावजूद वे हँस पड़े। दूसरे या तीसरे साथी से बोलने लगते। वे बीमारी से पस्त और गरीबी से त्रस्त थे। फिर भी उन्होंने अपने लिए और अपनी बकाया जिन्दगी के लिए कोई न कोई बहाना ढूँढ़ लिया था—जिन्दा रहने का बहाना...। थूकते-खाँसते-हाँफते फिर बेदम होकर बिस्तर पर लुढ़क जाते। अपने आसपास की नीम रोशनी का खैरकदम करते ये लोग...जनरल वार्ड के ये मरीज...किसी आधा कप चाय, किसी एक ब्रेड स्लाइस पर फिदा हो जाते। कोई नर्स दो अच्छे बोल बोल जाती तो ये लोग निहाल हो जाते। कोई डॉक्टर इनकी पीठ थपथपाता तो ये लोग उल्लास से भर जाते। मौत से लड़ने के लिए इनके पास थोड़े से, भोथरे हथियार बचे थे। यह क्या कम था कि हथियार बचे तो थे।

वार्ड नम्बर तीन आखिर में था। शेखर वहाँ तक चला गया था। बेवजह! बेमकसद! वापस आते वक्त बड़ा अटपटा लग रहा था उसे। ऐसे घूम रहा है जैसे डॉक्टर राउण्ड पर होते हैं।

अचानक एक बेड से आवाज आयी, “बरखुरदार, किसी तलाश में नजर आते हो?” बेड पर बैठे एक बूढ़े ने शेखर को आवाज दी थी।

शेखर ठिठक गया। उसने बूढ़े की तरफ देखा, उसे कुछ न सूझा कि क्या कहे। बस इतना ही कह पाया, “जी मैं यूँ ही...कुछ तलाश...।”

“कोई बात नहीं।” बूढ़ा अपनी रौ में बोलता चला जा रहा था, “तलाश भी अजीब शै का नाम है बरखुरदार! परिन्दे को देखो। आसमान में होता है और आसमान की तलाश में भटकता है। हम सब जिन्दगी में ही तो होते हैं और जिन्दगी की तलाश करते रहते हैं।”

शेखर जनरल वार्ड की खाली जगह पर खड़ा था और औचक नजरों से बूढ़े को देख रहा था।

“ये जो स्टूल है बैठने के लिए हैं। आप आइए। तशरीफ रखिए।” बूढ़े ने खास अन्दाज में कहा।

शेखर पसोपेश में था, बैठे या न बैठे। बूढ़े ने फिर कहा, “फुरसत किसी जश्न की तरह होती है। आइए थोड़ी देर के लिए फुरसत का जश्न हो जाये।”

बूढ़ा इस अन्दाज में बोला कि शेखर खिंचता चला गया। स्टूल पर बैठ चुकने के बाद शेखर को समझ नहीं आ रहा था कि वह क्या बोले। वैसे हकीकत यह थी कि बूढ़ा बातूनी था। शेखर क्या बोले—यह संकट तो पैदा ही नहीं हुआ। शेखर बैठा। बूढ़े ने राहत की साँस ली। फिर शेखर की तरफ देखते हुए बोला, “शुक्रिया, तुमने मेरी बात मान ली।”

"कोई बात नहीं। यहाँ बैठना...माई प्लैजर।"

"बेशक मेरे लिए भी यह शानदार समय है। एक बात तो है। जब हम समय की बात करते हैं तो वह क्या है? उसी समय में, जो दिखाई नहीं देता...उसी में हम हैं। उसी में...गौर से देखो...उसी में ये जिन्दगी...यह संसार, हमारा अपनापन... हमारी ख्वाहिशें... हमारे तजुर्बे... हमारा तसव्वुर... हमारा प्रेम और यादें... इसी समय में।... मैं जब इस दुनिया से जाऊँगा तो सब कुछ छोड़ जाऊँगा... बट, अपना समय साथ ले जाऊँगा।"

"फैंटेस्टिक, सर आप बहुत अच्छा बोलते हैं।" शेखर ने कहा।

"ये संसार... पता है क्या है? ...क्लास रूम है। हम सब पीरियडों में बँटे हुए हैं। यह छोटा-सा पीरियड...आपका पीरियड, मेरे नाम।"

"थैंक्यू सर! सो नाइस ऑफ यू सर।"

"लिसन बरखुरदार! बीमार होना कोई जुर्म नहीं लेकिन इलाज न कराना जुर्म है।" बूढ़े ने वजनदार बात कही। शेखर ने सिर हिलाकर नाईद की।

बूढ़े को लगा बातें ज्यादा संजीदा होने लगी हैं। बात करते-करते वह रुका। बोला, "बरखुरदार! तुमने बहुत सारे बरतनों में चाय पी होगी...कुकर में चाय?...नहीं न! बेवकूफी का अपना मजा है जनाब। ...ठहाके दानिशमन्द नहीं लगाते। बेवकूफ लगाते हैं। मैं जब अकेला था। शहर में पढ़ाई करता, नौकरी करता। और तजुर्बे करता। कुकर में चाय बनाता। पहली सीटी। वह चाय लाजवाब होती। दूध, पत्ती, पानी, चीनी और भाप...और एक शै। कुकर की सीटी भी तो चाय में होती। चाय पीते हुए...हर घूँट में मुझे सीटी की आवाज आती। दिल खुश हो जाता।"

बूढ़ा पुराने दिनों को याद करके हँस रहा था। उसकी छाती घरघरा रही थी। वह हँसने और हाँफने की स्थिति में था। शेखर हैरान! बूढ़ा बोल रहा था। "सागरे-जम से मिरा जामे सिफाल अच्छा है!" फिर उसका भाव समझाते हुए बोला, "लोगों को शानदार जिस्म... शानदार सेहत। सब ठीक! ...मेरा मिट्टी का प्याला... मुझे अजीज है।" अपने सीने पर हाथ रखते हुए बोला, "बरखुरदार! यह जिस्म मेरा मिट्टी के प्याले जैसा जिस्म, के शिकस्ता हो तो अजीजतर। मैं जितना ज्यादा बीमार होता गया। मुझे अपने आप से उतना ही ज्यादा प्यार होने लगा।"

शेखर चुपचाप बूढ़े की बातें सुनता रहा। बूढ़ा बातूनी था। लेकिन बातें दिलचस्प करता था। उसने बात का रुख बदलते हुए पूछा, "साहबजादे! सेनीटोरियम में आने से पहले क्या करते थे?"

"कुछ भी नहीं करता था।" शेखर ने कहा।

"कुछ भी नहीं?" हैरान होकर फिर पूछा बूढ़े ने।

"जी...कुछ भी नहीं।"

"तो आप माता-पिता पर निर्भर थे।" बूढ़ा बोला।

"माता-पिता पर नहीं... भाइयों पर।" शेखर ने निरपेक्ष भाव से कहा।

"तो तुम्हारी बीमारी का राज मैंने जान लिया।" बूढ़ा साफगोई पर उतर आया।

"जी?"

"निर्भरता बुरी शै होती है साहबजादे।" बूढ़ा दृढ़ता से बोला।

शेखर चुप रहा।

"अपने पैरों पर खड़े होना... जिन्दगी का जश्न होता है और जिन्दगी का जलसा भी।"

"जी।" शेखर बस इतना कह पाया।

"चींटी...जरा-सी चींटी। मकसद के साथ जीती है। अपने पैरों पर खड़े होने की तालीम उससे सीखो, जो अपने जिस्म से अस्सी गुना ज्यादा वजन लेकर निकल पड़ती है।"

"जी।" शेखर ने कहा।

"बरखुरदार! तीन-पाँच, सात या बीस हजार की नौकरी कर रहे होते तो तुम्हारे अन्दर का तुम्हारा आत्मविश्वास किसी भी बैक्टीरिया से लड़ाई लड़ता।... लेकिन जब हम दूसरों पर निर्भर होते हैं तो हताश भी होते हैं। और जनाब हताशा खुद एक बैक्टीरिया की तरह होती है।"

"आई अंडरस्टैंड सर।" शेखर ने कहा।

बूढ़े ने शेखर को देखा। थोड़ा सरका। कन्धा थपकाते हुए बोला, "अपनी दुनिया आप पैदा कर अगर जिन्दों में हैं।"

शेखर मुस्कराया।

"तो?" बूढ़े ने पूछा।

"मैं जब यहाँ से जाऊँगा तो नौकरी की तलाश करूँगा...दो हजार, चार हजार, दस हजार कोई भी नौकरी।"

"मुझे उम्मीद है तुम्हें शानदार नौकरी मिलेगी।" बूढ़े ने कहा। खुशगवार लहजे में कहा।

"वह कैसे सर?"

"वह ऐसे कि तुम खुद शानदार नौजवान हो।"

बूढ़ा मुस्कराया। शेखर हँस पड़ा। बूढ़े ने भी हँसने की कोशिश की। लेकिन उसी खाँसी छूट पड़ी। वह खाँसता चला जा रहा था। शेखर उठा। डोलची पर रखे पानी के गिलास को उठाया। बूढ़े के मुँह से लगाया। कुछ घूँट पानी पी चुकने के बाद खाँसी थमी। हाँफना कम हुआ।

बूढ़ा शेखर को देखकर मुस्कराया। बोला, "जिस हाल में जीना मुश्किल है... उस हाल में जीना लाजिम है।"

शेखर उठा तो बूढ़े ने अपना हाथ आगे बढ़ाया। काँपता हुआ हाथ–उमंग और दोस्ताना तपाक से भरा हुआ।

शेखर बूढ़े से हाथ मिलाकर अपने कमरे में लौट आया। अनुभव अच्छा रहा। अनुभव अच्छा तो मन अच्छा। वह खुश था। बूढ़ा दिलचस्प और जिन्दादिल भी। हाँफने-खाँसने और निढाल हो जाने के बावजूद कह रहा था कि जिस हाल में जीना मुश्किल है... उस हाल में जीना लाजिम है।

शेखर ने मन ही मन सिमरन का आभार व्यक्त किया। उसने ही तो कहा था कि लोगों से मिलो। उसने वही किया। नतीजा। वह अपने कशमकश के संसार से निकला। कितने बड़े अनुभव से गुजरा। एक बूढ़े से मिला। जो उससे ज्यादा जवान लगता था।

आज वह बहुत देर से सिमरन का इन्तजार कर रहा था। सिमरन कल भी नहीं आयी थी। आज तो उसे जरूर आना चाहिए। वह अब तक नहीं आयी थी। वह नहीं आयी थी और शेखर बेचैन था। बार-बार दरवाजे की तरफ देखता। खिड़की की तरफ, मुँह करके खड़ा होने वाला शेखर, अब दरवाजे की तरफ टकटकी लगाये रहता। आज वह हर आहट पर चौंक जाता। उसने खुद से भी कई बार सवाल किया कि वह इतना व्याकुल क्यों है? इसका जवाब तो वह नहीं दे पाया, अलबत्ता, व्याकुल वह कुछ ज्यादा ही हो गया।

अचानक दरवाजा पूरी तरह से खुला। डॉ. राय, तीन जूनियर डॉक्टर, एक और डॉक्टर उनके सहयोगी डॉ. बैजल, तीन नर्सें...तीन नर्सों में से एक नर्स–सिमरन! सिमरन ने एक बार शेखर को देखा। पता नहीं किस भाव से। वह डॉक्टरों के पीछे खड़ी रही।

डॉ. राय अस्पताल के बड़े डॉक्टर थे। उनका रुतबा था। उनकी विशिष्टता थी। वे एमडी, डीटीसीडी, एनबी जैसी चिकित्सा डिग्रियाँ हासिल किये हुए चेस्ट विशेषज्ञ थे। एचओडी थे। उनके एक-एक शब्द को गौर से सुना जाता। लिखा जाता। उन्होंने शेखर के लेटेस्ट एक्सरे देखे। कहा, शेडो रिमूव हो गयी है। एक छोटा-सा पैच है। उसका कंसर्न नहीं। टेम्परेचर चार्ट देखकर बोले...टेम्परेचर नाइंटी नाइन थोड़ी परेशानी पैदा करता है। फिर पता नहीं क्या सोचते हुए बोले, "नर्स! जरा थर्मामीटर लगाओ।" आसपास खड़ी नर्सें हरकत में आयीं। सिमरन बड़ी तत्परता से आगे आयी। डोलची से थर्मामीटर निकाला। काटन से साफ किया। थोड़ा झटका। सिमरन ने थर्मामीटर कुछ ऐसे झटका कि थर्मामीटर हाथ से फिसला, फर्श पर गिरा, टूट गया।

सब स्तब्ध रह गये।

सिमरन सिहर उठी।

कुछ पल बाद कमरे की हर शै हरकत में आयी। जब डॉक्टर सर थोड़ा-सा हँसे। सिमरन के कन्धों को थपथपाते हुए बोले, "सिमरन क्या हो गया है तुम्हें।"

"सॉरी सर...रियली सॉरी! हाथ से स्लिप हो गया।" सिमरन की आवाज में घबराहट थी।

"कोई बात नहीं।" डॉक्टर राय ने कहा।

इस बीच किसी जूनियर डॉक्टर ने अपने सफेद कोट की जेब में हाथ डाला। स्टेथोस्कोप का एक हिस्सा लटक रहा था। जेब के बिल्कुल नीचे थर्मामीटर रखा था। जूनियर डॉक्टर ने थर्मामीटर निकालकर, सिमरन को देते हुए कहा, "नर्स थर्मामीटर।"

"थैंक्यू डॉक्टर!" सिमरन ने कहा। थर्मामीटर साफ किया। शेखर को देते हुए कहा, "टेम्परेचर।"

आधा मिनट तक सब चुप रहे। आधा मिनट बाद शेखर के मुँह से थर्मामीटर निकालकर, थर्मामीटर को देखकर सिमरन बोली, "सर हंड्रेट... ।"

"हंड्रेड।" डॉक्टर राय ने दोहराया। फिर फाइल देखते हुए कुछ सोचते रहे। बोले, "देखते हैं।" फिर बोले, "हंड्रेड... ।" टेम्परेचर फाइल देखी, रखी। शेखर के कन्धों पर हाथ रखा। "अभी कुछ दिन और रखेंगे आपको।" फिर जूनियर डॉक्टर से बोले "इनका ब्लड टेस्ट, टीएलसी देखते हैं।"

सब चले गये। सिमरन थर्मामीटर रखकर डॉक्टर राय के साथ चली गयी थी। कमरे में फिर वही शेखर। फिर वही सन्नाटा। फिर वही एकान्त।

अचानक... पता नहीं क्या सोचते हुए या फिर यूँ ही, बेवजह, शेखर ने थर्मामीटर उठाया। देखा—नाइंटी ऐट प्वाइंट फोर। ...नार्मल! बुखार नहीं था और सिमरन ने बताया था हंड्रेड।

मन ही मन हँसा शेखर! सारी बात समझ आ गयी थी। सिमरन टेम्परेचर नाइंटी एट प्वाइंट फोर बताती तो डॉक्टर राय शेखर को डिस्चार्ज कर देते। वे बेवजह किसी को सेनीटोरियम में नहीं रहने देते थे।

डॉक्टर राय का राउण्ड खत्म हो गया था। सिमरन फिर आयी थी। टीएलसी और ईएसआर के लिए ब्लड लेने—एट रेंडम।

उसने देखा शेखर टूटे हुए थर्मामीटर के टुकड़े एक छोटे-से लिफाफे में भर रहा था।

"यह क्या कर रहे हैं?" सिमरन ने पूछा।

"कुछ काम हम नहीं करते। हमारा मन करता है और मन जो करता है हमारी समझ से परे की बात होती है।" शेखर ने कहा।

हैरान होकर देखा सिमरन ने। फिर बोली, "डॉक्टर राय ने कहा है कि अभी आप कुछ दिन और सेनीटोरियम में रहेंगे।"

"क्योंकि अभी टेम्परेचर हंड्रेड है।" सिमरन बोली। वह संजीदा थी। उसने शेखर के हाथ पर अपना हाथ रखा था। कुछ झूठ ऐसे होते हैं जो सच से ज्यादा भव्य और सच से ज्यादा सच्चे होते हैं। शेखर ने कहा। सिमरन के हाथ को उसने अपनी उँगलियों में उलझा-सा दिया।

कुछ देर। कुछ देर यूँ ही। न थर्मामीटर। न ब्लड। न इंजेक्शन। न कैप्सूल। ...दो हाथ। हाथों की उँगलियाँ एक-दूसरे में उलझीं। कुछ कहती-सी। न समझ आने वाली भाषा।

सिमरन ने अपना हाथ अलग किया। दोनों के हाथों के कम्पन था। जैसे दो चिराग हवा की जद में हों।

"यू आर डीसेंट।" शेखर ने कहा।

सिमरन मुस्करायी। बोली, "और आप पेशेंट नहीं हैं।"

"तो क्या हूँ?" शेखर तत्काल बोला। उसकी आवाज में बेचैनी थी। जैसे बहुत ऊँचाई से शब्द लुढ़कते चले आये।

"पता नहीं।" सिमरन ने कहा। उसके होंठ फड़फड़ाये। जैसे वह कुछ कहना चाहती हो। कहना चाहती हो कि कुछ बातें मन की होती हैं, जिन्हें हम नहीं समझ पाते।

वह शेखर का ब्लड लेकर चली गयी। और कुछ छोड़ गयी, पता नहीं क्या?

शेखर पुलकित था। खुश। सुखी। आनन्दित। उल्लास—एक ऐसा उल्लास जिसकी वह व्याख्या नहीं कर सकता था।

सिमरन लाल पेंसिल भूल गयी थी। और शेखर कभी पेंसिल को उठाता तो कभी टूटे हुए थर्मामीटर को। जिसका पारा फर्श पर कहीं लुढ़क गया था।

सिमरन अगले दिन नहीं आयी थी। रोटेशन में उसकी ड्यूटी थी दो से दस लेकिन वह नहीं आयी थी। दूसरे दिन भी नहीं। तीसरे दिन... चौथे दिन। चौथे दिन उसने कमरे के बाहर, दरवाजे के पास सिमरन को देखा। सिमरन थी या कोई और नर्स? ...उसे लगा सिमरन है। वह बहुत जल्दी बिस्तर से उतरा। चप्पल पहनकर बाहर निकला। दूर एक नर्स जाती नजर आयी। वह सिमरन तो नहीं थी।

बेमन-सा वह खड़ा रहा कुछ देर। सोचता हुआ। कुछ न सोचता हुआ। भ्रमित। हताश। व्याकुल। शिथिल।

वापस मुड़ा फिर कमरे में जाने के लिए। लेकिन कमरे में जाना उसे अच्छा नहीं लग रहा था। जनरल वार्ड की तरफ निकल आया। वार्ड नम्बर एक का बड़ा-सा हॉल वह पार कर चुका था। जनरल वार्ड के हाल नम्बर दो में वह धीरे-धीरे चल रहा था। ड्यूटी रूम। नर्सें, स्टाफ नर्स, वार्ड ब्वॉय। मेडीसन ट्राली—वह सबसे आगे

निकल चुका था।

वह बेड नम्बर सत्ताईस के सामने रुका। बूढ़े का बेड नम्बर सत्ताईस था। यही बेड। जिसके सामने वह खड़ा था। बेड खाली था। बूढ़े को यहाँ होना चाहिए था। लेकिन वह नहीं था। उसने साथ वाले मरीज से पूछा, "क्या बूढ़े की छुट्टी हो गयी?"

"हमेशा के लिए छुट्टी हो गयी।" साथ वाले मरीज ने जवाब दिया।

"क्या?" शेखर ने चौंककर पूछा।

"वह मर गया साब। ऐसा जिन्दादिल आदमी मौत को हराता रहा। फिर खुद हार गया।" साथ वाले मरीज ने कहा।

शेखर उदास हो गया। वह खाली बिस्तर को देखता रहा। शेखर ने सोचा था किसी दिन फिर बूढ़े के पास आयेगा। उसकी बातें सुनने। मजेदार बातें। दिल-फरेब...दिलकश। बेतकल्लुफ बातें। उसके साथ बैठना किसी अनुभव की तरह होगा।

यह दूसरा अनुभव था। बूढ़े का खाली बिस्तर और शेखर। खालीपन की अपनी भूमिका होती है। जिन्दगी की तमाम व्यस्तताओं के बावजूद, खालीपन सामने आ खड़ा होता है कभी रफीक तो कभी रकीब बनकर।

चौथे दिन के बाद पाँचवाँ...छठा...सातवाँ दिन...फिर शनि...इतवार...फिर सोमवार। आज फिर डॉक्टर राउण्ड पर थे। डॉ. राय और उनकी टीम। चार जूनियर डॉक्टर... एक सीनियर डॉक्टर। तीन नर्सें। लेकिन सिमरन नहीं थी। सिमरन। वह तो दस दिन से नहीं आयी थी। सिमरन आती तो कितना अच्छा लगता। चहक उठता मन ही मन। लेकिन अब बुझा-बुझा वह। डॉक्टरों से हैलो कहता।

डॉक्टर राय...इन दो महीनों में सातवीं या आठवीं बार आये थे। बाकी डॉक्टर आते रहते। मरीज की स्टेटस रिपोर्ट लिखते रहते। डॉक्टर राय ने पूछा—टीएलसी जवाब था, एट थाउजेण्ड फाइव हंड्रेड। गुड। डॉ. राय ने कहा। फिर पूछा, इएसआर? थर्टी फाइव। फाइन। टी.बी. में इतना इएसआर...सोच सकते हैं। फिर उन्होंने ताजा एक्स-रे देखा। पैच थोड़ा-सा, बहुत थोड़ा रह गया था चेस्ट में।

एक्सरे रखकर उन्होंने मुस्कुराते हुए शेखर से हाथ मिलाया, "हम आपको डिस्चार्ज कर रहे हैं। बट मेडिसन पूरे नौ महीने तक...ओके।"

अचकचा गया शेखर। वह कहना चाहता था। अभी कुछ दिन और इसी सेनीटोरियम में...। अभी तो सिमरन को ढूँढ़ना है। उससे मिलना है। अभी तो अनेक बातें। अभी तो जी भरकर देखना है उसे... अभी तो।

गहरी साँस ली शेखर ने। टूटे हुए थर्मामीटर को देखा। फिर दूसरे थर्मामीटर को जिसकी रीडिंग 98.4 थी सिमरन ने हंड्रेड बतायी थी। वह होती तो उसे रोकने की कोई और तरकीब ढूँढ़ती।

शेखर उठा। ड्यूटी रूम तक आया। नर्स ने उसे देखा। मुस्करायी। बोली, "सर आपकी डिस्चार्ज समरी बना रहे हैं।"

"आप बता सकती हैं सिमरन कहाँ होगी?" शेखर ने पूछा।

"सिमरन?" उसने सवालिया नजर से शेखर को देखा। फिर बोली, "नहीं मैं नहीं जानती।"

शेखर ने स्टाफ नर्स से पूछा तो स्टाफ नर्स ने उल्टा शेखर को ताड़ते हुए पूछा, "सिमरन से किसलिए मिलना चाहते हैं आप?"

"मैं...किसलिए मिलना चाहता हूँ...।" फिकरा अधूरा रह गया। उसने बताया नहीं या उससे बताया नहीं गया कि वह सिमरन से क्यों मिलना चाहता था—वह खुद भी नहीं जानता था। लेकिन वह इतना तो जानता था कि सिमरन के होने का कुछ अर्थ था, जो उसकी निजता से ताल्लुक रखता था।

कॉरीडोर में आकर वह खड़ा हो गया। उसने स्टाफ नर्स का सवाल मन ही मन दोहराया—सिमरन से मैं किसलिए मिलना चाहता हूँ? इसलिए कि उसने मुझे जिन्दा रहने के मकसद बताये। इसलिए कि वह खुद एक मकसद थी।

कॉरीडोर में वह बेंच पर बैठने लगा। बैठा नहीं गया। वह इतने इत्मीनान में नहीं था कि बेंच पर बैठे। वह बेचैनी की उन किरचों का क्या करता जो न बैठने देती थीं न सोचने।

जूनियर नर्स ने कॉरीडोर में खड़े शेखर को आकर बताया कि उसकी डिस्चार्ज समरी और बाकी पेपर तैयार हो गये हैं।

सेनीटोरियम से यह मुक्ति की सूचना थी। ऐसी सूचना पर मरीज़ खुश हो जाया करते थे। शेखर परेशान हो गया था। उसने अपने आपसे कहा—यह बात अगर सिमरन आकर कहती तो मन कितना भारी हो जाता। उसके होंठ थरथराते। लेकिन उसके सारे शब्द पत्थर के हो जाते। वह सिमरन के सामने खड़ा होता और एक भी लफ्ज न बोल पाता। सिमरन भी खड़ी होती—स्तब्ध और अवाक्।

एक आखरी कोशिश—उसने अपने आपसे कहा। एक्स-रे, लैब, डॉक्टर्स रूम, वार्ड... सारे के सारे वार्ड, ओटी, आईसीयू यहाँ तक कि लाण्ड्री तक देख आया, सिमरन कहीं नहीं थी।

टूटा हुआ-सा बहुत थका हुआ-सा शेखर अपने रूम में लौट आया। कपड़े। अटैची... पीठ बैग। सब तैयार। अलमारी में रखे दोनों थर्मामीटर उसने बड़ी एहतियात से बैग में रखे। वही टूटा हुआ थर्मामीटर, जो सिमरन के हाथ से छिटक गया था। और दूसरा, थर्मामीटर, जिस पर अब भी टेम्परेचर 98.4 डिग्री था और सिमरन ने 100 बताया था। कितना मासूम झूठ था। सच्चे मन से बोला गया झूठ कि शेखर कुछ दिन और रहे इसी सेनीटोरियम में। हंड्रेड टेम्परेचर सिमरन की सद्भावनाएँ थीं।

प्रेम ऐसी ही किसी अनजान और सँकरी गली से होकर तो आता है।

बिल की एडजस्टमेंट। डिस्चार्ज समरी। मेडिसिन का पैकेट और कुछ नर्सों की बेस्ट विशेजा आखिरी मूमेंट्स।

शेखर अटैची केस और बैग उठाकर, धीरे-धीरे कॉरीडोर से सीढ़ियों की तरफ जा रहा है। दो महीने पहले वह जिस्म से टूटा-फूटा था...आज मन से टूटा हुआ वह सीढ़ियाँ उतरकर पार्किंग के पास रुका है। सेनीटोरियम की पीली इमारत—उदासी, दुःख, खामोशी और आवाजें। कुछ आवाजें उसके साथ हैं। इन आवाजों में सिमरन की आवाज भी हैं...यंग मैन। फ्रेंडशिप विद विण्डो। गुड। खिड़कियों से फ्रेंडशिप वह करते हैं, आसमान से जिनकी दोस्ती होती है और जिनकी आसमान से दोस्ती होती है वह आसमान जैसे होते हैं... मुझे आसमान अच्छा लगता है शेखर क्योंकि वह आपके अन्दर है।

बहुत कम बोलती थी सिमरन। लेकिन जब बोलती तो कितना गहरा...कितना शान्त, कितना आत्मीय।

सेनीटोरियम के लकड़ी के फाटक के पास शेखर ठिठक गया है। आखिरी बार सेनीटोरियम की पीली इमारत को देख रहा है। दूसरी मंजिल पर एक नर्स खड़ी थी। उसने हल्के से हाथ उठाया है। शेखर एकटक उसकी तरफ देख रहा है। उसने भी उठाया है—कुछ पल के लिए। क्या पता वह सिमरन हो? क्या पता वह सिमरन न हो? क्या पता?

बस इतनी देर का विदा गीत।

अब वह नर्स दिखाई नहीं दे रही। गहरी साँस ली है शेखर ने।

बस अड्डा पास ही है। पत्थर की बेंच पर सामान रखकर वह बस का इन्तजार करने लगा है। इन्तजार के दौरान वह सिगरेट जला लिया करता था। उसने जेब से सिगरेट-लाइटर निकाला है। सिगरेट उँगलियों के बीच धँसी है। सिमरन का बेतकल्लुफ फिकरा अचानक याद आ गया है। सिगरेट पीते वक्त आप जरा भी अच्छे नहीं लगते मुझे...शेखर। ...शेखर। आपके हाथ जिन्दगी की प्रार्थनाएँ हों तो हों... मरी हुई सिगरेट का लावारिस धुआँ?

सिमरन उसे बहुत याद आयी है। उसने सिगरेट के पैकेट को फेंक दिया है और लाइटर एक कुली को दे दिया है।

पहाड़ों से जब बस गुजरती है तो शोर यात्रियों का नहीं होता। शोर खामोश पहाड़ों का होता है। ये उनके विदा गीत होते हैं। चीड़, देवदार के दरख्त उनकी अजीब-सी, खुशनुमा गन्ध। ...पहाड़, खेत, झाड़ियाँ, पगडण्डियाँ... और ढलान। एक शोर शेखर के मन में है, अनुपस्थिति का शोर। सिमरन। उसने मन ही मन कहा है। गहरी साँस ली है।

सिर्फ़ दृश्य बदलते हैं

दफ्तर के कुछ क्लीग उन्हें मिंटो ब्रिज स्टेशन तक छोड़ने आये हैं। शाम का वक्त। स्टेशन पर रोजमर्रा के यात्रियों का हुजूम। प्लेटफार्म पर टहलते और सीढ़ियों पर बैठे हुए लोग! सबको अपनी-अपनी ट्रेन पकड़नी है। सबको अपने घर जाना है। घर एक खूबसूरत शब्द है, एहसास से भरा! घर का दूसरा नाम प्रतीक्षा है। प्रतीक्षा करता घर, जीवन का जश्न होता है। लोग चाहते हैं रेलगाड़ियाँ समय पर आयें। ताकि वे समय पर अपने घर पहुँच सकें।

क्लीग मिंटो ब्रिज स्टेशन को देखते हैं...भीड़, प्लेटफार्म और रेलवे लाइन को देखते हैं। फिर अपनी घड़ियों को। कइयों के पास घड़ी नहीं है। वे मोबाइल से वक्त का पता करते हैं। अब वे जाना चाहते हैं। उन्होंने अपने क्लीग निरंजन खत्री को स्टेशन तक छोड़ आने की जहमत उठायी, यह क्या कम बात है?

निरंजन खत्री आज अपने दफ्तर से रिटायर हुए हैं। अलविदा शब्द उनका पीछा करता यहाँ तक चला आया है। अलविदा शब्द में अजीब-सा नाद है, उदासी से भरा। निरंजन इसी शब्द को लेकर बैठे हैं, अपने मन में।

दफ्तर के लोगों ने बार-बार एक फिकरा दोहराया है, ऑल दी बेस्ट! वे हाथ मिलाते हुए इस वाक्य को बोलते हैं। न शब्दों में ताप न हाथ मिलाने में तपाक! हाथ मिलाते वक्त निरंजन मुस्कुराने की कोशिश करते हैं। वैसी कोशिशें दूसरी तरफ से भी होती हैं। मुस्कुराना सहज नहीं, कोशिश भरा है। और हाथ मिलाना आखिरी बार का हाथ मिलाना। आखिरी बार हाथ मिलाओ तो हाथों से हाथ छूटते नहीं। बिछड़ने का गम हाथों को अलग नहीं होने देता।

दफ्तर के तमाम लोगों ने जल्दी-जल्दी हाथ मिलाये हैं। और फिर 'सी यू' कहा है। हाथ छुड़ा लिए हैं। एक जमाने पहले कितनी गर्मजोशी से हाथ मिलाते थे सब लोग! हाथ छोड़ते ही नहीं थे। निरंजन भी अपने खास क्लीग से हाथ मिलाते वक्त, कभी-कभी बड़े रूमानी अन्दाज में कहते, "तेरा हाथ हाथ में आ गया... कि चिराग राह में जल उठे।"

पहले हाथ मिलाते। हाथों के बीच दोस्ती का पुल बुनता। आज वह पुल गिरा है। टूटा है। न तूफान न आँधी। पुल फिर भी टूटा है। एक वक्त ऐसा आता है जब सम्बन्धों के पुल टूटते हैं। इसी तरह। बेआवाज!

दफ्तर के लोग जा चुके हैं। बेंच से उठकर निरंजन ने एक बार अपने तमाम सहकर्मियों को जाते हुए देखा है। वे ठहाके लगाते। गलबहियाँ लेते। रुकते। चलते। मखौल उड़ाते हुए जा रहे हैं। ऐसा बिल्कुल भी नहीं लगता कि वे अपने एक अवकाश प्राप्त क्लीग को अलविदा कहकर लौट रहे हैं। उनका एक क्लीग कम हुआ है, उन्हें इस बात का रंज नहीं।

लेकिन निरंजन अकेले हो गये हैं और उन्हें इस बात का दुःख है। अकेलापन एक फब्ती की तरह होता है और प्रार्थना की तरह भी। उनके लिए अकेलापन कैसा होगा, इसी बात की फिक्र है। इस फिक्र के निशान उनके चेहरे पर हैं।

वे बेंच पर बैठे हैं। पास में ब्रीफकेस रखा है। ब्रीफकेस में सूट लेंथ है। बतौर गिफ्ट। एम्पलाइज की तरफ से। दफ्तर में सत्तर-बहत्तर लोग हैं। पचास लोगों ने कांट्रीब्यूट किया। बाकियों ने पैसे देने से मना कर दिया। यह अपमान था। निरंजन का अपमान। नहीं अपमान नहीं। यह नये समय का यथार्थ है। सम्बन्ध टूटने से पहले बिखर जाते हैं।

ब्रीफकेस। सूट लेंथ। फेयरवेल पार्टी! और यवनिका पात! ...गहरी साँस ली है निरंजन ने। दफ्तर, दफ्तर था और जिन्दगी का मंच भी। नाटक जारी था। बीच में बत्ती गुल ही गयी हो जैसे। अँधेरा। सिर्फ अँधेरा। उँगलियों से अपना चेहरा टटोलें या फिर अपने होने को महसूस करें, निरंजन खुद सूत्रधार हैं। अभिनेता भी खुद और दर्शक भी स्वयं! मंच पर खड़े होकर ऐलान किया हो जैसे उन्होंने, यह नाटक यहीं खत्म! पैंतीस साल से जारी नाटक अब समाप्त!... अब रंगमंच के बाहर भेंट होगी उस तामशबीन से जिसका नाम वक्त है।

स्टेशन का नाम मिंटो ब्रिज है। और शिवाजी ब्रिज भी। शिवाजी ब्रिज कोई नहीं कहता। सब मिंटो ब्रिज कहते हैं। लेकिन इससे अगला स्टेशन तिलक ब्रिज! पहले उसका नाम हार्डिंग ब्रिज था। बाद में तिलक ब्रिज! हार्डिंग ब्रिज गुम हो गया। लेकिन मिंटो ब्रिज अब भी है। अवाम का क्या करें, उसे जो अच्छा लगता है उसी को ग्रहण कर लेता है।

लकड़ी की हरी बेंच। पुल। प्लेटफार्म। भीड़। ईएमयू। शीशम का दरख्त। बैगनवेलिया। शाम। और वह...निरंजन खत्री।

निरंजन खत्री उठे हैं और प्लेटफार्म की आखिरी बेंच पर आ बैठे हैं। उन्हें यह बेंच अच्छी लगती है। दोस्त जैसी। दोस्त जैसी शाम। दोस्त जैसी बेंच। दोस्त जैसी ट्रेन की प्रतीक्षा...सब दोस्त जैसे।

इसी बेंच पर निरंजन आकर बैठते। यह बेंच...आखिरी सिरे पर होती और खाली होती। ऐसा लगता जैसे बेंच उनके आने का इन्तजार कर रही है। निरंजन मन ही मन मुस्कुराते हुए। बेजान चीजों से जिन्दा इंसानों जैसा सलूक करो तो वे जी उठती हैं। यह बेंच, जीता-जागता कोई दोस्त था। दोस्त जैसा। जो निरंजन के लेट हो जाने पर नाराज नज़र आता। निरंजन बहुत देर तक बेंच पर अपनी हथेलियाँ रखकर बैठे रहते। जैसे बेंच को मना रहे हों। रूठने और मनाने के खेल को कोई नहीं जानता था। बस निरंजन जानते थे। बेंच भी जानता था। शायद प्लेटफार्म जानता हो। या फिर शहतूत का वह दरख्त जो बेंच के पास था।

कई बार... हल्की बारिश में... जब डेली पेसेंजर शेड के नीचे खड़े होने की जगह ढूँढ़ रहे होते, निरंजन इसी बेंच पर आ बैठते। छतरी उनके पास होती। जो बन्द रहती। लोग हैरान। वे इत्मीनान में। कोई पूछता तो कहते, "जनाब, बारिश एक संवाद की तरह होती है और बारिश की बूँदें, अल्फाज की तरह! छतरी खोलूँ तो बारिश से गुफ्तगू नहीं हो पायेगी।"

लोग अजीब नजरों से निरंजन को देखते रहते। छतरी हाथ में हो और कोई शख्स बेंच पर बैठा भीग रहा हो... किसलिए?... बरसात से गुफ्तगू के लिए। ऐसा शख्स लोगों को अजीब लगता।

अजीब तो थे निरंजन खत्री! लोग भिवानी एक्सप्रेस को पकड़ने के लिए हाय-तौबा मचा देते। भागते-दौड़ते भिवानी एक्सप्रेस पकड़ते। निरंजन बेंच पर बैठे रहते। उनके सामने से भिवानी एक्सप्रेस निकल जाती। ऐसा कभी-कभी होता। जब वे इत्मीनान में होते। फुर्सत को जश्न की तरह मनाते।

भिवानी एक्सप्रेस उन्होंने आज भी छोड़ दी है। आज! उनकी नौकरी का आखिरी दिन! और रिटायरमेंट की पूर्व सन्ध्या!

कमीज की जेब में रखा रिटायरमेंट लैटर, यूँ ही खोलकर देखा है उन्होंने। पैंतीस साल... लगभग पैंतीस साल पहले कम्पनी का ऐसा ही लैटर हैड था, उस लैटर हेड पर नियुक्ति के आदेश थे... आज अवकाश प्राप्ति के। बीच में एक दरिया गुजर गया हो जैसे हयात और कायनात के साथ!

निरंजन ने लैटर को वापस जेब में रखते हुए कहा है कि पता न चला इतनी लम्बी जिन्दगी जी गया मैं! ... उन्होंने अपने आपसे प्रतिवाद किया है–जिन्दगी का रफ ड्राफ्ट? ... बेशक! रफ ड्राफ्ट!

गहरी साँस लेकर उन्होंने मन ही मन कहा है, एक जिन्दगी अगर और मिले तो उसे किसी और तरह जीने की कोशश करूँ... कम से कम वह रफ ड्राफ्ट तो न हो।

रफ़ ड्राफ्ट... जिन्दगी का रफ ड्राफ्ट! वे याद करते हैं, पुराने दिन। रफ ड्राफ्ट जैसे।

रैम्बल रेस्त्रां! ... रीगल। रीगल से थोड़ा आगे खादी ग्रामोद्योग। सड़क। पार्क। पार्क में रैम्बल! रैम्बल में पाइन एप्पल पेस्ट्री और एक कॉफी! बिल डेढ़ सौ रुपये। जेब में निरंजन के कुल एक सौ दस! टेबल पर बिल। फोल्डर में लिपटा। निरंजन वॉश रूम के लिए उठे। दरवाजा देखा। भागे। तेज और तेज। पीछे सुनाई देता 'कैरीवैली' का सेक्सोफोन। भागते हुए निरंजन! तीस साल पहले का वाकया।

रुके। थमे। सामने इण्डियन कॉफी हाउस। थोड़ी दूर खड़े फोर सीटर। पचास पैसे में फव्वारे तक। फव्वारे के पास कुमार, जुबली मेजेस्टिक और मोती सिनेमा हॉल! ... कॉफी हाउस के सामने जनपथ! कनॉट प्लेस का एफ ब्लॉक। सामने दिखाई देता सेंट्रल पार्क। कॉफी हाउस में बड़ा चार आने। डोसा दस आने की प्लेट। साँभर फ्री। टिप दस पैसे!

बड़ा खाते हुए और कसैले स्वाद वाली कॉफी पीते हुए निरंजन 'थ्रिल' महसूस कर रहे थे। रैम्बल जैसे रेस्त्रां को चकमा देकर आये थे। एक बार इसी तरह सेलर...जो रीगल बिल्डिंग में ही था...वहाँ की नीम रौशनी का उन्होंने फायदा उठाया और अपनी जेब में रखकर लाये पव्वे की शराब कोल्ड ड्रिंक्स में मिलाकर पीते रहे। सेलर में एक पेग एक सौ तीस रुपये का था। जेब में पड़ा पव्वा कुल पचास रुपये।

बेशक! इसमें थ्रिल था। और थ्रिल में रोमांच और आनन्द! ... कितनी बार वे शहर के 'बड़े' मन्दिर में जाते। 'भगवान जी' की मूर्तियों के सामने मत्था टेकते। एक रुपये में मत्था टेकते। बड़ी सफाई, चतुराई और भक्तिभाव के साथ, पास ही रखे दस-दस के नोटों में से एक नोट सरका लेते। भगवान जी देखते रहते। मुस्कुराते रहते। भगवान जी विशाल हृदय के थे। दस रुपये जैसी मामूली चोरी को वे अपने भक्त का 'खेल' समझते। यह खेल कई बार चला। भगवान जी का हाथ हमेशा आशीर्वादी मुद्रा में रहा। लेकिन पुजारी का हाथ भारी था। जिस हाथ में दस का नोट था। उसी हाथ को मरोड़ दिया पुजारी ने। भगवान और तुच्छ पुजारी में यही तो फर्क था।

एक बार निरंजन कीर्तन वाले डिब्बे में चढ़ गये। सीट मिल गयी। ट्रेन। रफ्तार। कीर्तन वाला डिब्बा। ढोलक, करताल और चिमटा और भजन। जय गोविन्दा जय गोपाला। इधर भजन उधर निरंजन के हाथ में डेबोनेयर! डेबोनेयर और भजन! विसंगत! चिमटे वाला भक्त बड़े श्रद्धाभाव से भजन गाता रहा। इसी श्रद्धाभाव से उसने निरंजन के हाथ से डेबोनेयर छीनीं, डिब्बे के बाहर फेंक दी। उसी श्रद्धाभाव से चिमटा निरंजन की छाती पर रखा और थोड़ा-सा झटका दिया। उसी श्रद्धाभाव से शकूरबस्ती स्टेशन पर निरंजन को उठाया और डिब्बे के नीचे उतार दिया।

नीचे उतरकर प्लेटफार्म पर खड़े होकर, अपने कपड़ों को दुरुस्त करते हुए निरंजन, चिमटे वाले से बोले थे "अगली बार प्ले ब्वॉय मैगजीन के साथ कीर्तन वाले

डिब्बे में चढ़ूँगा... साले। बड़ा आया भजनीक! ...साले, कीर्तन वाले डिब्बे में शोर ही शोर था। इतना शोर... भगवान के कान पक जायें... रहम करो बेचारे भगवान पर...।" बोलते रहे निरंजन। आगे निकल गया कीर्तन वाला डिब्बा।

एक बार... कितनी भीड़ थी डिब्बे में। किसी मुसाफिर का जूता उनके जूते पर आ गया था। चीखकर बोले थे निरंजन, "अबे ओ सूरदास की औलाद। नीचे देख। जूता खराब कर दिया मेरा!"

बन्दे ने निरंजन को देखा। बोला, "जूते आपके चमकते हुए और जबान इतनी मैली!"

जिन्दगी का रफ ड्राफ्ट!...

गहरी साँस ली है निरंजन ने।

भिवानी एक्सप्रेस! सामने से। गुजरती हुई। जाती हुई। वे, निरंजन बेंच पर। भिवानी एक्सप्रेस को देखते हुए। उन्होंने एक्सप्रेस ट्रेन को जानबूझकर छोड़ दिया है। वे मिंटो ब्रिज स्टेशन को जी भरकर देख लेना चाहते हैं। उन्होंने बन्द पड़ी कैम्पा कोला फैक्ट्री को देखा। कतार में बैठे, फल बेचने वालों को देखा। प्लेटफार्म। पुल। हरे जंगले। सबको देखा! एक अलविदा शब्द, अपनी उदास तरंगों के साथ गूँजता रहा।

भिवानी एक्सप्रेस स्टेशन छोड़ते-छोड़ते तेज हो जाती और निरंजन यादों में खोये प्लेटफार्म पर खड़े रहते। ट्रेन रफ्तार पकड़ती तो वे तेज दौड़कर डिब्बे का हैण्डिल पकड़ते। पायदान पर पाँव रखते। फिर डिब्बे के अन्दर किसी विजेता की तरह। उल्लास से भरे... किसी हुनरमन्द की तरह। ... उन्हें याद है। एक दिन। जब बहुत रफ्तार से जा रही भिवानी एक्सप्रेस को उन्होंने पकड़ा था। हाथ में हैण्डिल आया तो जाने किस शक्ति ने उन्हें ऊर्जा दी कि वे पायदान पर पाँव रख सके। वर्ना तो वे सीधा पटरियों में जा गिरते। ...वे डिब्बे में प्रविष्ट हुए। एक समझदार आदमी ने कहा, "बहादुरी अच्छी बात है, लेकिन रेलगाड़ी के साथ नहीं। रेलगाड़ी दूसरी मिल सकती है, जिन्दगी नहीं।"

"टू हेल विद।" उन्होंने लापरवाही से कहा।

"लाइफ इज़ मोर इम्पोर्टेंट।" उसने बात जारी रखी।

"डरपोक।" निरंजन ने मज़ाक़ उड़ाया। हँसा।

"हँसी के दो चेहरे होते हैं भाईजान! हँसी का दूसरा चेहरा आँसुओं से भीगा होता है।"

वह शायद ठीक कहता था। निरंजन बेंच पर बैठे-बैठे सोच रहे हैं। जिन्दगी का दूसरा चेहरा...आँसुओं से धोया...वह चेहरा अब नजर आने लगा है।

जिन्दगी! जिन्दगी को जीया नहीं...गँवा दिया। जिन्दगी..जैसे गलती से किसी

दूसरे की स्क्रिप्ट उठाकर, भूमिका निभाने लगे हों निरंजन। वही रफ ड्राफ्ट!...बेहद खराब!

तब वे पर्सनल डिपार्टमेंट में थे। अजीब बात थी। पर्सनल के सब एंपलाई कुछ ज्यादा ही इतराते। निरंजन की हेकड़ी सबसे ऊपर! पर्सनल में एक खूबसूरत लड़की ने ज्वाइन किया था। वह मिलनसार थी। सबसे बोलती, नपा-तुला। निरंजन से भी संक्षिप्त बातचीत। लेकिन निरंजन! वे चाहते थे कि खूबसूरत लड़की उनके साथ बोले। उनके पास बैठे। उनके साथ चाय पीये। और मित्र बन जाये और अन्तरंग हो जाये। लड़की चिढ़ गयी। निरंजन बौखला गये। सबक सिखा दिया। दराज में रखी गोंद की शीशी कुछ इस सफाई से लड़की की सीट के पास उलट दी कि लड़की को पता न चला। लड़की बेखबर। और निरंजन सतर्क। बाखबर।

लड़की जब अपनी सीट के पास आयी तो फिसली। फिसली और दूर तक फिसलती चली गयी। सहकर्मी भागे। लड़की को उठाया। किसी दूसरी सीट पर बिठाया। खूबसूरत लड़की ने काफी देर बाद कुछ महसूस किया।

शाम को जब दफ्तर बन्द होने लगा तो वे निरंजन के पास आकर रुकी और बड़े दुःख से बोली, 'कोई पेड़ गिरे तो उसे गिरता देखकर मैं उदास होने लगती हूँ। किसी के घर की दीवार गिरने लगे तो मैं सिहर उठती हूँ। लेकिन कुछ लोग... इस संसार में ऐसे भी होते हैं जो दूसरों को गिराकर खुश होते हैं।'

शायद वह जिन्दगी नहीं थी...जिन्दगी का रफ ड्राफ्ट ही था। यही तो विडम्बना हैं जब फेयर करने का सोचा तो जिन्दगी बहुत आगे निकल चुकी थी। जो पीछे पड़ा था, वह पछतावा था। आत्मग्लानि और शर्म!

भिवानी एक्सप्रेस जा चुकी है। भीड़ छँट गयी है। बेंच खाली है और प्लेटफार्म भी। अब पलवल शटल आयेगी फिर टी.आर.! उसी टी.आर. रेलगाड़ी से निरंजन घर जायेंगे।

कुछ लोग कितने शानदार होते हैं। ...पारदर्शी। पुरखुलूस खुशबाश। जज्बाती। और दोस्तों का खुशामदीद करते हुए हमेशा ताजादम।...जैसे कि राजन!

निरंजन, राजन के बारे में सोचने लगे हैं। फेयरवेल पार्टी राजन ने अरेंज कराई है। राजन 'एफर्ट' न करता तो फेयरवेल पार्टी बिल्कुल न होती। क्लीग और दोस्तों में यही तो फर्क होता है। दोस्त हमेशा दोस्त रहते हैं। क्लीग, तब तक दोस्त, जब तक आफिस! आफिस छूटा कि दोस्ती खत्म!

लेकिन राजन! वह दोस्ती के हुनर जानता है। वह स्टेशन तक छोड़ने नहीं आया। निरंजन जानते हैं। उसने हाथ मिलाते हुए कहा भी था, 'निरंजन, दोस्तों

को रिसीव करना अच्छा लगता है। अलविदा कहना...। नहीं, मैं तुझे छोड़ने नहीं आऊँगा। आखिरी मोमेंट्स...वह सीन मैं देख नहीं पाऊँगा।'

राजन के साथ फ्लैश खेला करते निरंजन। बेचारा राजन! हमेशा हारता! और निरंजन 'डील' करते-करते कार्ड्स बदल लेते। बहुत अर्से तक फ्लैश खेलते रहते। दोनों। और भी होते कई लोग। फिर खेलना बन्द।

आज अचानक! फेयरवेल पार्टी से पहले। राजन, निरंजन की टेबल के सामने आकर बैठा था। दोनों चाय पीते रहे। अचानक राजन ने पूछा, 'निरंजन! अब फ्लैश किसके साथ खेलेगा?'

गहरी साँस ली थी निरंजन ने। फिर फीकी सी हँसी हँसकर बोले, 'राजन! अब मैं फ्लैश नहीं खेलूँगा। अब मैं पेशेंस खेलूँगा। पेशेंस!' वे फिर हँसे। जैसे अपना मखौल उड़ा रहे हो।

राजन भौचक सा देखता रहा।

वे कह रहे थे। जैसे अपने अकेलेपन की तहरीर कर रहे हों, 'तू पेशेंस के बारे में नहीं जानता। पेशेंस अकेले लोगों का खेल है। जरूर किसी दानिशमन्द ने यह 'गेम' ईजाद किया होगा। पेशेंस! ताश का महान खेल! अपने साथ खेला जाने वाला खेल।...खुद जीतो। खुद हारो। हाई स्टेक पर। या लो स्टेक पर। हार या जीत! अपने साथ। अपने साथ छल! अपने साथ प्रपंच। अपने साथ प्रपंच। अपने साथ खेल...पेशेंस।'

राजन उठा। हाथ मिलाया। उसने देखा अपना मखौल उड़ाने वाले निरंजन की आँखों में पानी तैर आया है।

गहराती हुई शाम किसी उदास संगीत की तरह होती है। दिन शोरशराबे के साथ गुजरता है। लेकिन शाम! शाम स्मृतियों के पन्ने उड़ाती हुई। गुजिश्ता वक्तों के अवशेष याद आते हुए।

तब, शामें कुछ और तरह की होती थीं—दिलकश। रंगीन। मस्त। दोस्ताना शामें. ..। राजन पहल करता। एक छोटा-सा फिकरा किसी कोड वर्ड की तरह, 'भाइजान! हो जाए।' निरंजन मुस्कुराते। दोनों इस तरह हाथ मिलाते जैसे पंजा भिड़ा रहे हों। जिस मेज पर दिन भर फाइलें खुलतीं। शाम को दारू की बोतल के ढक्कन खुलते। चीयर्स। यह एक शब्द रग-रग में समा जाता। गिलास। घूँट। सिगरेट। धुआँ। फ्लैश। मस्ती...।

कभी-कभी बीयर की बोतलें होतीं, लेकिन ओपनर नहीं होता था। निरंजन बोतल उठाते। ढक्कन को दाँतों में फँसाते। धीरे-धीरे दाँत भींचते हुए। ताकत खर्च

करते हुए। शी...शी... की आवाज निकलती और ढक्कन खुलता...।

वे जोश के दिन थे। बीयर की बोतल का ढक्कन खुल सकता था। दाँत 'ओपनर' का काम कर सकते थे।

टी.आर. का सिग्नल हो चुका है। टी.आर. यानी तिलक ब्रिज रोहतक पेसेंजर! ट्रेन आएगी। रुकेगी। वे किसी भी डिब्बे में बैठ जाएँगे। निरपेक्ष भाव से। बैठे रहेंगे। स्टेशन दर स्टेशन ट्रेन रुकेगी। सवारियाँ चढ़ेंगी उतरेंगी। फिर उनका शहर। वे घर पहुँचेंगे। पत्नी होती तो वे बताते कि आज अवकाश मिला है। लेकिन पत्नी मर चुकी है। बहू है। बेटा है। वह बोलती है। दो बार नमस्ते। जैसे घड़ी का अलार्म बजता है और बन्द हो जाता है। वैसे वह ध्यान रखती है यूँ तो। नाश्ता-खाना। चाय। दूध। दवाइयाँ। कभी-कभी वह बहू नहीं लगती बहुत अच्छी नर्स लगती है।

बेटा बोलता नहीं। फिर भी सब ठीक है। ज्यादा की उम्मीद क्यों करें निरंजन? बेटा नहीं बोलता तो न सही। न शब्द भीख में मिलते हैं न सम्बन्ध!

निरंजन घर पहुँचते हैं। कमरा बन्द होता है। वे अपना कमरा खोलते हैं। कमरा बन्द करते वक्त...जब वे सुबह दफ्तर जा रहे होते...साँकल पर ताला लगा देते। बेटे ने देखा। बातचीत बन्द कर दी। निरंजन समझ गये। उन्होंने ताला लगाना बन्द कर दिया। गलती का एहसास हुआ। लेकिन बेटे ने बोलना शुरू नहीं किया। और निरंजन ने बताया नहीं कि वे आज रिटायर हो रहे हैं। संवादहीनता इस तरह के हालात पैदा करती है।

आज!

अपने कमरे में। निरंजन। सोचते हुए। अकेले। मेज के पास। बीयर पीयें या व्हिस्की या ओल्ड मांक...रम! ओल्ड मांक को वे बूढ़ा संन्यासी कहते थे। अचानक यह नाम याद आता है। वे मुस्कुराये हैं।

उन्होंने दरवाजे की तरफ देखा है। हैरान रह गये हैं। सामने बेटा खड़ा है। मुस्कुराता हुआ। उसी खुशबाश लहजे में उसने हाथ बढ़ाकर कहा है, "हाय फ्रेंड।"

"फ्रेंड।" विस्मित हैं निरंजन!

"फ्रेंड!... माई डियर ओल्ड फ्रेंड!"

"ओल्ड फ्रेंड।" दोहराते हैं शब्दों को निरंजन।

"ओल्ड एण्ड इगोइस्ट एण्ड... फुल ऑफ सेल्फ रिस्पेस्ट एण्ड...रिटायर्ड फ्रेंड।" बेटे ने उनका कैरीकैचर खींच दिया है।

वह देर तक हाथ मिलाता रहा है। बोलता रहा है। हँसता रहा है। उसका बोलना, हँसना, हाथ मिलाना, वह सात, आठ, दस या बारह साल का बच्चा नजर आया है। वह किसी मल्टीनेशनल में काम करने वाला प्रोफेशनल नहीं लग रहा।

टेबल पर बीयर की बोतल रखी है और आर.सी. की व्हिस्की। बेटा दोनों बोतलें देखने के बाद उठ खड़ा हुआ है, "सर, आज मेरी तरफ से।"

"सर!" निरंजन ने शब्द को चिमटे से उठा लिया हो जैसे। बेटा हँसा है।

माई इमोशनल डैड आई एम सॉरी...। आई रिपीट दि सेनटेंस, "पापा, आज मेरी तरफ से।"

निरंजन जरा-सा हँसे हैं। उन्होंने एक प्लेट में भुने हुए चने रखे हैं। दो गिलास। आइस क्यूब। सोडा। पानी। और भुजिया। और चने। और बेटे का इन्तजार करते निरंजन।

बेटे के हाथ में ग्लेनफिडिच की सिंगल माल्ट स्कॉच व्हिस्की की बोतल है। निरंजन थोड़ा-सा मुस्कुराये हैं।

बेटे ने पेग तैयार किये हैं। एक अपने लिए दूसरा अपने पिता के लिए।

लार्ज पेग।

ऑन दि रॉक्स!

चीयर्स की हल्की-सी आवाजें पिता-पुत्र की।

"तूने सोडा नहीं डाला।" निरंजन ने कहा है। फिर जैसे खुद से ही बोल पड़े हैं, "सोडा स्पायल्ज दि टेस्ट!"

बेटा मुस्कुराया है। फिर बड़े नाटकीय अन्दाज में उसने पूछा है, "एण्ड व्हाट अबाउट रिटायरमेंट?"

"रिटायरमेन्ट आलसो स्पायल्ज दि टेस्ट।" निरंजन ने कहा है।

"दि टेस्ट ऑफ लाइफ।" पुत्र की आवाज उभरी है।

"हूँ।" निरंजन ने घूँट भरा है। और वे सोचने लगे हैं कि इसे मेरी रिटायरमेंट का कैसे पता चला। बेटे ने जैसे पिता के मन की बात सुन ली हो, "पापा! आपके ऑफिस के डिविजनल मैनेजर ने बताया है।"

निरंजन ने घूँट भरकर गिलास मेज पर रखते हुए कहा है, "टेस्ट शानदार है।"

"लाइफ का?" बेटा हँसा है।

"स्कॉच का।" निरंजन मुस्कुराने लगे हैं।

"सर! लाइफ भी स्कॉच की तरह होती है।" बेटे ने कहा है।

"आन दि रॉक्स।" निरंजन हँस पड़े हैं।

"उसे हम घूँट-घूँट पीते हैं।" बेटे ने कहा है।

"और गिलास में पड़ी शराब खत्म हो जाती है!" निरंजन की उदासी गिर पड़ी है शब्दों के रूप में।

बेटे ने निरंजन के गिलास में शराब डालते हुए कहा है, "शराब कभी खत्म नहीं

होती पापा! बस गिलास खाली होते हैं। छोटा-सा इंटरवल! फिर गिलास भर जाते हैं।" बेटे ने निरंजन के गिलास में आइस क्यूब डाले हैं।

निरंजन उदास हैं।

बेटा देख रहा है।

बेटे ने अपना गिलास उठाते हुए... मुस्कुराते हुए, जज्बाती लहजे में कहा है, "पापा, एक बार हम फिर चीयर्स करते हैं...आपकी रिटायरमेंट का सेलिब्रेशन!... ग्रेट मोमेंट्स।"

"रिटायरमेंट का सेलिब्रेशन?" चकित भाव से देख रहे हैं निरंजन और कह रहे हैं, "सब कुछ खत्म...! गिलास में पड़े आइस क्यूब की तरह... सब कुछ पानी-पानी! सिर्फ खालीपन!"

बेटे ने पिता की बातों को अनसुना करते हुए...गिलास को उठाकर...गिलास को थोड़ा ऊँचा ले जाकर, खुशकर्दा लहजे में कहा है, "चीयर्स! इसलिए कि मेरे ग्रेट पापा आज रिटायर हुए हैं।"

निरंजन भौचक-से अपने बेटे को देख रहे हैं। स्नॉब अकड़ू। बेपरवाह। कम बोलने वाला बेटा...इतना ज्यादा बोल रहा है। इतना अच्छा। इतना इमोशनल। इतनी सयानी बातें। जिन्दगी का मर्म। जीवन का दर्शन...।

अपने बेटे को वह बेटा नहीं आईटी प्रोफेशनल समझते थे। लेस इमोशनल... मोर प्रेक्टिकल। लेकिन आज सामने बैठा बेटा शराब के घूँट भरता, कोई प्रोफेशनल तो नहीं लग रहा। कुछ और लग रहा है। सच तो यह है आज उनका बेटा...बेटे की तरह लग रहा है।

दोनों ने गिलास उठाये हैं। दोनों ने घूँट भरा है। सिंगल माल्ट... स्कॉच व्हिस्की! ...अठारह साल पुरानी।

"पापा!" उनका बेटा कह रहा है, "जिन्दगी के बारे में सोचकर देखो... जैसे कोई स्क्रिप्ट थी और उसी के मुताबिक जीया...उसी के मुताबिक डायलॉग! ... सब कुछ फ्रेम के भीतर। ... बट नाऊ... आप स्क्रिप्ट खुद लिखेंगे... और अपनी लिखी स्क्रिप्ट... जिन्दगी की स्क्रिप्ट होगी। फिल्म थी। आधा हिस्सा खत्म। इंटरवल। अब बाकी इंटरवल के बाद...।"

"मध्यान्तर!" निरंजन ने कहा है।

"आफकोर्स! नाट दि एण्ड! बट...मध्यान्तर।"

निरंजन मुस्कुरा रहे हैं।

"एक और सरप्राइज।" बेटे ने कहा है।

"कौन-सा" निरंजन चकित हैं।

आज आपको एक शानदार दोस्त भी तो मिला है। बेटा मुस्करा रहा है।

"मैं नहीं जानता। कौन है वह" निरंजन हैरान हैं।

"नहीं जानते।"

"नहीं!"

"मैं। ...माई सेल्फ! आपका फरजन्द, आपका दोस्त, आपका शानदार दोस्त।"

निरंजन मुस्कुरा रहे हैं। उठ खड़े हुए हैं। उन्होंने दोनों बाँहें फैला दी हैं।

पिता-पुत्र गले मिल रहे हैं। देर तक गले मिले। देर तक पीठ पर थपकियाँ दीं दोनों ने एक-दूसरे को। देर तक हाथ मिलाये। देर तक डबडबाती आँखों से देखते रहे एक-दूसरे को।

दोनों अपनी-अपनी जगह बैठ चुके हैं। दोनों खुश हैं। उल्लास से भरे। तरंगित। मुस्कुराते हुए।

निरंजन मन ही मन सोच रहे हैं, सब कुछ कभी खत्म नहीं होता... कभी भी नहीं। सिर्फ सीन बदलते हैं। ऐसे दृश्य की... अद्भुत दृश्य की तो निरंजन ने कल्पना ही नहीं की थी।

बाप-बेटे ने शराब के गिलासों को अदला-बदली की है। कभी निरंजन अपने दोस्तों के साथ ऐसे ही किया करते थे। आज बेटे ने गिलास बदले हैं। बेटा जो उनका बेटा है और एक नया दोस्त भी।

"यह चीयर्स दोस्ती के नाम! फ्रेंडशिप के नाम।" बेटे ने गिलास उठाकर कहा है, "मेरे डैड की रिटायरमेंट के नाम! रिटायरमेंट, जो जिन्दगी का फुल स्टाप नहीं होती। सिर्फ मध्यान्तर होती है। चीयर्स... उसी मध्यान्तर के नाम।"

निरंजन मुस्करा रहे हैं और उनकी आँखें भी नम हैं। वे बेटे को ऐसे देख रहे हैं जैसे कोई दोस्त अपने दोस्त को देखता है।

❑❑